'BRICQUEBEC'

MARCEL PROUST

'BRICQUEBEC'

Prototype d'*A l'ombre des jeunes filles en fleurs*

Texte établi et présenté par

RICHARD BALES

CLARENDON PRESS · OXFORD
1989

Oxford University Press, Walton Street, Oxford OX2 6DP
Oxford New York Toronto
Delhi Bombay Calcutta Madras Karachi
Petaling Jaya Singapore Hong Kong Tokyo
Nairobi Dar es Salaam Cape Town
Melbourne Auckland

and associated companies in
Berlin Ibadan

Oxford is a trade mark of Oxford University Press

Published in the United States
by Oxford University Press, New York

British Library Cataloguing in Publication Data
Proust, Marcel, 1871–1922
Bricquebec: prototype d' "A l'ombre des jeunes filles en fleurs".
I. Title II. Bales, Richard
843'.912
ISBN 0–19–815857–2

Library of Congress Cataloging in Publication Data
Proust, Marcel, 1871–1922.
Bricquebec : prototype d'A l'ombre des jeunes filles en fleurs
Marcel Proust ; texte établi et présenté par Richard Bales.
p.cm.
Bibliography: p.
1. Proust, Marcel, 1871–1922. A l'ombre des jeunes filles en fleurs—Criticism, Textual. I. Bales, Richard. II. Title.
PQ2631.R63B75 1989 843'.912—dc19 88–39026
ISBN 0–19–815857–2

Printed in Great Britain by
Bookcraft (Bath) Ltd,
Midsomer Norton, Avon

AVANT-PROPOS

'Les esquisses proustiennes expriment plus directement que le texte achevé la personnalité de leur auteur et donnent l'étymologie de l'œuvre.'[1]

Ces mots de Jean-Yves Tadié s'appliquent particulièrement bien à la présente édition, même s'il ne s'agit pas d'une esquisse proprement dite, mais d'un texte qui, à une certaine époque, était définitif. Ce que Tadié souligne avant tout, c'est ce privilège qui consiste à étudier des avant-textes et des variantes et, partant, à surprendre le travail d'un auteur en chantier, d'une façon intime. Le but de ce livre est de donner accès à ces stades préliminaires et intermédiaires pour une partie significative du roman de Proust: j'aurais pu l'intituler 'Proust à l'œuvre'.

Le texte qui est reproduit ici est une version primitive du premier séjour du Narrateur à Balbec.[2] Il a failli être publié en 1914; seule la guerre a empêché cet événement, avec les conséquences que l'on sait, notamment un énorme travail d'agrandissement de son roman de la part de Proust.[3] Mais il représente quand même l'aboutissement de plusieurs années de travail, et s'il convient de l'appeler 'version primitive', il faut toujours se souvenir que l'adjectif, dans cette formule, est employé dans un sens relatif. Finalement, il a été dépassé par un nouveau texte, un remaniement total du matériau, ce que nous connaissons aujourd'hui sous le nom d'*A l'ombre des jeunes filles en fleurs*. Destinée à la gloire (à commencer par le Prix Goncourt qui lui sera décerné en 1919), cette nouvelle version – vraiment définitive, elle – rendra caduque celle qui, sans

1. Jean-Yves Tadié, 'Proust inédit?', *La Quinzaine littéraire*, no. 499 (16–31 décembre 1987), 11.

2. Pour l'histoire générale du roman tel qu'il existait avant 1914, on se référera notamment à Henri Bonnet, *Marcel Proust de 1907 à 1914* (2e éd., Paris, 1971), et à l''Introduction générale' de Jean-Yves Tadié à la nouvelle édition d'*A la recherche du temps perdu* dans la Bibliothèque de la Pléiade (Paris, 1987), I, ix–cvii. Pour *A l'ombre des jeunes filles en fleurs*, voir l''Introduction' de Pierre-Louis Rey dans cette même édition, pp. 1282–1302.

3. Voir Alison Winton [Finch], *Proust's Additions* (Cambridge, 1977).

un accident de l'histoire, serait devenue le deuxième volet du roman de Proust, si le plan formulé par l'écrivain eût pu voir le jour dans les délais qu'il avait prévus. Simple accident de l'histoire, certes, mais qui aura des répercussions littéraires considérables. Car un changement capital dans la nature du roman s'est effectué au cours des années de guerre avant qu'il ne devienne le roman de génie qu'est *A la recherche du temps perdu*.

Toujours est-il que, à un moment donné, le texte reproduit ici a figuré comme celui qui faisait suite à *Du côté de chez Swann* – et définitivement. Un travail de reconstitution de cette première version du roman s'imposait: avec cette publication de la continuation de *Swann*, c'est chose faite, si ce n'est que partiellement.[4] Il va sans dire que ce livre ne résout pas tous les problèmes: l'apparente simplicité de cette assertion en cache une complexité foncière, qu'il est important de détailler. Les pages qui suivent essaient de rendre compte de cette complexité.

Mais tout d'abord quelques mots concernant le titre de ce volume. 'Bricquebec' ne figure nulle part comme titre dans les manuscrits de Proust. Néanmoins, il m'a paru désirable, pour des raisons pratiques, d'en créer un pour désigner cet extrait important, tout comme le titre *Contre Sainte-Beuve* a été adopté par Bernard de Fallois, et conservé par M. Clarac.[5] L'appellation 'Bricquebec' est donc doublement fictive: en la mettant entre guillemets (et non pas en italique), nous soulignons cette 'fictivité' et indiquons sa nature provisoire. Proust lui-même a agi de la sorte en faisant paraître dans les pages de divers périodiques d'importants extraits de la suite du roman en prépublication.[6] Pour des besoins locaux d'édition, il a fallu des titres: c'est exactement le cas de 'Bricquebec'.

4. Parmi les autres publications qui s'adonnent à cette tâche de reconstitution, mentionnons Douglas Alden, *Marcel Proust's Grasset Proofs* (Chapel Hill, 1978); l'édition de la *Matinée chez la Princesse de Guermantes* d'Henri Bonnet et Bernard Brun (Paris, 1982); les esquisses publiées dans les *Etudes proustiennes* et dans le *Bulletin d'informations proustiennes*, ainsi que celles qui trouvent une place dans la nouvelle édition de la Pléiade, en cours de publication.

5. 'Nous avons conservé à l'essai le titre *Contre Sainte-Beuve* auquel les proustiens sont habitués.' *Contre Sainte-Beuve* (Paris, Bibliothèque de la Pléiade, 1971), p. 829.

6. Par exemple, 'En tram jusqu'à la Raspelière', dans la *Nouvelle Revue Française* du 1er décembre 1921, pp. 641–675, et 'Une soirée chez les Verdurin', dans *Les Feuilles libres* d'avril–mai 1922, pp. 76–86.

Parmi les manuscrits de Proust déposés à la Bibliothèque Nationale, il y a deux exemplaires d'une dactylographie de 712 pages qui contient la totalité de ce qui deviendra *Du côté de chez Swann* et la suite originellement prévue: le récit d'un séjour au futur Balbec, ici Bricquebec ou Cricquebec.[7] Les épreuves qui en ont résulté sont celles décrites – dans un livre célèbre à l'époque, mais maintenant quelque peu discrédité – par Albert Feuillerat en 1934;[8] Douglas Alden, en 1978, a publié toutes les variantes qu'elles comportent par rapport au texte définitif, dans un livre d'une grande érudition, *Marcel Proust's Grasset Proofs*.[9]

A l'époque de leur composition (1911–1912), ces dactylographies et les épreuves établies d'après elles (1913–1914), représentaient le premier volet d'un roman conçu sous une forme beaucoup plus modeste que celui que nous connaissons aujourd'hui. Ce fait est si connu qu'il suffira d'en résumer les aspects essentiels.[10] D'abord, le titre global du roman de Proust était *Les Intermittences du cœur*, dénomination qui sera maintenue jusqu'en 1913, peu avant la publication de *Du côté de chez Swann*.[11] Une division en deux parties était prévue: *Le Temps perdu* et *Le Temps retrouvé*. Mais déjà des questions de longueur commençaient à se poser, et lorsque Grasset en entreprit l'impression en 1913, l'ampleur du manuscrit nécessitait un arrêt à

7. Les deux jeux de cette dactylographie sont cotés n. a. fr. 16730–16732 et 16733–16735. La Bibliothèque Nationale appelle ces jeux, respectivement, la 'première dactylographie' et la 'deuxième dactylographie'. Malgré ces titres, c'est dans cette 'deuxième dactylographie' qu'on trouve le travail majeur de remaniement de la main de Proust. Elle a d'ailleurs servi de texte pour l'établissement des épreuves Grasset (des indications relatives à ce travail sont fort visibles, écrites d'une main qui n'est pas celle de Proust). Dans la présente édition il s'agira toujours de cette 'deuxième dactylographie', et notamment du volume coté 16735, sauf pour combler de rares lacunes: dans ces cas, le texte qui manque est puisé dans 16732. Pour tout détail concernant ces dactylographies, on se référera à deux articles essentiels de Robert Brydges: 'Remarques sur le manuscrit et les dactylographies du *Temps perdu*', *Bulletin d'informations proustiennes*, 15 (1984), 11–28; et 'Analyse matérielle du manuscrit du *Temps perdu*', *Bulletin d'informations proustiennes*, 16 (1985), 7–10.

8. *Comment Marcel Proust a composé son roman* (New Haven, 1934).

9. Voir note 4.

10. Pour plus de détails, voir Bonnet, *Marcel Proust de 1907 à 1914* et Tadié, 'Introduction générale', *passim*.

11. Deux lettres de 1913, à Grasset et à Madame de Pierrebourg, confirment ce nouveau titre: voir *Correspondance*, XII, 176 (mai 1913), 227 (juillet 1913).

un point assez arbitraire: Proust et son éditeur se décident désormais à une publication en plusieurs tomes.[12]

Entre-temps, Proust avait changé ses titres: le roman en entier s'appellera *A la recherche du temps perdu*, et sa première partie non plus *Le Temps perdu* mais *Du côté de chez Swann*. Ce deuxième changement amènera un nouveau titre, qui paraît pour la première fois au verso du faux titre de *Swann*: en effet, sont annoncés 'pour paraître en 1914', *Le Côté de Guermantes* et *Le Temps retrouvé*.[13] De diptyque, le roman devient triptyque.

Mais pour en revenir à notre dactylographie, celle-ci est un épisode du projet primitif, un fragment d'un ouvrage en deux gros volumes. Le premier, *Le Temps perdu*, était subdivisé en trois sections: 'Combray' (pages 1–221 de la dactylographie), 'Un amour de Swann' (pages 222–421), et 'Noms de pays' (pages 422–712). Deux de ces subdivisions ont gardé leur forme primitive, bien entendu. Mais du fait de la troncation imposée à la troisième subdivision, seul l'épisode qui est maintenant appelé 'Noms de pays: le nom' subsiste sous le régime d'origine. Tout ce qui restait de cette section – ce qui s'appelle aujourd'hui 'Autour de Madame Swann' et 'Noms de pays: le pays' – deviendra, énormément multiplié, *A l'ombre des jeunes filles en fleurs*. C'est notre texte. Vu dans cette perspective, celui-ci pourrait donc être considéré comme le prototype de 'Noms de pays: le pays'.

Une telle perspective serait néanmoins sans grande utilité, car un des buts principaux de la présente édition est de livrer accès à la pensée de Proust – et à sa pratique – à un point temporel où l'avenir du roman ne peut, de par la dynamique de sa composition, entrer en jeu. En d'autres termes, la lecture de ce texte 'primitif' doit être envisagée comme étant celle d'un lecteur qui aurait pu lire le roman 'définitif' tel qu'il existait en 1911–1912. Car la transcription de ce texte est conçue dans un esprit progressif plutôt que régressif, et c'est à un de ses points de

12. L'histoire de cette première multiplication de volumes est facile à suivre dans la correspondance de 1913, notamment dans les lettres à Grasset et à Louis de Robert: voir *Correspondance*, XII, 211, 222, 226, 233, 239, 271, 287.

13. Cette page est reproduite dans Feuillerat, *op. cit.*, p. 273. La nouvelle disposition est mentionnée par Proust pour la première fois dans une lettre d'octobre 1913 à Henri Beaunier: voir *Correspondance*, XII, 278.

départ que nous saisissons cet acte de création. Une lecture à rebours, qui partirait du texte définitif, ne servirait pas à grand-chose ici. Ce texte vise l'avenir; et l'avenir du roman, tel qu'il existait dans l'esprit de son créateur, ne possédait pas l'ampleur que nous connaissons aujourd'hui: la lecture proposée ici respecte le cadre restreint de la création première. C'est un excellent exemple de 'l'étymologie de l'œuvre' dont parle Jean-Yves Tadié.[14]

Historique et caractéristiques générales du texte

A la différence des premiers états du roman proustien, qui présentent beaucoup de problèmes pour le chercheur (questions de datation, surtout), l'histoire du manuscrit dactylographié du *Temps perdu* est relativement peu problématique. Ayant rassemblé toutes les esquisses manuscrites nécessaires à la composition de son premier volume, Proust procède à l'établissement d'un texte continu et dactylographié. Commencée probablement en juillet 1911, cette dactylographie est le travail de jusqu'à six dactylographes, dont la plus importante était l'Anglaise Miss Cœcilia Hayward.[15] Proust a fait la connaissance de celle-ci à Cabourg: en effet, elle était attachée au Grand-Hôtel comme dactylographe-sténographe. Bien qu'il y ait eu des problèmes de langue, Proust l'a qualifiée de 'fort habile';[16] et plus tard, en janvier 1912, il écrit à Albert Nahmias, lui demandant de l'embaucher de nouveau.[17] C'est elle qui a tapé une grande partie de la dactylographie du *Temps perdu*, et notamment la dernière section de 'Noms de pays', y compris toute la partie consacrée au séjour à Bricquebec/Cricquebec.[18] Aucun problème donc en ce qui concerne la biographie physique de la dactylographie de base.

14. A la différence de la présente édition, la plupart des autres transcriptions analogues regardent les esquisses dans la perspective de la version définitive. Même la *Matinée chez la Princesse de Guermantes* – transcription qui ressemble partiellement à la nôtre – s'insère dans un cadre qui est celui du texte définitif, notamment en ce qui concerne une simplification des variantes.

15. Pour de plus amples détails, voir Brydges, 'Remarques . . .', *passim*.

16. *Correspondance*, x, 315; la lettre date, selon Kolb, de la mi-juillet 1911.

17. 'Cher Albert, y aurait-il possibilité de votre part à ce que vous choisissiez comme dactylographe Miss Hayward, celle de Cabourg, elle est à Paris et m'a demandé de la recommander.' *Correspondance*, xi, 26 (entre le 2 et le 11 janvier 1912).

18. Nous le savons à cause de ses tics de dactylographe, que Brydges a détaillés ('Remarques . . .', pp. 23, 25).

Mais le fait qu'il existait, à partir d'une certaine date qu'il est impossible de préciser, une dactylographie au net du *Temps perdu* ne veut pas dire qu'elle était parfaite, ou même fidèle. Au contraire, elle présente des excentricités de tout ordre: lacunes, mauvaises leçons, fautes de frappe, etc. Qui plus est, les dactylographes ont pour la plupart dû copier d'après les cahiers de Proust, dont l'état chaotique est légendaire (quelquefois, c'était Proust ou Nahmias qui dictait: le résultat est nettement meilleur).[19] On s'étonne, dans ces circonstances, de la ténacité et des ressources d'ingéniosité montrées par ces secrétaires. Les efforts de Miss Hayward sont quelquefois presque héroïques; même ses erreurs sont géniales – il y a des moments comiques dignes de Proust lui-même.[20]

Avec l'établissement de cette dactylographie, il est donc théoriquement possible de parler d'un texte continu de l'ensemble du *Temps perdu*. Mais si une telle assertion est pour la plupart vraie pour 'Combray' et 'Un amour de Swann', elle serait fausse pour 'Noms de pays'. Il y a deux raisons principales pour cette différence. La première est que Proust a relativement peu changé le contenu des deux premières sections, et les additions et corrections manuscrites sont en général mineures; d'ailleurs, ces sections, avec une partie de la troisième, allaient bientôt être publiées et, du fait de la publication, devenir inchangeables. En revanche, Proust a eu tout le temps pour changer et corriger la partie qu'il n'avait pas été possible d'incorporer dans le volume publié: au fait, les additions et les remaniements sont ici majeurs, avec force ratures, paperoles, et marges remplies d'ajouts. Mais la deuxième raison pour la différence que j'ai signalée réside dans l'état de la dactylographie elle-même; à ce stade de la rédaction, elle est très lacunaire de

19. Par exemple, 'Je me lève un jour sur quatre et descends ce jour-là dicter quelques pages à une dactylographe' (*Correspondance*, x, 320; juillet–août 1911); 'J'ai déjà dicté à une dactylographe un quart presque du [roman]' (*Correspondance*, x, 348; septembre 1911).

20. Par exemple, dans un passage d'un haut sérieux, lorsque Proust veut prêter une atmosphère wagnérienne à l'image qu'il est en train d'élaborer, il parle d'une 'apparition mythique, ronde de sorcières ou de nornes, qui me proposaient leurs oracles' (251/646). Or Miss Hayward, ayant mal compris les intentions de Proust, a tapé 'ronde de sorcières ou de nonnes'!

nature, visiblement copiée d'après des manuscrits défectueux. Avançant à un rythme heurté, par à-coups, elle n'a pas connu le travail soigné de façonnage dont les premières parties de la dactylographie avaient bénéficié (les conséquences de ces états incomplets caractérisent d'ailleurs tout l'historique futur du roman). Il est manifeste que Proust considérait la rédaction dactylographiée de cette partie de son roman simplement comme une transcription plus lisible de ses cahiers qu'il pouvait utiliser pour procéder à un travail de nettoyage, de correction, et surtout de création nouvelle.[21] La dactylographie de base n'est donc qu'un texte provisoire et passager, destiné à être dépassé, englouti mais nullement perdu de vue.

Il est en effet relativement facile de suivre les 'aventures' de ces divers textes primitifs car, éclatés, ils ne cessent de reparaître ici et là dans la version définitive. Pour ce qui deviendra *A l'ombre des jeunes filles en fleurs*, la piste à suivre commence dans les cahiers (dont de larges extraits sont publiés dans la nouvelle édition de la Pléiade), passe par notre dactylographie, puis par les épreuves publiées par M. Alden, pour arriver – après les remaniements des années de guerre[22] – au texte définitif de 1918. Même l'énumération de ces diverses étapes de la composition du roman souligne le fait qu'il s'agit chez Proust d'une donnée qui possède un rare dynamisme. Selon Jean-Yves Tadié, 'ce système de rédaction [est] toujours en évolution':[23] cette dactylographie en témoigne à chaque page.

Aspects physiques du texte

Notre manuscrit présente l'image d'un document continu, tapé à la machine, mais qui – dès avant le travail de correction – a été sujet à certaines perturbations (par exemple, des pages interverties, supprimées ou réutilisées). Ce détail a eu des

21. M. Alden fait remarquer que le cas est identique pour les jeux d'épreuves: 'Once again, Proust was using his printer as a less affluent mortal would use his typist, that is to say, to make a clear copy from which he could work better' (*Marcel Proust's Grasset Proofs*, p. 14).

22. Voir Winton [Finch], *passim.*

23. 'Introduction générale', p. lxi. Comparer Alden: 'It is quite clear that this is not a *static* manuscript, one which is ostensibly finished at one point and then copied continuously by a typist or typists' (*Marcel Proust's Grasset Proofs*, p. 13).

répercussions sur la pagination, qui ont été aggravées par le grand nombre d'additions manuscrites figurant sur des feuilles volantes. Puis, certaines pages tapées ont été remplacées par une nouvelle version manuscrite beaucoup plus longue ou par d'autres pages dactylographiées, ce qui a nécessité des numéros de page *bis* (une fois jusqu'à *quinque*), pour les réintégrer dans la pagination déjà établie (il y a aussi des contractions). Presque chaque page possède ses propres caractéristiques et particularités: en se référant aux reproductions photographiques qui accompagnent cette édition on verra la variété qui existe. On se rendra également compte des problèmes qui confrontent le chercheur: comment transcrire, de façon satisfaisante, toutes ces couches simultanées?

Car si je viens de dire que le document présente l'apparence de la continuité, ce que j'ai dit plus haut concernant sa nature lacunaire infirme cette assertion: le fait qu'il a été tapé à la machine donne lieu à une sorte de mirage, la tentation de ce qui semble de toute évidence achevé. En effet, le statut de la partie dactylographiée n'est jamais supérieur à celui de la partie manuscrite, tant l'interférence de ces deux régimes est intrinsèque à la production textuelle. C'est, si l'on veut, un palimpseste en plein vingtième siècle, mais un palimpseste actif, auquel les diverses couches contribuent en égale mesure.[24]

Néanmoins, la partie la plus stable de notre texte est représentée par la dactylographie de base qui, même si elle comporte des imperfections, constitue un corpus établi suivant des instructions de Proust lui-même: en effet, c'est la dernière partie du *Temps perdu*, tel qu'il existait à l'époque de transition entre *Les Intermittences du cœur* et *A la recherche du temps perdu*. La pagination en commence à la page 269 et se termine à la page 712, selon le système d'origine; mais, du fait des dislocations dont il a été question plus haut, il n'en résulte pas 143 pages, mais 147. La différence n'est pas due, comme on aurait pu le croire, aux divers jeux de remplacements de pages tapées par des pages manuscrites, car Proust conserve toujours la pagination primitive, avec les

24. Cette comparaison a été rendue célèbre par Gérard Genette dans 'Proust palimpseste', in *Figures I* (Paris, 1966), pp. 39–67. C'est d'ailleurs le titre d'un de ses plus récents livres: *Palimpsestes* (Paris, 1982).

bis dont je viens de parler. Il s'agit plutôt de trois pages qui manquent accidentellement dans le dossier 16735 et d'une qui n'a pas été numérotée par la Bibliothèque Nationale (284bis): pour combler ces lacunes, les pages qui font défaut sont puisées dans l'autre jeu de la dactylographie (16732).[25]

Ces interférences sont toujours visibles dans la présente édition: le cas échéant, l'historique de la pagination est détaillé. Est également donnée, en parallèle à la pagination proustienne, celle au composteur de la Bibliothèque Nationale: elle va de 174 à 317 (plus les pages empruntées à 16732, soit un total de 147 pages). L'en-tête de chaque page donne donc, typiquement, ces deux paginations principales: par exemple 208/601 présente d'abord celle de la Bibliothèque Nationale, ensuite celle de Proust. Cette dernière sera qualifiée si besoin est; par exemple 238/**637** [< ***636bis*** < *639*] veut dire que le numéro de page primitif (639) a été biffé pour être remplacé par un nouveau numéro, de la main de Proust (**636bis**), qui, lui, a été biffé à son tour et remplacé par la numérotation définitive. La pagination de la Bibliothèque Nationale, venant nécessairement après ces changements, n'est pas sujette à de telles dislocations. (Des explications concernant les différentes fontes typographiques sont données plus loin.)

Quant à la façon dont le texte dactylographié a été remanié par Proust, il est impossible de formuler des règles générales: quelquefois, il raye des phrases et des mots entiers, quelquefois des éléments d'un mot, quelquefois rien (la correction étant placée en surcharge). Généralement, la dactylographie est traitée par Proust en fonction du nouveau texte qui l'envahit et s'y intègre comme s'il était de même nature qu'elle. D'où tous les ajouts entés en interligne, le plus souvent continués en marge, dans tous les sens, de façon véritablement tentaculaire.

Lorsqu'il n'y a plus de place sur la page, les additions peuvent figurer sur des pages supplémentaires (ce seront les pages *bis*) ou sur les fameuses 'paperoles', celles-ci étant des fragments de pages collés à la suite de l'addition qu'ils complètent (le plus

25. Une cinquième anomalie: l'avant-dernière page du dossier 16735 a été endommagée à un point où il semblait préférable d'utiliser la page correspondante de 16732. Les corrections y sont identiques.

souvent au bas de la page, mais quelquefois ailleurs). Dans cette édition l'emplacement et la nature de toutes les additions importantes sont précisés à la faveur d'un système de transcription dont le détail suit.

Principes de transcription et pistes de lecture

Il fallait d'abord inventer un système de transcription qui respectât la complexité inhérente du document, mais qui pût faire entrer un peu de clarté là où il n'y avait que confusion.

– Impossible de reproduire, sur la page imprimée, le format et la disposition de l'original: la surabondance des additions en particulier y posait un obstacle insurmontable.
– Peu pratique, du point de vue du lecteur, de présenter une transcription linéaire et minutieuse d'un long texte dont il importait de garder le dynamisme. Les transcriptions très détaillées dues à l'équipe de la rue d'Ulm, entre autres, pouvaient convenir à de courts textes, où il ne s'agit que de fragments, et où l'acte de la lecture peut être conçu de façon quasi-stationnaire, mais non pas là où la continuité est importante.
– Procédure douteuse que de publier le seul texte dactylographié sans tenir compte des interférences manuscrites qui le complètent: un tel travail ne donnerait lieu qu'à une édition amputée d'une partie intégrante.

Il semblait toutefois possible, malgré sa difficulté, d'isoler le texte dactylographié, et de le présenter séparément, avec les corrections et additions éclatées et transférées autre part, en notes; ces deux corps de textes figureraient l'un en face de l'autre, sur des pages indépendantes. C'est la solution qui est adoptée ici.

Mais ce faisant il a fallu se résigner à faire des sacrifices. L'état de dégradation du texte en est partiellement responsable. Mais les griffonnages de Proust ne se prêtent pas en eux-mêmes à une transcription suivie: les redites, les biffages, les jeux d'interférences, les flèches de redirection, les indécisions –

tout conspire à frustrer le travail de reconstruction intégrale. Toujours est-il que les omissions ou les simplifications ne représentent qu'un pourcentage infime de cette édition: pour ce qui est de l'essentiel, le texte ici reproduit est tout à fait fidèle à la pensée de Proust.

La logique du texte dactylographié est toujours respectée, sauf dans les cas suivants:

1. Là où le texte est manifestement fautif (erreurs de lecture de la part de la dactylographe, fautes de frappe, inattention au contexte, etc.), je corrige sans signaler (il y a toutefois de multiples exceptions où tout détail est fourni).
2. Sont intégrées dans le texte dactylographié les corrections ou additions de la main de Proust de minime importance; il s'agit pour la plupart de corrections faites dans un premier temps (conjonctions, pronoms, temps et nombre des verbes, changements de ponctuation, mots que la dactylographe n'avait pas réussi à déchiffrer, etc.).
3. Quelques corrections et additions analogues à celles de la catégorie 2, mais de nature plus nettement stylistique (changements de vocabulaire de peu d'importance, et les corrections nécessaires), sont également incorporées.
4. Les corrections faites après le travail de remaniement global pour rattacher les grands blocs d'ajouts au texte de base sont généralement maintenues (voir catégorie 2).
5. Les alinéas indiqués de la main de Proust ('**alinéa**') là où il y a continuité dans l'original, sont créés. (Le découpage en paragraphes semble d'ailleurs très arbitraire chez Proust, ici comme ailleurs.) Autrement, le texte dactylographié reste intact.

Le système de transcription employé ici est le suivant:

1. Les pages de droite contiennent la dactylographie de base, avec ses corrections immédiates.
2. Les pages de gauche contiennent les corrections et additions autres qu'immédiates.
3. L'interférence de ces deux régimes est indiquée par un système de références, où chaque chiffre indique l'emplacement exact de la correction ou de l'addition respective. (L'emplace-

ment exact: car il est souvent important de préciser si le nouveau texte précède ou suit la ponctuation primitive là où elle est conservée.)

4. Le texte dactylographié resté intact est imprimé en caractères romains normaux.

5. Le texte dactylographié barré par Proust est imprimé en *caractères italiques normaux*.

6. Les corrections et additions de la main de Proust sont imprimées en **caractères romains gras**.

7. Les corrections et additions de la main de Proust, mais barrées, sont imprimées en ***caractères italiques gras***.

8. Les abréviations et sigles suivants sont utilisés:

>	marque la transition entre un texte barré et celui qui le remplace (le nouveau texte suit le sigle).
<	le procédé inverse: le texte barré (donc, périmé) suit le sigle.
pap.	paperole, c'est-à-dire, morceau de papier collé à une page normale.
INT	interligne.
MD	marge de droite.
MG	marge de gauche.
MI	marge inférieure.
MS	marge supérieure.
	(Ces cinq dernières abréviations indiquent l'emplacement d'une addition ou d'une paperole.)
[ ]	les crochets droits sont employés pour indiquer toute intervention éditoriale et pour enchâsser des états textuels antérieurs.
" "	Proust et sa dactylographe se servent toujours de guillemets à l'anglaise.
[illis.]	mot(s) illisible(s).

9. L'orthographe et surtout la ponctuation de Proust sont souvent excentriques.[26] Il m'a semblé préférable de laisser subsister ces excentricités, ne corrigeant que là où il était

26. Par exemple, Proust écrit toujours 'peut'être'; la dactylographe tape, correctement, 'peut-être'.

indispensable.[27] Dans le même esprit, j'ai réduit le nombre de *sic* au minimum, réservant cette indication pour des cas vraiment remarquables. (Quelquefois Proust commence à corriger un nom, mais après un certain nombre de pages ne le corrige plus: c'est le cas de Bricquebec/Cricquebec.[28] Dans ces circonstances, il est évident que Proust comptait sur l'intelligence et la bonne volonté des compositeurs futurs pour compléter la suite des corrections. Vain espoir!) Dans l'ensemble, ces excentricités présentent en elles-mêmes un excellent signe de l'état fruste du manuscrit en entier.

Exemple d'une transcription

Voici un extrait qui illustre les principes majeurs de la transcription; il est suivi d'une analyse explicative. D'abord, le texte de base:

Si j'avais pu descendre, lui parler, aurais-je été déconcerté par quelque défaut de **sa peau**[1] que de la voiture je **n'avais pas** distingué?[2] peut-être *qu'*un seul mot qu'elle eût dit, **un** sourire[3] m'eût-*il* fourni pour lire l'expression de son visage et de sa démarche, de son individualité, une clef, un chiffre **inattendus**[4], qui seraient aussitôt devenues banales? **C'est possible**, car je n'ai jamais rencontré dans la vie de filles aussi désirables que les jours où j'étais[5] *avec quelque personne dont la présence m'empêchait de m'approcher d'elles et* que j'inventais, *mille prétextes pour essayer de quitter.* **C**elui d'*avoir* brusque*ment* mal *à la* tête, *besoin de revenir* à Cricquebec à pied[6], ne convainquaient ni Madame de Villeparisis, ni ma grand'mère qui refusaient[7,] [8] *et comme elles sont uniques, au moment où l'attention qu'elle pourrait nous porter, faire sentir de sa vie ne pourrait être remplacée par toutes les femmes des autres car pour elle nous continuerions à ne pas exister.* (245/**642ter** [< *641*])

Les notes correspondantes, imprimées en face dans l'édition, sont les suivantes:

1. *leur chair*
2. je *ne* disting*uais pas*
3. *son seul* sourire

27. Proust néglige le plus souvent de mettre l'accent circonflexe sur la voyelle à la troisième personne de l'imparfait du subjonctif. Nous corrigeons.
28. D'autres exemples: Beauvais/Montargis; Monfort/Montfort; Sclaria/Silaria.

4. *différent*
5. ***empêché de m'approcher d'elles, parce que j'étais avec*** **avec quelque grave personne que je ne pouvais quitter, malgré les mille prétextes**
6. Celui d'**être pris d'un** brusque mal **de** tête, **qui ne céderait que si je quittais la** [< *descendais de*] **voiture et rentrais** [< *revenais*] à Cricquebec à pied
7. **de me laisser descendre**.
8. [MG, MI] **Et si mon regret** [< *je ne regrettais pas seulement*] **de ne pas m'être arrêté auprès de la belle fille** [etc.]

La note 1 explique que les mots primitifs dactylographiés étaient 'leur chair', expression que Proust a barrée ('*leur chair*') et remplacée par la nouvelle expression '**sa peau**', écrite de sa propre main.

De même, les notes 2, 3 et 4 donnent l'original dactylographié, que Proust a changé ou remanié.

La note 5 indique un nouveau départ manuscrit, qui remplacera le texte dactylographié qui suit, et que Proust a barré.

La note 6 donne la nouvelle version d'une phrase remaniée de façon assez complexe, et contient entre crochets droits des leçons que Proust n'a pas retenues.

Les mots de la note 7 complètent une phrase, alors que la note 8 qui l'accompagne indique, comme la note 5, un nouveau départ, ici une nouvelle phrase, qui remplace le texte barré qui suit. Les abréviations MG et MI indiquent que cette addition est placée, d'abord dans la marge de gauche, puis continuée dans la marge inférieure.

Remarquer les mots rayés par Proust après les références [2] et [3] (*qu'* et *il*); de tels cas sont très fréquents, ainsi que l'est l'addition manuscrite typique, un peu plus loin, de '**C'est possible**'. Dans la phrase suivante, le **C** majuscule gras de '**C**elui' remplace, on peut le deviner, un c minuscule, qui lui-même suivait une virgule, et non pas le point qui l'a remplacée. Il est naturellement presque impossible d'indiquer de tels changements de ponctuation; mais le contexte vient le plus souvent à la rescousse. Noter aussi le blanc dans le texte vers la fin de l'extrait:

ces blancs sont fréquents, et ils sont toujours maintenus dans la transcription. Quant au numéro de page qui termine le passage (dans l'édition, ces numéros précèdent le texte qui leur correspond): à l'origine numérotée 641 par Proust, la page a dû avoir été déplacée lors d'un triage ultérieur, et le numéro a été remplacé par un nouveau numéro, **642ter**, écrit de la main de Proust. De tels cas ne sont pas rares: c'est encore un exemple de l''étymologie' de l'œuvre.

Pour terminer, il conviendra d'offrir quelques précisions supplémentaires:
Les 'notes' des pages de gauche peuvent donner l'impression, dans le cas de beaucoup des corrections, qu'un choix assez arbitraire a été opéré entre la nouvelle version et l'ancienne: c'est vrai. Il était, en effet, très difficile d'établir des critères susceptibles d'être universellement appliqués. C'est avant tout la logique du contexte qui a été décisive: il semblait souvent normal de garder intact le texte primitif, même s'il était considérablement remanié, et ce pour des raisons de continuité. D'autres occasions semblaient réclamer l'inverse, c'est-à-dire l'incorporation dans les pages de droite de corrections qui, elles, répondent à une nouvelle logique déjà établie. Choix souvent délicat, il faut l'avouer, mais, les fontes typographiques aidant, on pourra rectifier si besoin est.

Car, en faisant la navette entre le texte de base et les notes, on entre dans la dynamique même de la composition proustienne; en se déplaçant au rythme textuel, on assiste activement à son évolution perpétuelle. Ce travail de reconstitution n'est pas aisé pour le lecteur, certes, mais il est toujours facile de repérer le registre textuel auquel on a affaire. Pour résumer l'essentiel en deux mots: le texte dactylographié, reproduit en caractères romains, *peut être barré par Proust*, peut donner lieu à **des corrections et à des additions manuscrites**, qui elles-mêmes ***peuvent être barrées***.

Conclusion

Cet avant-propos – on l'aura remarqué – n'entre pas dans le détail quant à la confrontation inévitable entre la matière de ce stade préliminaire et celle de son épanouissement définitif. Dresser une liste des différences (dans l'espèce, des amplifications et des inventions nouvelles) équivaudrait à privilégier un certain état du texte aux dépens d'un autre, dont l'autonomie faisait, à un point donné de son histoire, autorité. Donc, aucune mention des jeunes filles, de Doncières, d'Albertine... En revanche, ce volume se termine par un résumé semblable à ceux des deux éditions de la Pléiade: un 'état présent' du texte qui aurait pu le rester.

Mais aussi complet fût-il, un résumé de 'Bricquebec' ne serait jamais qu'un pis-aller, car le seul commentaire, la seule critique vrais de ce manuscrit ne sont guère concevables sauf dans les confins d'un acte de lecture parallèle à celui de sa construction, lecture qui tiendrait compte de la simultanéité des divers actes scripturaux: dépassement d'un texte périmé, actualisation d'un nouveau complexe dans le cadre d'un ensemble élargi, établissement de nouvelles pistes pour l'avenir – tous aspects saisis ici à leur point de départ. Et ces nouveautés, étant frustes, ne peuvent être appréciées que dans l'enthousiasme de leur réification, c'est-à-dire en pleine collaboration entre écrivain et lecteur à l'état zéro de la création.

Le Narrateur, dans le contexte apocalyptique du *Temps retrouvé*, dira à propos de sa tâche créatrice: 'Sans doute ce déchiffrage était difficile, mais seul il donnait quelque vérité à lire.'[29] Nous pourrions en dire autant, mais d'une voix plus modeste: la lecture de 'Bricquebec', si difficile soit-elle, donne accès à cette même sorte de 'vérité à lire'. Car si 'Combray' et 'Un amour de Swann' avaient déjà témoigné du génie de Proust, le chantier de 'Bricquebec' confirme que Proust ne cesse d'affronter – avec combien d'efforts pénibles! – des problèmes de plus en plus aigus. De ce qui eût pu être échec, naîtra triomphe: on est au seuil de Balbec, ce haut lieu, non seulement de l'œuvre proustienne, mais de la littérature mondiale.

29. *A la recherche du temps perdu* (Paris, 1954), III, 878.

REMERCIEMENTS

Cette édition n'aurait pu voir le jour sans le concours des personnes et des institutions suivantes:

En premier lieu, le personnel de la Bibliothèque Nationale, à tous les niveaux, a témoigné pendant de longues années d'une sollicitude et d'une aide incomparables. Monsieur André Miquel, en accordant l'autorisation de publier, a su triompher de difficultés apparemment insurmontables: qu'il reçoive ici l'expression de ma reconnaissance la plus profonde. Madame Florence Callu, qui veille avec un soin infatigable au sort des manuscrits de Proust et à leur conservation, m'a toujours accueilli de la façon la plus ouverte: la dette que je lui dois est immense.

Les Éditions Gallimard ont eu la largeur d'esprit de m'encourager et de ne mettre aucun obstacle à l'encontre de cette publication.

J'ai bénéficié d'importantes bourses de la British Academy et de la Queen's University of Belfast, qui ont facilité la tâche de mener à bien un travail de longue haleine.

L'apport de quelques amis et collègues m'a été précieux: Andrée Gabbey, Henri Godin, David Gordon, Edward Hughes, Jean-Yves Tadié et Timothy Unwin ont tout fait pour m'aider et pour corriger mes erreurs. Celles qui subsistent sont les miennes.

Virginia Llewellyn Smith, d'Oxford University Press, mérite une place à part: elle m'a guidé de la façon la plus perspicace dans la préparation de ce livre, et avec des réserves d'indulgence peu communes. Dans une grande mesure, cette édition lui appartient.

Mais ma dette la plus profonde est due à Henri Bonnet, qui a été une source inépuisable de sagesse au cours des années: il est mort le 18 juillet 1988. Ce livre est dédié à sa mémoire.

R.B.

Belfast, décembre 1988

TABLE

TABLE DES ILLUSTRATIONS

BIBLIOGRAPHIE SOMMAIRE

Manuscrit

Proust, Marcel, 'Les Intermittences du cœur: Le Temps perdu', dactylographie. Bibliothèque Nationale, nouvelles acquisitions françaises, 16730–16732; 16733–16735. (Texte de base: 16735.)

Livres et articles

Alden, Douglas, *Marcel Proust's Grasset Proofs* (Chapel Hill, N.C., 1978).

Bardèche, Maurice, *Marcel Proust romancier* (2 vol., Paris, 1971).

Bonnet, Henri, *Marcel Proust de 1907 à 1914* (2e édition, Paris, 1971).

Brydges, Robert, 'Remarques sur le manuscrit et les dactylographies du *Temps perdu*', *Bulletin d'informations proustiennes*, 15 (1984), 11–28.

—— 'Analyse matérielle du manuscrit du *Temps perdu*', *Bulletin d'informations proustiennes*, 16 (1985), 7–10.

Bulletin d'informations proustiennes (Paris, 1975–).

Bulletin de la Société des Amis de Marcel Proust et des Amis de Combray (Illiers, 1950–).

Cahiers Marcel Proust (Paris, 1970–).

Chantal, René de, *Marcel Proust critique littéraire* (2 vol., Montréal, 1967).

Feuillerat, Albert, *Comment Marcel Proust a composé son roman* (New Haven, Conn., 1934).

Genette, Gérard, *Figures I–III* (Paris, 1966–72).

Proust, Marcel, *A la recherche du temps perdu* (3 vol., Paris, Gallimard [Pléiade], 1954).

—— *A la recherche du temps perdu*, nouvelle édition de la Pléiade, 4 volumes prévus (I, II: Paris, 1987, 1988).

—— *A l'ombre des jeunes filles en fleurs* (2 vol., Paris [Garnier-Flammarion], 1987).

—— *Le Carnet de 1908*, éd. P. Kolb (*Cahiers Marcel Proust*, 8; Paris, 1976).

—— *Contre Sainte-Beuve, suivi de Nouveaux Mélanges* (Paris, 1954).

—— *Contre Sainte-Beuve, précédé de Pastiches et mélanges, et suivi de Essais et articles* (Paris, 1971).

—— *Correspondance*, éd. P. Kolb (Paris, 1970–).

—— *Jean Santeuil* (3 vol., Paris, 1952).

—— *Jean Santeuil, précédé de Les Plaisirs et les jours* (Paris, 1971).

—— *Matinée chez la Princesse de Guermantes*, éd. H. Bonnet et B. Brun (Paris, 1982).

Proust Research Association Newsletter (Lawrence, Kansas, 1969–).

Pugh, Anthony R., *The Birth of 'A la recherche du temps perdu'* (Lexington, Kentucky, 1987).

Rey, Pierre-Louis, *'A l'ombre des jeunes filles en fleurs' de Marcel Proust: étude critique* (Paris, 1983).

—— '*A l'ombre des jeunes filles en fleurs*: introduction', in Proust, Marcel, *A la recherche du temps perdu*, I (Paris, 1987), 1282–1302.

Robert, Louis de, *Comment débuta Marcel Proust* (nouvelle édition, Paris, 1969).

Tadié, Jean-Yves, 'Introduction générale', in Proust, Marcel, *A la recherche du temps perdu*, I (Paris, 1987), ix–cvii.

—— 'Proust inédit?', *La Quinzaine littéraire*, no. 499 (16–31 décembre 1987), 11.

Winton [Finch], Alison, *Proust's Additions* (2 vol., Cambridge, 1977).

~~pendant que la marche du train s'accélerait, je la vis s'éloigner de cette gare, où je me demandai quel jour prochain j'allais pouvoir revenir dans cette vallée où je marcherais à côté d'elle qui connaissait le charme de la vie rurale et du matin, quand elle suivait ce sentier où je l'apercevais encore de la portière regagnant la maison de garde d'une marche assurée et vive sous le ciel qui moins que son visage était rose.~~

Certains noms de villes servent par abréviation à designer leur église principale. Quand on dit aimez-vous mieux Vezelay ou Jumièges, Bourges ou Beauvais, tout le monde comprend que c'est abbaye ou cathédrale qu'on veut parler. Cette acception sculpte le nom tout entier, qui dès lors quand nous voudrions y faire entrer l'idée de la ville ~~- de la ville que nous ne connaissons pas -~~ lui imposera -, comme un moulé, les mêmes ciselures, du même style, en fera comme une grande cathédrale. Ce fut pourtant au-dessus d'un buffet, en lettres blanches sur un avertisseur bleu que je lus le nom Cricquebec, à l'ornementation presque persane. Je traversai vivement la gare et la Place, je demandai la plage pour ne voir que l'église et la mer; on n'avait pas l'air de comprendre ce que je voulais dire. Cricquebec-le-vieux, Cricquebec-ville, Cricquebec-en-Terre où je me trouvais, n'était ni une plage ni un port. Certes c'était bien dans la mer que les pêcheurs, selon la légende, avaient trouvé le Christ miraculeux dont un vitrail de cette église qui était à quelques mètres de moi, racontait la découverte, c'est bien dans les falaises ~~battues par les flots~~ qu'avait été tirée la pierre de la nef et des tours ~~qui s'élevaient lui aussi comme une falaise battue par la pluie et hantée par les~~

1. BN n.a. fr. 16735 page 189/583.

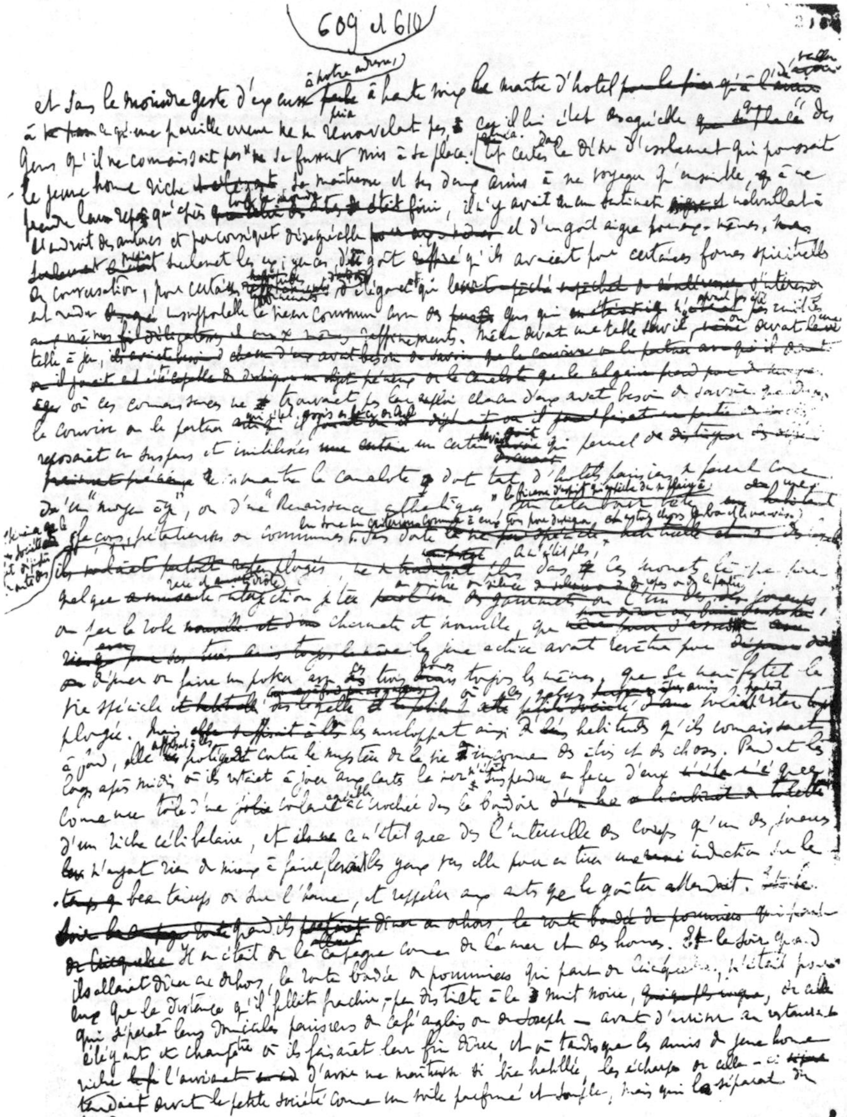

2. BN n.a. fr. 16735 page 216/609 et 610.

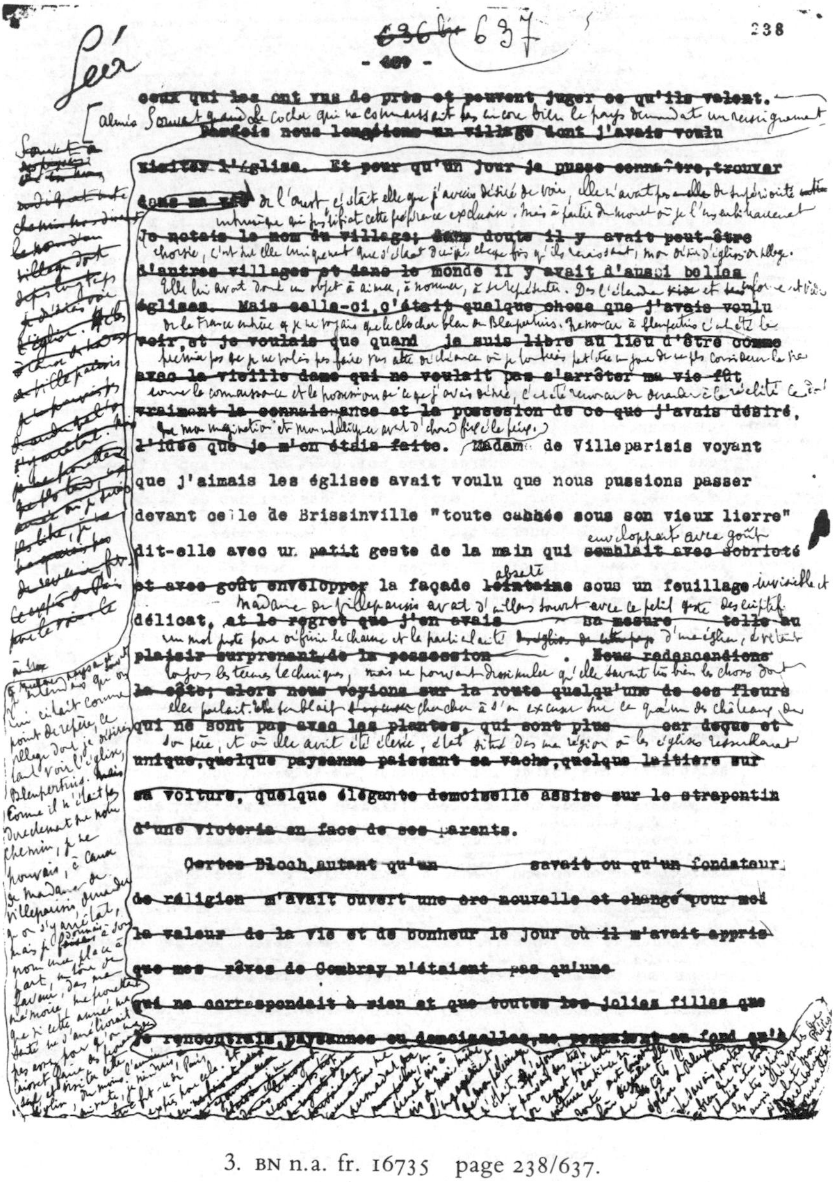
238

- 469 -

ceux qui les ont vus de près et peuvent juger ce qu'ils valent.

Parfois nous longeâmes un village dont j'avais voulu

visiter l'église. Et pour qu'un jour je pusse connaître, trouver

dans ma vie

je notais le nom du village; sans doute il y avait peut-être

d'autres villages et dans le monde il y avait d'aussi belles

églises. Mais celle-ci, c'était quelque chose que j'avais voulu

voir, et je voulais que quand je suis libre au lieu d'être comme

avec la vieille dame qui ne voulait pas s'arrêter ma vie fût

vraiment la connaissance et la possession de ce que j'avais désiré,

l'idée que je m'en étais faite. Madame de Villeparisis voyant

que j'aimais les églises avait voulu que nous pussions passer

devant celle de Brissinville "toute cachée sous son vieux lierre"

dit-elle avec un petit geste de la main qui semblait avec sobriété

et avec goût envelopper la façade lointaine sous un feuillage

délicat, et le regret que j'en avais Sa mesure telle au

plaisir surprenant de la possession . Nous redescendions

la côte; alors nous voyions sur la route quelqu'une de ces fleurs

qui ne sont pas avec les plantes, qui sont plus car deque et

unique, quelque paysanne paissant sa vache, quelque laitière sur

sa voiture, quelque élégante demoiselle assise sur le strapontin

d'une victoria en face de ses parents.

Certes Bloch, autant qu'un savait ou qu'un fondateur

de religion m'avait ouvert une ère nouvelle et changé pour moi

la valeur de la vie et du bonheur le jour où il m'avait appris

que mes rêves de Combray n'étaient pas qu'une

qui ne correspondait à rien et que toutes les jolies filles que

je rencontrais, paysannes ou demoiselles, ne [illegible] en fond qu'à

3. BN n.a. fr. 16735 page 238/637.

672 278

contentant de la regarder en mangeant ma truite, sur la terrasse, au gazouillement de l'eau, les oiseaux et des feuillages.

Montargis ne put m'accompagner dans une visite que je fis au peintre Elstir. Il s'attendait pour ce jour-là à l'arrivée d'un de ses oncles qui devait venir deux ou trois jours auprès de Madame de Villeparisis et on ne savait pas exactement quand (car cet oncle très adonné aux exercices physiques et notamment à la marche devait venir en partie à pied du château où il était en villegiature) et préférait puisque je ne serais pas là lui consacrer cette première après-midi pour être plus facilement excusé de passer les autres avec moi. Cet oncle s'appelait Palamède, d'un prénom qu'il avait hérité des princes de la maison d'Anjou dont il descendait, et plus tard j'ai eu plaisir dans mes lectures dans l'histoire appartenant à tel podestat ou tel pape, à retrouver non pas un prénom identique, mais celui-là, médaille de la Renaissance, d'aucun disaient véritable antique, et, toujours resté dans la famille, ayant glissé de descendant en descendant depuis le cabinet du Vatican jusqu'aux mains de l'oncle de mon ami. Ceux qui ne peuvent pas faire de collection de statues ou de monnaies, s'ils avaient de l'imagination ils feraient des collections de prénoms - ou de noms de localités dans lesquels l'état ancien d'un visage ou d'une région survit - ou même simplement de sonorités anciennes qu'on entend encore devenu régulier par l'usage, la faute de prononciation, l'intonation dont la vulgarité obéit à des lois avec laquelle nos ancêtres villageois prononçaient les nom étrangers et qui résonne encore comme un défaut de langue dans les belles finales françaises et dont on ferait pour soi-même à certains mo-

4. BN n.a. fr. 16735 page 278/672.

‘BRICQUEBEC’

1. *qu'avait le*
2. *avait*
3. ***à vaincre***

174/569

Quand nous partîmes cette année-là, pour Bricquebec, mon corps **qui** n'avait opposé aucune résistance à ce voyage tant que je m'étais contenté en y pensant, d'apercevoir du fond de mon lit de Paris, l'église persane à côté de la tempête—*où quand mon rêve avait un peu changé de forme—à côté du soleil rayonnant sur "la mer"*

175/570

mon corps se révoltât [*sic*] aussitôt qu'il eut compris qu'il serait de la partie, et qu'à mon arrivée on me conduirait à une chambre qu'on appellerait "ma" chambre et que je n'aurais jamais vue. A partir de ce jour-là j'eus l'air si malheureux que le nouveau médecin qui me soignait et qui avait conseillé de m'habituer à tout ce dont le précédent m'avait prescrit de m'abstenir, me dit:

—Ça n'a pas l'air de vous amuser de partir. Ça ne vous dit rien Bricquebec? C'est drôle de ne pas aimer les voyages. Moi je trouve ça exquis (qu'il prononçait esquis). Je vous réponds que si je pouvais prendre seulement huit jours pour aller prendre le frais, au bord de la mer, je ne me ferais pas prier. Et puis il y aura des courses, des régates, vous vous amuserez beaucoup.

Il est probable pourtant que le désir que j'avais de voir Cricquebec était beaucoup plus fort que celui **du**[1] docteur, et que j'"aimais" tout autant que lui les voyages. Mais j'avais déjà soupçonné, quand j'avais été entendre la Berma, et toutes les fois où j'allais jouer aux Champs-Elysées avec Gilberte, que ceux qui aiment, et ceux qui ont du plaisir ne sont peut-être pas les mêmes. La contemplation de Cricquebec ne me semblait pas moins désirable parce qu'il fallait l'acheter au prix d'un mal, qui était au contraire comme le symbole de la réalité *individuelle* de l'impression que j'allais chercher, qu'aucun spectacle équivalent, aucune vue stéréoscopique qui ne m'**eût**[2] pas empêché de rentrer coucher chez moi, n'aurait pu remplacer. Et comme je sentais déjà que quelle que fût, **plus tard**, la chose que j'aimerais, elle ne serait jamais placée qu'au bout d'une poursuite douloureuse où j'aurais d'abord[3] *à traverser comme obstacle, à*

1. **et préférant, paraît-il, louer une maison pour l'été dans les environs de Paris, ma mère**

2. **ce qu'elle ne m'annonça que la veille du départ pour abréger nos angoisses,**

3. *voulait*

4. *pour juger le désir qu'avait* ma grand'mère *de faire* rendre *à chaque déplacement qu'elle organisait*

5. 1h.25

6. [pap. MI] **où son heure de départ me donnait l'émotion, presque l'illusion du départ. Le prendre, descendre *à Vitré ou* à Bayeux ou à Coutances me représentait depuis longtemps l'un des plus grands bonheurs possibles; et comme la détermination ou des traits d'un bonheur dans notre imagination vient beaucoup plus de ce que nous avons de lui des désirs toujours identiques, que des notions précises, nous croyons connaître celui-là dans tous les détails, et je ne doutais pas que j'éprouverais dans le wagon tel plaisir spécial quand la journée commencerait à fraîchir, et que je contemplerais tel effet à l'approche d'une certaine station; si bien que ce train réveillait toujours en moi les *mêmes* images des mêmes villes que je coulais dans la lumière de ces heures de l'après-midi qu'il traversait, *ce train* me semblait différent de tous les autres; et j'avais fini, comme on fait souvent pour un ami qu'on n'a jamais vu mais auquel on rêve sans cesse, par donner une physionomie particulière et immuable à ce voyageur artiste et blond qui m'aurait emmené sur sa route, et à qui j'aurais dit adieu au pied d'une cathédrale, avant qu'il se fût éloigné vers le couchant.**

vaincre, ma santé, à sacrifier mon plaisir à ce bien suprême au lieu de l'y chercher, **et à traverser comme obstacle, à vaincre, ma propre santé**,

176/571

je n'aurais pas voulu demander à ne pas faire ce voyage—tout en souhaitant secrètement que quelque accident imprévu vînt l'empêcher—ce qui m'eût semblé renoncer dès la première expérience, sinon à connaître la sensation—car je ne l'éprouverais jamais—du moins à posséder l'objet du bonheur. Mais les résistances de mon corps furent cette fois-là d'autant plus difficiles à dominer que mon père n'étant pas encore revenu du voyage en Espagne qu'il était allé faire avec Monsieur de Norpois,[1] *ma mère* décida[2] qu'elle ne nous accompagnerait pas et que ma grand'mère irait seule avec moi à Cricquebec.

Celle-ci, toujours désireuse de donner aux présents qu'on me faisait un caractère artistique, **avait d'abord voulu**[3] m'offrir de ce voyage une "épreuve" ancienne, et que nous reprissions moitié en chemin de fer, moitié en voiture le trajet qu'avait suivi Madame de Sévigné quand elle était allé de Paris à "L'Orient" en passant par Chaulnes et par "le" Pont Audemer. Mais tout en trouvant que "c'était une pitié" de me laisser passer près de belles choses sans les voir, elle fut obligée d'y renoncer, sur la défense de mon père, que Maman tenait au courant par *ses* lettres, et qui savait,[4] **quand** ma grand'mère **organisait un déplacement en vue de lui faire** rendre tout le profit intellectuel qu'il pouvait comporter, combien on pouvait pronostiquer d'avance de trains manqués, de bagages perdus, de maux de gorge et de contraventions. Bref nous partirions simplement de Paris par ce train de 1h.**22**[5] *et* que **pendant** des années j'**avais** souvent **cherché** dans l'indicateur,[6] *à ces beaux jours d'après-midi d'où il partait, paré de toutes les merveilleuses villes qu'il traversait, ici doré du reflet*

1. *que je sentisse*
2. *il faudrait* **entrer**
3. **, au lieu de *prendre le train* partir**
4. **afin de ne pas rester avec nous, (pensant**
5. **dissimulée auparavant sous des allées et venues et des préparatifs qui n'engagent pas définitivement,**

1. *périlleux*

177/572

de Bayeux, là m'offrant les saphirs et les améthystes des vitraux du Mans, là la porcelaine normande et presque barbare de ce nom: Saint Lô, et qui à cause de ces mêmes désirs qu'il éveillait toujours en moi, de ces mêmes dons dont il prétendait me combler, avait une figure spéciale comme un certain génie bienfaisant que j'aurais voulu suivre.

Comme ma grand'mère ne pouvait se résoudre à aller "tout bêtement" à Cricquebec, elle s'arrêterait vingt-quatre heures chez une de ses amies, d'où je repartirais dès le soir pour ne pas déranger, et aussi de façon à voir **dans** la journée **du lendemain** l'église de Bricquebec, qui, avions-nous appris, était assez éloignée de Bricquebec-Plage, et où je ne pourrais peut-être pas aller **ensuite** au début de mon traitement **de bains** *de bains pour ne pas me fatiguer, et à la fin de l'après-midi j'irais attendre ma grand'mère à la station de Bricquebec le vieux pour que nous arrivions ensemble à l'hôtel.* Et peut-être était-il moins pénible pour moi **de sentir**[1] l'objet admirable de mon voyage placé avant la cruelle première nuit où **j'entrerais**[2] dans une demeure nouvelle **et** accepter**ais** d'y vivre. Mais il fallait d'abord quitter l'ancienne et Maman nous accompagnerait. Elle nous conduisit à la gare. Comme elle devait passer l'été avec mon père à St Cloud, elle avait arrangé d'y emménager ce jour-là même et avait pris, ou feint de prendre, toutes ses dispositions pour y aller directement en quittant la gare, sans repasser par la maison où elle craignait que je ne voulusse[3] rentrer avec elle. Et même elle avait pris le prétexte d'avoir beaucoup à faire dans la maison nouvelle et d'avoir peu de temps, *enfin pensant*[4] que je serais **aussi** moins malheureux de **la** quitter), jusqu'à ce départ du train **où**[5] **une séparation** apparaît brusquement impossible à

178/573

souffrir **alors qu'**elle ne l'est déjà plus à éviter, **concentrée** toute [*sic*] entière dans un instant immense de lucidité impuissante et suprême. Elle entra avec nous dans la gare, dans ce lieu tragique et **merveilleux**[1] où il fallait abandonner toute espérance de rentrer tout à l'heure dans les lieux familiers où j'avais

2. *réel*
3. d'*une* chose ce qui l'entoure
4. *donner*
5. *devait*

1. **assez dépouillés de toute particularité**
2. *veut*
3. *vers le*

vécu mais aussi où le miracle devait s'accomplir grâce auquel ceux où je vivrais bientôt seraient ceux-là mêmes qui n'avaient encore d'existence que dans ma pensée.

Sans doute, aujourd'hui, ce serait en automobile qu'on ferait ce voyage et on penserait le faire **ainsi** plus agréable **et** plus **vrai**[2], suivant de plus près aussi les diverses gradations par lesquelles change la face de la terre. J'ai dit ailleurs, et à d'autres points de vue, je montrerai plus tard ici que je ne méconnais pas l'automobile. Mais je n'apprécie pas cet esprit nouveau **qui, en tout veut** nous **montrer** à côté d**es** chose**s** ce qui l**es** entoure[3] dans la réalité, supprime *d'elles* l'essentiel, l'acte intellectuel qui les en isolait, et **masque** sous **une** satisfaction médiocre qu'il vient nous **accorder**[4] par surcroît, le plaisir original qu'elle**s devaient nous**[5] donner. On prétend qu'il faut voir un tableau du XVIIème siècle au milieu de meubles, de bibelots, de tentures de l'époque, et on **ne** reconstitue que le fade décor que nous montrent tous les *"beaux"* hôtels d'aujourd'hui où Rembrandt humilié finit par refléter le pauvre goût d'une maîtresse de maison qui a d'ailleurs passé des années aux archives comme toutes ses pareilles **font** maintenant, et où rien que le temps d'un dîner on s'ennuie au milieu de chef-d'œuvres [*sic*] qui ne nous redonneront l'enivrante joie qu'on **doit** leur demande**r** que sur le**s** mur**s** d'une salle **de musée**

179/574

de musée, **jamais** assez **nus**,[1] s'il**s voulaient**[2] symboliser les espaces intérieurs où l'artiste s'abstrayait de son milieu pour créer. Le plaisir spécifique du voyage n'est pas de pouvoir descendre en route et s'arrêter quand on est fatigué, la vraie vérité du voyage c'est de rendre la différence entre le départ et l'arrivée, non pas aussi insensible, mais aussi profonde qu'on peut, de la conserver totale, intacte telle qu'elle était dans notre pensée quand notre imagination nous portait **du**[3] lieu où nous vivions, jusqu'au cœur d'un lieu désiré, en un bond qui nous semblait moins miraculeux parce qu'il franchissait une

4. *comme* sur un écriteau *ils* porteraient

5. **d'une modernité presque parisienne**

6. *il peut* s'accomplir

7. *la Création de* la Croix. [!]

8. [MG, MI] **Pour la première fois je sentais que ma mère pouvait vivre sans moi, autrement que pour moi, d'une autre vie que moi. Je sentais qu'elle pouvait vivre de son côté avec mon père à qui peut-être elle trouvait que ma mauvaise santé, ma nervosité, faisaient la vie un peu difficile et triste. Si bien que je ressentais de cette séparation un plus sombre désespoir, en me disant qu'elle était peut-être pour ma mère le terme de déceptions successives que je lui avais causées** ***et*** **qu'elle m'avait tues et après lesquelles elle avait** ***fini par sentir*** **compris les difficultés de vacances communes; et aussi comme le premier essai d'une existence à laquelle elle finissait par se résigner pour l'avenir, au fur et à mesure que les années viendraient pour elle et pour mon père, d'une existence où je la verrais moins, où ce que même dans mes cauchemars je n'avais jamais entrevu elle serait déjà pour moi un peu une étrangère, une dame qu'on verrait rentrer seule dans une maison où je ne serais pas, demandant s'il n'y a pas de lettres de moi.**

9. [phrase barrée par erreur]

1. **même loin je serai encore avec mon petit loup**

2. *allais manger (car je ne devais déjeuner que dans le train)*

3. *reconnaître*

4. *Ce chapeau excitait*

distance que parce qu'il unissait deux individualités distinctes de la terre, qu'il nous menait d'un nom à un autre nom; et que *enfin* schématis**ait** (mieux qu'une promenade toute réelle où, comme on débarque où l'on veut il n'y a pas pour ainsi dire plus **d'arrivée**) cette opération mystérieuse qui s'accomplissait dans **d**es lieux spéciaux *qu'étaient*, les gares, **qui** ne **font** pas partie pour ainsi dire de la ville mais **contiennent** l'essence de sa personne **de même que** sur un écriteau **elles** porte**nt**[4] son nom, laboratoire fumeux, antres empestés mais où on accédait au mystère, grands ateliers vitrés, comme celui où j'entrai ce jour-là cherchant le train **de** Cricquebec, **et qui déployait** au-dessus de la ville éventrée un de ces immenses ciels crus et *presque* tragiques, comme certain**s** ciel**s**,[5] de Mantegna et de Véronèse *qui semble une réalité presque parisienne*, et sous lequel **ne pouvait** s'accomplir **que**[6] quelque acte terrible, et solennel comme le départ d'un chemin de fer ou **l'Erection de** la Croix.[7,8]

Ma mère essayait pour me consoler[9] des moyens qui successivement lui paraissaient les plus efficaces. Elle croyait inutile d'avoir

180/575

l'air de ne pas voir mon chagrin, elle le plaisantait doucement: "Eh bien qu'est-ce qu'elle dirait l'église de Cricquebec si elle savait que c'est avec cet air malheureux qu'on s'apprête à aller la voir? Est-ce cela le voyageur ravi dont parle Ruskin? D'ailleurs je saurai si tu as été à la hauteur des circonstances, car[1] *une mère et un fils cela ne se quitte jamais.* Tu auras demain une lettre de ta maman." Puis elle cherchait à me distraire, elle me demandait ce que je **commanderais pour dîner**[2], elle admirait la tenue de Françoise et lui en faisait compliment. "Mais Françoise vous êtes magnifique! Où avez-vous déniché ce chapeau, ce manteau?" Françoise répondait que nous les connaissions bien et forçait en effet ma mère à **se rappeler**[3] un ancien chapeau, un ancien manteau *de la **mise bas*** de ma grand'tante, **lesquels avaient excité**[4] l'horreur de ma mère quand il**s étaient** neuf[s],

5. *avec un* immense oiseau
6. *simple*

1. *comme il faut sans dureté comme*
2. *comme dans les*
3. *pour les vitraux de l'*église ou *l'enluminure des* livre*s* d'heures

l'un avec l'immense oiseau[5] **qui le surmontait**. *Mais l'oiseau était cassé depuis longtemps, de même que le manteau,* **l'autre** surchargé de dessins affreux et de jais *était hors d'usage.* **Mais le manteau étant hors d'usage**, Françoise l'avait fait retourner et exhibait un envers de drap rouge, **uni**[6] et d'un beau ton. **Quant à l'oiseau il y avait longtemps qu'il était cassé**, et, comme, il est quelquefois troublant de trouver les raffinements vers lesquels les artistes les plus conscients s'efforcent dans quelque chanson populaire, **à la façade de quelque** maison de paysan, qui fait épanouir **au dessus de la porte** une rose blanche ou soufre juste à la place qu'il fallait—, le nœud de velours, la coque de ruban qui *nous* auraient ravi dans un portrait de Chardin ou de Whistler, Françoise l'avait placé avec un goût infaillible et naïf sur le chapeau devenu charmant. Mais surtout les sentiments qui lui étaient habituels, **sa** tendresse pour les siens, son respect pour ses maîtres, **l'**orgueil de son honnêteté

181/576

qui lui permettait de "porter le front haut", **la** modestie pour sa condition dont elle trouvait que c'était "à la bêtise" de vouloir **sortir**, tout cela n'avait pas seulement donné une noblesse singulière à son visage régulier qui avait dû être charmant au temps de sa jeunesse, mais avait gagné son maintien **et** son port de tête *réservé sans bassesse*; et **même**, les vêtements inattendus qu'elle avait revêtus pour le voyage afin d'être digne d'être vue avec nous sans avoir l'air de chercher à se faire voir, *et qui tous*,—depuis le drap cerise mais ancien **de son manteau**, jusqu'aux poils **comme il faut et sans raideur** de son col**let** de fourrure[1] **pareils à** ceux qui ombrageaient sa bouche—, avaient contracté cette expression réservée **et** sans bassesse d'une femme qui sait à la fois "tenir son rang et garder sa place" **et faisaient penser à ces**[2] portraits **où** les vieux maîtres peignaient **un vitrail d'**église ou **pour un** livre d'heures[3] *de* quelque Anne de Bretagne en prière, et où tout est si bien en place, où le sentiment de l'ensemble s'est si bien résorbé dans toutes les parties que la riche et désuète singularité du costume n'exprime

4. *mes yeux pleins de larmes*
5. *en un geste*

1. *J'hésitais*
2. *avais*
3. *raison*
4. **me résolvant soudain avec une violence indignée, à cet acte d'aller boire, dont l'exécution devenait nécessaire à prouver ma liberté puisque son annonce verbale n'avait pu passer sans protestation, Comment,**

plus que la même piété, la même gravité douce que les lèvres et **que** les yeux. Mais ma mère voyant **que j'avais peine à contenir mes larmes**[4], me disait: "Régulus avait coutume dans les grandes circonstances . . . . ." puis se rappelant que l'affection pour autrui vous détourne des douleurs égoïstes, elle tâchait de me faire plaisir en me disant qu'elle croyait que son trajet à St Cloud s'effectuerait bien, qu'elle était contente du fiacre qu'elle avait gardé, que le cocher était aimable et la voiture assez confortable. Je m'efforçais de sourire à ces détails, **et j'inclinais la tête, d'un air**[5] d'acquièscement **et de satisfaction.**

182/577

Mais ils ne m'aidaient qu'à me représenter avec plus de vérité son départ pour St Cloud et c'est le cœur serré que je la regardais comme si elle était déjà séparée de moi, sous ce chapeau de paille rond qu'elle avait acheté pour la campagne, dans cette robe légère qu'elle avait mise **à cause de** cette longue course par **la** pleine chaleur, et qui la faisaient autre, qui la faisaient déjà appartenir à cette demeure où je ne la verrais pas.

Le médecin m'avait conseillé **P**our éviter **l**es crises de suffocation que me donnerait le voyage, **le médecin m'avait conseillé** de prendre au **moment du** départ *dans le wagon bar* un peu trop de bière afin d'être dans cet état, qu'il appelait d'euphorie, où le système nerveux est momentanément moins vulnérable *aux causes extérieures qui le déprimeraient.* **Je n'étais pas décidé**[1] **à le faire, mais je voulais au moins** que ma grand'mère reconnût **que si je l'avais fait**, que j'**aurais eu pour moi**[2] le droit et même la **sagesse**[3] pour moi si je le faisais. Aussi j'en parlai comme mon hésitation **ne portait que sur l'endroit où je** prendr**ais** de la bière, *au* buffet ou *dans le* wagon bar. Mais aussitôt à l'air de blâme que prit le visage de ma grand'mère et de ne pas même vouloir s'arrêter à cette idée ***de boisson***: "Comment? m'écriai-je,[4] tu sais combien je suis malade, tu sais ce que le médecin m'a dit, et voilà le conseil que tu me donnes!" Et m'apercevant seulement alors, **tant le chagrin de quitter Maman avait absorbé jusque-là mon**

5. *je me mis*
6. *donner extérieurement les signes des maux*

1. *je m'*imaginais
2. *la peine*
3. **je n'avais pas hésité à lui causer pour satisfaire au désir que mon corps avait d'être plaint.**
4. *excès*
5. *la contrarierait*
6. *beaucoup plus*
7. *à prévenir*
8. **que j'aurais voulu refaire souvent ce trajet pour *les revoir* avoir la possibilité de les revoir.**
9. *voyait*
10. [MG, MI] **Alors je lui parlais. Mais cela ne semblait pas lui être agréable. Et à moi pourtant le *son* débit de ma propre voix me donnait du plaisir, et de même les mouvements les plus insensibles, les plus intérieurs de mon corps. *Et je sentais* Aussi je tâchais de les faire durer *et* , j'entendais que chacune de mes inflexions s'attardait longtemps *dans ma voix* aux mots, je sentais chacun de mes regards se trouver bien là où il s'était posé et y rester *prolongeant* au delà du temps habituel.**

attention, que la crise que je redoutais était déjà amorcée, *et avec une sorte* **le** remords physiologique d'avoir trompé ma grand'mère par un air de bonne santé apparent **me poussa**[5] à me plaindre, à **confesser par des signes extérieurs le mal**[6] que j'éprouvais **et que j'avais omis de manifester.**

183/578

Ma grand'mère eut un air si désolé, si bon, en me disant: "Mais alors va vite chercher de la bière si cela doit te faire du bien" que je me jetai sur elle, la couvris de baisers par lesquels **ma tendresse s'**imaginait[1] effacer *comme je le désirais,* **le chagrin**[2] que[3] *je lui avais faite.* Et si j'allai cependant boire de la bière, boire trop de bière, ce fut parce que je sentais que sans cela j'aurais un **accès**[4] trop violent et que c'est encore ce qui **peinerait**[5] le plus **ma grand'mère**. Mais il fallut en prendre **bien davantage**[6] que si je n'avais **eu** qu'**à prévenir** une crise possible[7]; c'était une crise commençante qu'il fallait faire rétrocéder. Quand à la première station je remontai dans le wagon je *lui* dis **à ma grand'mère** combien j'étais heureux d'aller à **B**ricquebec, comme je sentais que tout s'arrangerait bien, qu'**au fond** je m'habituerais **bien** à être loin de Maman, **que** ce train était agréable, l'homme du bar et les employés **si** charmants[8]. *Et je me disais que le son même de ma voix, les mouvements même les plus élémentaires de mon corps me donnaient du plaisir, mais j'entendais cependant que je m'attardais sur les mots et prolongeais chaque geste, chaque regard.* Ma grand'mère cependant ne paraissait pas éprouver de toutes ces bonnes nouvelles que je lui donnais la même joie que moi. La tête tournée vers la fenêtre elle me répondait en évitant de me regarder, "Tu devrais peut-être essayer de dormir un peu", mais quand elle **croyait**[9] que j'avais les yeux fermés je la voyais par moments sous son voile à gros pois lancer sur moi un regard puis le retirer, puis recommencer, comme quelqu'un qui cherche à s'efforcer, pour s'y habituer, à un exercice qui lui est pénible.[10] Pour compenser, *en offrant quelques beaux moments de plus à mon amour de l'architecture* le sacrifice de mon bien-être que je **faisais à mon amour de l'architecture**

1. *avant*
2. *Caen*
3. *les églises*
4. **Tu ne passeras tout de même que quelques heures avec moi.**
5. *un grand* soleil
6. *l'Abbaye aux Dames*
7. *sur les clochers de St Etienne*
8. [MD] **je n'avais pas la force de me séparer spontanément d'elle; elle me redevenait brusquement plus chère que tout au monde; la haute dentelle antique et dorée du nom de Bayeux me parut surtout; pourtant par raison pendant un instant j'hésitai et comme la seule idée d'une résolution (à moins qu'on n'eût rendu cette idée inerte en décidant qu'on ne prendrait pas la résolution) développe en un moment comme une graine vivace les linéaments, tout le détail des émotions qui naîtront de l'acte agréable**
9. **dans mon hésitation effleurer et**
10. **tout autant que si j'eusse quitté ma grand'mère, d'un chagrin**
11. le train *quitta Caen sans que je fusse descendu.*
12. après *l'avoir laissée*
13. *car*
14. *me tiendrait éveillé*
15. *m'éveillaient*
16. *de sorte que j'*entendais
17. *soit*
18. *sentiraient*
19. *sensation*

184/579

en me faisant voir un beau monument de plus, vers le milieu de la journée comme nous approchions de la ville où nous devions nous arrêter chez son amie, ma grand'mère me dit: "Tu sais que la station **après**[1] celle-là est **Bayeux**[2], ne préfères-tu pas **ne** descendre **que** là pour voir **la Cathédrale**[3], au lieu de venir avec moi.[4] **et** il fait beau, **le** soleil[5] **n'est pas couché**, tu auras encore le temps de bien *les* voir."

Je me rappelais tout ce que j'avais lu sur **la Cathédrale de Bayeux**[6], **sur la tapisserie de la reine Mathilde**[7], mais ma grand'mère était là;[8] *pendant un instant j'hésitai, et comme on laisse chacune des résolutions qu'on n'écoute pas de prime abord vous effleurer de tous les mêmes effets qu'elle produirait si on l'avait définitivement prise* je me fis[9] déchirer le cœur[10] *dans mon hésitation, de la tristesse que j'aurais eue si j'avais quitté ma grand'mère et* que j'aurais pu m'épargner, puisque **quand** le train **repartit j'étais descendu avec elle.**[11] Quand le soir après **être resté quelques heures avec ma grand'mère**[12] chez son amie, j'eus **re**pris **seul** le train, du moins je trouvai courte cette nuit-**là**; **c'est que**[13] je n'avais pas à la passer encore dans la prison d'une chambre dont l'ensommeillement même **m'empêcherait de m'endormir**[14]; **j'étais** entouré *maintenant* au contraire par l'activité calmante de tous ces mouvements du train, qui me tenaient compagnie, **me veillaient**[15], s'offraient à causer avec moi si je ne pouvais pas dormir, me berçaient de **leurs** bruit**s** que j'accouplais comme le son des cloches à Combray tantôt sur un rythme tantôt sur un autre, (entenda**nt**[16] selon ma fantaisie **tantôt**[17] quatre doubles croches égales, **tantôt**[17] une double croche furieusement précipitée contre une noire), neutralisaient la force centrifuge de mon insomnie en exerçant sur moi des pressions contraires *et équilibrées* qui me soutenaient **en équilibre et** sur lesquelles mon immobilité et bientôt mon sommeil se **sentirent**[18] portés avec la même **impression**[19] rafraîchissante que j'aurais eue de repos, dû à la vigilance des forces plus puissantes

1. affirmation.

1. *retoucher*

185/580

au sein de la nature et de la vie, si j'avais pu pour un moment m'incarner en quelque poisson qui dort dans la mer, promené dans son assoupissement par les courants et la vague, ou **en** quelque aigle étendu sur le seul appui de la tempête. Les levers de soleil sont un accompagnement des voyag*eurs* en chemin de fer, comme les œufs durs, les journaux illustrés, les jeux de cartes, *les clochers gothiques, les conscrits*, les barques qui s'évertuent sans avancer sur une rivière au soleil couchant, sous un store **bleu** à demi baissé. A un moment où je dénombrais les pensées que j'avais eues dans le temps qui avait précédé pour me rendre compte si je venais ou non de dormir et où l'incertitude même qui me faisait me poser la question, me permit de me répondre à moi-même par une affirmati**ve**[1] certaine, *je vis* dans le carreau de la fenêtre, au-dessus d'un petit bois noir, **je vis** des nuages échancrés dont le doux duvet était d'un rose fixe, mort, qui ne change**ra** plus, comme celui qui teint les plumes de l'aile qui l'a assimilé ou le pastel sur lequel l'a déposé la fantaisie du peintre. Mais je sentais bien que cette couleur n'était ni caprice, ni inertie, mais nécessité et vie. Bientôt je sentis s'amonceler derrière elle des réserves de lumière. Elle s'aviva, le ciel devint d'un incarnat que je tâchais, en collant mes yeux au carreau, de mieux voir car je le sentais en rapport avec l'existence profonde de la nature, mais la ligne **du chemin de fer** ayant changé de direction, le train tourna, la scène matinale fut remplacée dans le cadre de la fenêtre par un village nocturne aux toits bleus de clair de lune, avec un lavoir encrassé de la nacre opaline de la nuit, sous un ciel encore semé de toutes ses étoiles, et je me désolais de l'avoir perdue quand je l'aperçus mais rouge cette fois dans la fenêtre d'en face qu'elle abandonna à un nouveau coude de la voie ferrée, si bien que je passais

186/581

mon temps à courir d'une fenétre à l'autre pour rapprocher, pour rentoiler[1] les fragments intermitttents et opposites pour avoir de mon beau matin écarlate et versatile afin d'en avoir une vue

2. ne neutralisai*ent pas les* appréhensions
3. *qui savait qu'il n'était pas question qu'il eût à s'habituer à eux.*
4. *passant*
5. et *leur* *comme quand il rentre le soir*
6. *qui* ***coulait au ras des fenêtres***

totale et un tableau continu. Mais j'en fus empêché par le soleil lui-même, car tout à coup, mécaniquement propulsé comme un œuf qui jaillit en vertu du seul changement de densité qu'amènera sa coagulation, **il** bondit de derrière le rideau à travers la translucidité duquel je le sentais depuis un moment frémissant en n'attendant que l'instant d'entrer en scène, **et** dont il effaça sous un flot de lumière la pourpre mystérieuse. **Déjà il** illuminait des paysages matinaux dans lesquels il donnait à mon imagination une joyeuse envie d'aller vivre que ne neutralisait **aucune** appréhension[2] de mon corps **assuré de ne pas avoir à s'y transporter et à y arriver sans habitudes.**[3] Celui **d'entre eux** que le train longeait était sillonné par une rivière où les arbres exposaient sous le vernis de l'eau le tableau doré de leurs feuillages, comme à l'heure où le promeneur qui a fait sa sieste à l'ombre pendant la chaleur du jour, se lève pour se remettre en marche, en voyant le soleil baisser; des bateaux dans le désordre des brouillards bleus de la nuit qui **traînaient** encore sur les eaux encombrées des débris de nacre et de rose de l'aurore **passaient**[4] en souriant dans la lumière oblique qui **comme quand ils rentrent le soir**, mouillait et jaunissait le bas de leur voile, et **emmanchant à leur beaupré une pointe d'or**[5]: scène imaginaire, grelottante et déserte, pure évocation du couchant, ne reposant pas sur la suite des heures du jour qui **souvent** le précèd*ent*, **interpolée**, inconsistante comme une image du souvenir ou du songe. Puis la rivière disparut, le paysage devint accidenté, abrupt, le train s'arrêta à une petite gare, entre deux montagnes. On ne voyait au fond de la gorge, au bord du torrent, qu'une *petite* maison de garde enfoncée dans l'eau[6]

187/582

qui coulait au ras des fenêtres. Si un être peut être la fleur d'un sol dont on goûte en lui le charme particulier, plus encore que la paysanne que j'avais tant désiré voir apparaître quand j'errais seul du côté de Méséglise, dans les bois de Troussinville, ce devait être la grande fille que je vis

1. [MG] **réveillés. Empourpré des reflets du matin son visage était plus rose que le ciel rose.**
2. *la beauté et le bonheur sont*
3. *éprouvés*
4. **le*s* caractère*s* individuel*s***
5. *images*
6. *individuel*
7. *retrouvera du goût*
8. *aux types conventionnels* [< *à mes images*]

sortir de cette maison et *venir vers le train*, sur le sentier qu'illuminait obliquement le soleil levant, venir vers le train en portant une jarre de lait. Dans cette vallée à qui les hauteurs cachaient le reste du monde, elle ne devait jamais voir personne que dans ces trains qui ne s'arrêtaient qu'un instant. Elle longea les wagons, offrant du café au lait à quelques voyageurs[1]. Je ressentis devant elle ce délicieux désir de vivre qui renaît en nous chaque fois que nous prenons de nouveau connaissance de la beauté et du bonheur. Nous oublions toujours qu'ils sont[2] individuels et leur substituant dans notre esprit un type de convention que nous formons en faisant une sorte de moyenne entre les différents visages qui nous ont plu, entre les plaisirs que nous avons connus[3], nous portons en nous des images abstraites auxquelles manquent [*sic*] précisément le caractère individuel[4] *sans lequel il n'y a ni beauté* dans lequel consistent *précisément* beauté et bonheur, *des images où il n'y a pas un atome de beauté et de bonheur et* qui sont languissantes et fades *et d'où nous concluons que trouvons languissants et fades la beauté et le bonheur*. Et nous portons sur la vie un jugement pessimiste et que nous supposons juste car nous avons cru faire entrer en ligne de compte le bonheur et la beauté quand nous les avons omis et remplacés par des synthèses[5] où il ne reste pas un atome de beauté et de bonheur. C'est ainsi que bâille d'avance d'ennui un lettré à qui on parle d'un nouveau "beau livre", *se dit "oh! un beau livre* parce qu'il imagine une sorte de composé de tous les beaux livres qu'il connaît, *mais un beau livre n'est pas cela* tandis qu'un beau livre est particulier[6], c'est-à-dire imprévisible. Ce sera la Chartreuse de Parme, un roman d'Emilie Bronté [*sic*], une nouvelle de Francis Jammes et aussitôt le lettré tout à l'heure blasé se sent de l'intérêt[7] pour la réalité que lui aura peint[e] le nouveau grand écrivain. Telle, *non contenue* étrangère aux modèles de beauté[8] qu'imaginait ma pensée, quand j'étais seul, appartenant à mes yeux, les traits énergiques et doux, la souple démarche de la belle fille. Et leur vue me donna aussitôt le goût d'un certain bonheur (—seule forme sous laquelle

9. **en *rapport***

1. ***j'avais tant désiré voir apparaître, quand j'errais seul***
2. ***ces hauteurs***
3. *aux voyageurs réveillés*
4. [MG, MI] **Peut'être le faisais-je un peu bénéficier de ce que c'était mon être au complet, un être nouveau, goûtant de vives jouissances, qui était en face d'elle. *D'ordinaire presque toutes nos facultés dorment dans l'ordinaire de notre vie* C'est d'ordinaire avec notre être réduit au minimum que nous vivons, la plupart de nos facultés restant endormies parce qu'elles se reposent sur l'habitude qui suit ce qu'il y a à faire et n'a pas besoin d'elles. Mais *mon habitude était sédentaire et n'était pas* par ce matin de voyage dans ce wagon, l'interruption de la routine de mon existence, le changement de lieu et d'heures avait rendu leur présence indispensable. Mon habitude était sédentaire et n'était pas matinale, *Elles avaient dû toutes accourir pour* elle faisait défaut, et toutes mes facultés étaient accourues pour la remplacer, et même mes simples fonctions organiques, d'appétit ou de respiration, rivalisaient de zèle avec leurs sœurs plus nobles.**
5. **en me faisant croire qu'elle n'était pas pareille aux autres femmes, le**
6. sa *démarche*
7. regard *intelligent*
8. [MD] **et toutes ces qualités naïves et vivantes qui avaient arrêté la forme de son nez, la rondeur de son menton, le dégagement de ses épaules, avec la *fine* décision d'un ciseau de sculpteur qui avait fait d'elle la statue de toutes les qualités qui m'étaient étrangères et comme une personnification d'une vie à laquelle je ne participais pas, tout cela donna tout à coup quelque chose**
9. *où elle vivait*

nous puissions connaître le goût du Bonheur)—d'un bonheur qui se réaliserait *en vivant parmi les choses qu'elle connaissait,* en vivant[9] auprès d'elle.

188/582bis

qui coulait au ras des fenêtres. Si un être peut être la fleur d'un sol dont on goûte en elle le charme particulier, plus que la paysanne que j'appelais[1] du côté de Méséglise, dans les bois de Troussinville, ce devait être la grande fille que je vis sortir de cette maison et courir vers le train au ras du sentier, elle ***obliquement*** *illuminée par le soleil levant,* ***en*** *portant une jarre de lait. Dans cette vallée à qui les montagnes[2] cachaient le reste du monde, elle n'avait jamais dû voir que ces voyageurs qui tous les matins passaient et ne s'arrêtaient qu'un instant. Elle passa devant les wagons, offrant du café au lait* ***si elle voyait quelqu'un de*** *réveillé.[3] Empourpré des reflets du matin son visage était plus rose que le ciel rose.[4]* Je ne sais si,[5] *le* charme sauvage de ces lieux *lui* ajoutait au sien, *en me faisant croire qu'elle n'était pas pareille aux autres femmes,* mais en tous cas elle le lui rendait bien. L'assurance singulière et gracieuse de s**es mouvements**[6], la farouche franchise de son regard **vif et borné**[7,8] *donna tout à coup quelque chose* de si doux à l'endroit **qu'elles habitent**[9], aux occupations insignifiantes qui remplissaient son temps, que la vie m'aurait paru délicieuse si seulement j'avais pu, heure par heure, la passer avec elle, l'accompagner jusqu'au

10. *connu d'elle, la* sentant

11. *de moi*

12. [MD] **et connu d'elle, donc aussi en elle. Elle m'aurait initié aux charmes de la vie rustique et des heures matinales.**

1. [MS, MG, MI] **le train se mit en marche; je la vis s'éloigner de la gare et reprendre le sentier. Que l'état d'exaltation dans lequel je me trouvais eût été produit par elle, ou au contraire eût causé la plus grande partie du plaisir que j'avais eu à la voir, en tout cas elle était si mêlée à lui, que *j'éprouvais à penser que je ne la reverrais peut'être pas la quitter* mon désir de la revoir *était avant* comme la prédilection qui attache les fumeurs d'opium à leurs compagnons de fumeries, étant avant tout le désir moral de ne pas *être à jamais séparé* laisser *échapper ce* cet état d'excitation *actuelle* périr entièrement, de ne pas être séparé à jamais de l'être qui y avait participé. Ce n'est pas seulement que cet état fût agréable. C'est surtout que, (comme la tension plus grande d'une corde ou la vibration plus rapide d'un nerf, donne une note ou une couleur qualitativement différente), il donnait une autre tonalité à ce que je voyais, il me mettait comme acteur dans un univers inconnu et infiniment plus intéressant; cette belle fille que je voyais encore tandis que le train accélérait sa marche reprendre le sentier par où elle était venue *et regagner la maison au bord du torrent,* c'était comme une partie d'une vie autre que celle que je connaissais, séparée d'elle par un *infranchissable* liséré, passé lequel les sensations qu'éveillaient les objets n'étaient plus les mêmes; *maintenant* il semblait que ce liséré fût impossible à retraverser et maintenant que j'étais dans cette vie nouvelle, en sortir eût été comme mourir à moi-même. Pour avoir la douceur de m'y sentir du moins rattaché il eût suffi que j'habitasse assez près de**

torrent, jusqu'à la vache, jusqu'au train, **me** sentant[10] à côté **d'elle**[11]. [12] Je lui fis signe pour qu'elle vînt me donner du café au lait. J'avais besoin d'être remarqué d'elle. Elle ne me vit pas, je l'appelai, elle revint sur ses pas, me fixant de son regard droit et perçant, et comme les employés commençaient à fermer les portières **me versa** avec une rapidité et une adresse merveilleuses **le café au lait fumant**. Je la regardais, elle ne détournait pas les yeux. J'essayais de l'attirer dans le wagon, elle se dégagea en riant, "Allons, **voyons,** on part", *et je la vis*

189/583

[1] *pendant que la marche du train s'accélérait, je la vis s'éloigner de cette gare où je me demandai quel jour prochain j'allais pouvoir revenir dans cette vallée où je marcherais à côté d'elle qui connaissait le charme de la vie rurale et du matin, quand elle suivait ce sentier où je l'apercevais encore de la portière regagnant la maison de garde d'une marche assurée et vive sous le ciel qui moins que son visage était rose.*

Certains noms de villes servent par abréviation à désigner leur église principale. Quand on dit aimez-vous mieux Vézelay ou Jumièges, Bourges ou Beauvais, tout le monde comprend que

cette petite station pour pouvoir venir tous les matins demander du café au lait à cette paysanne. Mais hélas elle serait toujours absente de l'autre vie vers laquelle je m'éloignais de plus en plus vite et que je ne me résignais à accepter qu'en combinant des plans qui me permettaient de reprendre un jour ce même train et de m'arrêter à cette même gare. Projet qui avait aussi l'avantage de fournir un aliment à la disposition intéressée, active, pratique, machinale, paresseuse, centrifuge qui est celle de notre esprit. Car il se détourne volontiers de l'effort qu'il faut pour approfondir en soi-même, d'une façon générale et désintéressée une impression agréable que nous avons eue. Et comme d'autre part nous voulons continuer à penser à elle, il préfère l'imaginer dans l'avenir, prépare habilement les circonstances qui pourront la faire renaître ce qui ne nous apprend rien sur son essence, mais nous évite la fatigue de la recréer en nous-même et nous permet d'espérer le recevoir de nouveau du dehors. Tel mon esprit combinait les itinéraires qui me permettaient de retrouver la belle fille tandis que je l'apercevais encore qui regagnait la maison de garde d'une marche assurée et vive, sous le ciel qui moins que son visage était rose.

2. d'abbaye*s* ou de cathédrale*s*

3. **,—s'il s'agit de lieux que nous ne connaissons pas encore—, sculpte**

4. *de la ville que nous ne connaissons pas*

5. ***contre lesquelles venaient se briser les vagues*** [> *battues par les flots*]

6. *qui s'élevait lui aussi*

1. *plaine*

c'est **de l'**abbaye ou **de la** cathédrale[2] qu'on veut parler. Cette acception[3] *sculpte* le nom tout entier, qui dès lors quand nous voudrons y faire entrer l'idée de la ville—**de la ville que nous n'avons jamais vue**[4]—lui imposera—comme un moule—, les mêmes ciselures, **et** du même style, en fera comme une grande cathédrale. Ce fut pourtant au-dessus d'un buffet, en lettres blanches sur un avertisseur bleu que je lus le nom Cricquebec, à l'ornementation presque persane. Je traversai vivement la gare et la Place, je demandai la plage pour ne voir que l'église et la mer; on n'avait pas l'air de comprendre ce que je voulais dire, Cricquebec-le-vieux, Cricquebec-ville, Cricquebec-en-Terre, où je me trouvais, n'était ni une plage ni un port. Certes c'était bien dans la mer que les pêcheurs, selon la légende, avaient trouvé le Christ miraculeux dont un vitrail de cette église qui était à quelques mètres de moi, racontait la découverte, c'est bien dans les falaises **battues par les flots**[5] qu'avait été tirée la pierre de la nef et des **tours** *qui s'élevaient elles aussi*[6] *comme une falaise battue par la pluie et hantée par les*

190/584

oiseaux. Mais cette mer, qu'à cause de cela j'avais imaginée venant mourir au pied du vitrail, était à plus de cinq lieues de distance, à **B**ricquebec-Plage, et **à côté de sa coupole** ce clocher que, parce que j'avais lu qu'il était lui-même une âpre **falaise**[1] normande où s'amassaient les grains, où tournoyaient les oiseaux, je m'étais toujours représenté comme recevant à sa base la dernière écume des vagues soulevées, il se dressait sur une place où s'embranchaient deux lignes de tramways, en face d'un café qui portait, écrit en lettres d'or, le mot: "Billard" et sur un fond de maisons aux cheminées desquelles ne se mêlait

2. *pas le plus petit mât.*

3. [pap. Note de Proust: **Intercaler ceci entre "ne se mêlait aucun mât" et "Et je me disais".**] **Et, *au même titre que faisant un avec eux,* l'église *au même titre* entrant dans mon attention avec le *billard* café, *les maisons,* le passant à qui il avait fallu demander mon chemin, la gare où il allait falloir retourner, *les cheminées des maisons,* faisait un avec tout le reste, en semblait un accident, un produit de cette fin d'après-midi où *entre les cheminées de* sa coupole *se gonflait moelleuse et gonflée mûrissait contre le ciel,* moelleuse et gonflée sur le ciel était comme un fruit dont la même lumière qui baignait les cheminées des maisons, mûrissait la peau rose, dorée et fondante. *Au seuil de l'église dans la baie profonde du porche* Mais je ne voulus plus penser qu'à la signification éternelle des sculptures en reconnaissant les Apôtres [< *la Vierge*] dont j'avais vu les statues moulées séparément au Musée du Trocadéro et qui m'attendaient *sur le seuil* des deux côtés de la Vierge, *comme pour me faire honneur* devant la baie du porche profond comme pour me faire honneur. *Ils avaient semblaient s'avancer avec une* La figure bienveillante et douce, le dos voûté, ils semblaient s'avancer d'un air de bienvenue en chantant l'alleluia d'un beau jour. Mais *leur expression* on s'apercevait que leur expression était immuable et ne se modifiait que si on se déplaçait autour d'eux comme il arrive quand on tourne autour d'un chien mort. *Et je me disais, c'est ici***

4. **dans sa réponse ou dans son action**

5. *imagination*

6. *qu'elle envoyait*

7. *les* menacer

8. *elle*

9. *dressée*

aucun mât.[2,3] *Cependant* **Et** je me disais: c'est ici, c'est l'église de **B**ricquebec. Cette place qui a l'air de savoir sa gloire est le seul lieu du monde qui possède l'église de **B**ricquebec. Ce que j'ai vu jusqu'ici c'était des photographies de cette église, et, de **ces apôtres, de** cette Vierge du porche, **si célèbre,** un moulage au musée du Trocadéro. Maintenant c'est l'église elle-même, c'est la statue elle-même, ce sont elles; elles, les uniques, c'est bien plus. C'était moins aussi peut-être. Comme un jeune homme un jour d'examen ou de duel trouve *bien peu d'abord* le fait qu'on lui a demandé, la balle qu'il a tirée, **bien peu de chose, quand** il pense aux réserves de science ou de courage qu'il **possède et qu'il** aurait voulu *y* faire entrer[4], de même mon **esprit**[5] qui avait dressé la statue hors des reproductions **que j'en avais eues sous les yeux**[6], inaccessible aux vicissitudes qui pouvaient menacer **celles-ci**[7], idéale, ayant une valeur universelle, s'étonnait de voir la statue *idéale* qu'**il**[8] avait mille fois **sculptée**[9] réduite maintenant à sa propre apparence de pierre, occupant par rapport à la portée de mon bras une place où elle avait pour rivales une affiche électorale et la pointe de mon

1. *de l'ombre du crépuscule*
2. *même bec de gaz*
3. **si j'avais voulu tracer ma signature**
4. ***ç'aurait été*** elle [< *c'était* elle]
5. *à* qui
6. j'avais *conféré* une *valeur universelle*
7. des *reproductions* que *j'en voyais*
8. c'*était*
9. **je devais attendre ma grand'mère et Françoise pour gagner ensemble Cricquebec-plage**
10. *que* d'*une* déception
11. qu'il *y avait*

1. *peut-être*

191/585

parapluie, enchaînée à la Place, inséparable du débouché de la grande rue, ne pouvant fuir les regards du café et du bureau d'omnibus, recevant sur son visage la moitié **du rayon du soleil couchant**[1] **dans une heure** de la clarté du **même réverbère**[2] dont le bureau du Comptoir d'Escompte recevait l'autre moitié, gagnée en même temps que lui par le relent des cuisines du pâtissier, soumise à la tyrannie du particulier au point que[3] sur cette pierre *encrassée de la même suie que les maisons contiguës, j'avais voulu écrire mon nom*, **c'est** elle[4], la Vierge illustre que[5] jusque-là j'avais **douée** d'une **existence générale**[6] **et d'**une **intangible** beauté, que **j'avais cru**—la dégageant **des images** qu'**on me montrait**[7]—*je croyais* intacte si on les déchirait, si on les brisait, inaccessible aux vicissitudes qui pouvaient les frapper, c'**est**[8] elle la Vierge de **B**ricquebec, l'unique, (**ce qui** hélas **voulait dire** la seule), qui *à tous les admirateurs venus pour la contempler, aurait* sur son corps encrassé de la même suie que les maisons voisines, aurait, sans pouvoir s'en défaire, montré à tous les admirateurs venus là pour la contempler, la trace de ma craie et les lettres de mon nom, **et c'était elle enfin, l'**œuvre d'art immortelle que j'étais venu chercher, *et* que je trouvais métamorphosée **ainsi** avec l'église elle-même, en une petite vieille de pierre dont je pouvais mesurer la hauteur et compter les rides. L'heure passait, il fallait retourner à la gare où[9] *n'allait pas tarder à arriver ma grand'mère*. Je me rappelais ce que j'avais lu sur **B**ricquebec, les mots de Swann: "C'est délicieux, c'est aussi beau que Sienne". Et n'accusant d**e ma** déception[10] que des circonstances particulières, la mauvaise disposition où j'étais, **la fatigue**, mon incapacité de savoir regarder, j'essayais de me consoler en pensant qu'il **restait**[11] d'autres

192/586

villes encore intactes pour moi **et** que ma grand'mère me permettrait **prochainement**[1] d'aller visiter, que je pourrais **prochainement peut'être** pénétrer comme au milieu d'une

2. vert
3. *puissante*
4. laiss*ant*
5. [MD] **pour que tout fût préparé d'avance elle avait imaginé de faire partir avant elle, mais lui ayant donné [< *indiqué*] un faux renseignement n'avait réussi qu'à faire partir dans une mauvaise direction Françoise qui en ce moment sans s'en douter filait à toute vitesse sur Nantes et se réveillerait peut'être à Bordeaux**
6. "Hé *hé*
7. qu'*elle*
8. ***Je cherchais à me représenter Dans ma pensée* Au bout de ma pensée je cherchais [< *revis*] à imaginer le directeur de l'Hôtel à Bricquebec pour qui j'étais encore inexistant et j'aurais voulu me présenter à lui d'une**

1. [MS] **façon plus prestigieuse que devancé par ma grand'-mère qui allait seulement lui demander des rabais. Je l'imaginais *terrible dédaigneux mais* d'un dédain certain mais vague de contours. Ce n'**

pluie de perles dans le frais gazouillis des égouttements de Quimperlé, dans le reflet ver**dissant**[2] et rose qui baignait Pont Aven; mais pour Bricquebec dès que j'y étais entré ç'avait été comme si j'avais ***par imprudence*** **entrouvert** un nom qu'il eût fallu tenir hermétiquement clos et où,—profitant de l'issue que je leur avais imprudemment offerte, **en chassant** toutes les images qui y vivaient jusque-là—, *enchassant* un tramway, un café, les gens qui passaient sur la place, la succursale du Comptoir d'Escompte, irrésistiblement poussées par une passion extérieure, par une force **pneumatique**[3], *elles* **s'**étaient engouffrées à l'intérieur des syllabes qui s'étaient refermées sur eux *et* les laissa**ient**[4] encadrer le porche de l'église persane et ne cesseraient plus désormais de les contenir.

Ma grand'mère, seule,—car[5] *par trop de complication elle avait égaré Françoise qui avait pris le train qui* [*sic*] *ne fallut pas et devait filer en ce moment sur Mantes*—m'attendait dans le petit chemin de fer d'intérêt local qui devait nous conduire à **B**ricquebec-Plage. A peine dans le wagon rempli par la lumière fugitive du couchant et par la chaleur persistante de tout l'après-midi, la première, hélas, me permettant de voir en plein sur le visage de ma grand'mère combien la seconde l'avait fatiguée, elle me demanda: "Hé **bien**[6] Cricquebec" avec un sourire si ardent de l'espoir de **la** grande joie qu'elle pensait que j'avais éprouvée, que je n'osai pas lui avouer tout d'un coup qu**e cette joie**[7] ne s'était pas produite. D'ailleurs l'impression que mon esprit avait recherchée m'occupait moins au fur et à mesure que se rapprochait le lieu auquel mon corps avait à s'accoutumer.[8] *Si*

193/587

[1]ce n'était pas encore **B**ricquebec-Plage, à tout moment le petit chemin de fer *d'intérêt local* nous arrêtait à l'une des stations qui précédaient et dont les noms mêmes (Bergeville, Cricqueville, Equemanville, Couliville) me semblaient étranges, alors que lus dans un livre ils auraient quelque rapport avec les noms de certaines localités qui étaient près de Combray. Mais à l'oreille d'un musicien deux motifs, matériellement composés

2. de sable, *de vide*
3. **de la couleur de grès de la maison d'en face**
4. **ou s'accommodant déjà pour la nuit au pied de collines d'un vert cru et d'une forme désobligeante, comme en a le canapé d'une chambre d'hôtel où l'on vient d'arriver pour la première fois**
5. *l'attendait*

1. débarqu*âmes*
2. **en face de l'escalier monumental qui imitait le marbre et pendant**

de plusieurs des mêmes notes peuvent ne présenter aucune ressemblance, s'ils diffèrent par la couleur **de** l'harmonie, **et de** l'orchestration. **De même**, rien ne me faisait moins penser que **c**es tristes noms *de ces lieux* de sable, **d'espace trop aéré et vide**[2], et de sel, au-dessus desquels le mot ville s'échappait comme vole dans Pigeonvole, que Troussainville, que Roussinville, que ces noms qui pour les avoir entendu prononcer si souvent par ma grand'tante à table, dans la grand'salle, avaient acquis un certain charme **sombre** où *la couleur du grès de la maison d'en face* s'étaient peut-être mélangés des extraits du goût des confitures, de l'odeur du feu et du papier d'un livre de Bergotte,[3] et qui aujourd'hui encore quand ils remontent du fond de ma mémoire comme une bulle gazeuse conservent leur vertu spécifique au milieu des couches superposées de milieux différents qu'ils ont traversés avant d'arriver jusqu'à la **surface**.

C'étaient,—dominant la mer lointaine du haut de leur*s* dune*s*,[4] composées de quelques villas que prolongeait un terrain de tennis et quelquefois un casino dont le drapeau claquait au vent **évidé, fraîchissant et anxieux**, de petites stations qui me montraient pour la première fois **mais par** leur dehors quotidien, des joueurs de tennis en casquettes blanches, le chef de gare vivant là, près de ses tamaris et de ses roses, une dame qui, décrivant le tracé quotidien d'une vie que je ne connaîtrais jamais, rappelait son lévrier qui **s'attardait**[5] **et**

194/588

rentrait dans son châlet où la lampe était déjà allumée, *et dont* **elle refermait la porte—, et blessaient cruellement** de ces images étrangement usuelles et dédaigneusement familières, mes regards inconnus et mon cœur dépaysé. Mais combien **ma** souffrance s'aggrava quand nous **eûmes** débarqu**é**[1] dans le hall du grand hôtel de **B**ricquebec *où, et pendant*[2] que ma grand'mère sans souci d'accroître l'hostilité et le mépris des étrangers au milieu desquels nous allions vivre, discutait les "conditions" avec le directeur—homme à la figure et à la voix pleines des cicatrices qu'avait laissé[es] l'extirpation sur l'une,

3. *ma* surface

1. *d'un*
2. *ayant été faire des emplettes*
3. *dit*
4. de *sortir*
5. **aussi bien si nous partions que si nous restions ici et que je sus ensuite m'être toutes destinées**
6. *choses*
7. **comme des tricots, des chaussons, une boule d'eau chaude**
8. **et le salon d'une pâtisserie** [< ***confiserie***] **où des habitués prenaient des glaces,**
9. [MG] **Elle me causa à peu près autant de plaisir qu'une image d'elle sur la couverture d'un journal *illustré peut,* en procure au malade qui le feuillette dans le cabinet d'attente d'un chirurgien *ou d'un dentiste.* Je m'étonnais qu'il y eût des gens assez différents de moi pour que, cette promenade dans la ville**

de nombreux boutons, sur l'autre des divers accents dûs à ses origines lointaines et à une enfance cosmopolite, au smoking de mondain, au regard de psychologue qui s'exerçait à l'arrivée de l'omnibus et prenait infailliblement les grands seigneurs pour des râleurs et les rats d'hôtel pour des grands seigneurs—. Tandis que j'entendais ma grand'mère **demander** sur une intonation artificielle: "Et quels sont .... vos prix? ..... Oh! beaucoup trop élevés pour mon petit budget", *en* attendant sur une banquette je me réfugiais au plus profond de moi-même, **je m'efforçais** d'émigrer dans des pensées éternelles, de ne laisser rien de moi, rien de vivant, à **la** surface[3] insensibilisée **de mon corps**, (comme **l'est** celle des animaux qui par inhibition font les morts quand on les blesse), afin de ne pas trop souffrir dans **ce** lieu où **mon** manque total d'habitude m'était rendu plus sensible encore par la vue de celle que semblait en avoir au même moment la dame élégante à qui le directeur témoignait son respect en prenant des familiarités avec son petit chien, *pour* le jeune gandin qui, la plume au chapeau, rentrait en sifflotant et demandait est-ce que j'ai des lettres, tous ces gens pour qui c'était

195/589

regagner leur home que de gravir le faux marbre **du**[1] grand escalier. Mon impression de solitude s'accrut quand **un moment après** ma grand'mère **étant partie en courses**[2] (je lui avais avoué[3] que je n'étais pas bien, que je croyais que nous allions être obligés de revenir à Paris, et sans protester elle avait dit qu'elle était obligée d'**aller**[4] faire quelques emplettes utiles[5] *à mon repos ici aussi bien qu'à mon départ*, Françoise ayant avec elle des **affaires**[6] qui m'auraient manqué,[7] *que je sus plus tard être pour moi, dans une crainte que l'absence de Françoise ne me fît manquer d'objets nécessaires à mon repos, de chaussons, de boules d'eau chaude*), j'allai **en l'attendant** par les rues encombrées d'une foule qui y maintenait une chaleur d'appartement, **où était encore** ouverte la boutique du coiffeur,[8] jusqu'à la statue de Duguay-Trouin.[9] *m'étonnant de ce fait qu'il y eût des gens*

10. *parce* que
11. *paraît*
12. tout un *public*
13. *la peur*

1. *fait de la peine*
2. . **Elle devait *se dire* être découragée, sentir**
3. *ce serait*
4. **Je voulais *chercher à la voir*** [> *consoler*] **lui parler**
5. [MG] **En songeant que peut'être je ne la verrais peut'être pas, ne pourrais pas essayer de la consoler, avant une heure encore, en me représentant sa tristesse qui durerait jusque-là, mon angoisse était si aiguë qu'elle obligeait ma pensée à cesser aussitôt. Comme il arrive quand on essaye d'imaginer qu'on tombe d'un ballon dans le vide, en une chute qu'on ne peut pas continuer à se figurer plus de l'espace d'une seconde; je touchais le néant, j'étais obligé de m'arrêter même de marcher pour reprendre mon souffle et recommencer à vivre.**

assez différents de moi pour que cette promenade, le directeur eût pu me la conseiller comme une distraction; *(analogue à la lecture des journaux illustrés dans le salon d'attente du chirurgien)*, **et aussi pour** que[10] le lieu de supplice qu'est une demeure nouvelle **pût paraître**[11] à certains "un séjour de délices" comme disait le prospectus de l'hôtel qui pouvait exagérer, mais qui pourtant s'adressait à toute une **clientèle**[12] et dont il connaissait bien les goûts. Il est vrai qu'il invoquait, pour les faire venir au Grand Hôtel de Cricquebec, non seulement "la chère exquise" et le "coup d'œil féerique des jardins du Casino" mais encore les "arrêts de Sa Majesté la Mode, qu'on ne peut violer impunément sans passer pour un béotien, ce à quoi aucun homme bien élevé ne voudrait s'exposer". Le besoin **que j'avais** de ma grand'mère *que j'avais* était grandi par **ma crainte**[13] *que j'avais*

196/590

de lui avoir **causé une désillusion profonde**[1] en lui disant *que j'avais été déçu par l'église de Cricquebec*, en lui avouant que j'étais malade et qu'il valait mieux ne pas persévérer dans ce voyage sur lequel elle avait fondé tant d'espérances pour ma santé,[2] *pensant* que si je ne supportais pas **cette** fatigue **c'était**[3] à désespérer que rien pût me faire du bien. *En pensant à cette tristesse que je ne pourrais peut-être pas apaiser avant deux heures de là*,[4] j'étais retourné deux fois à l'hôtel et elle n'était pas encore rentrée;[5] *Mon angoisse était si aiguë qu'elle ne pouvait durer, comme quand on essaie de se représenter content dans le vide du haut d'un ballon ou dans le fond de la mer, et j'atteignais à un néant d'un instant et j'étais obligé de m'arrêter pour retenir mon souffle et recommencer à vivre; deux fois j'étais allé à la porte de l'hôtel, elle n'était pas rentrée; je me rappelais son air désappointé quand elle avait compris que je n'avais pas eu grand plaisir à voir l'église de Cricquebec; sa mauvaise mine, je voulais l'embrasser, la persuader que j'étais heureux et je voulais enfin l'attendre dans ma chambre.* Je me décidai à rentrer l'attendre, le directeur vint lui-même pousser un bouton; **et** un personnage encore

6. *est*

1. je manifestai *plus que*

2. [MG, MI] **Il n'est peut-être rien qui donne plus l'impression de la réalité de ce qui nous est extérieur et de l'avis par le changement de la position, par rapport à nous, d'une personne même insignifiante, avant et après que nous l'ayons *vue* connue. *En montrant au* J'étais le même homme qui étais venu l'après-midi dans le petit chemin de fer de Cricquebec, je portais en moi la même âme. Mais dans cette âme, *le directeur de l'hôtel, l'hôtel, ses*** [illis.] ***n'étaient qu'une matière inconnue et vague vers laquelle j'allais, pour laquelle j'étais inconnu, bref quelque chose d'impalpable, de virtuel. A la place de cela il y avait dans un même être une petite frise d'une*** [illis.]***, inamovible de personnages de guignol* à l'endroit où—tandis que le petit chemin de fer me portait vers Cricquebec il y avait une impossibilité à imaginer le directeur, l'hôtel, son personnel, une attente vague et craintive du moment où le directeur m'apercevrait, cette même peur il y avait** [la suite manque]

3. [le début manque; MD] **sublime. *Mais maintenant je ne pouvais plus* Et ce changement sans lequel je n'étais pas intervenu me prouvait qu'il s'était passé quelque chose d'extérieur à moi d'objectif, comme le voyageur qui avait le soleil *derrière* devant lui en commençant une course constate que du temps a passé en le trouvant derrière lui.**

4. *j'aurais voulu me coucher*

5. qui est *notre* corps conscient

6. *notre*

7. l'encercl*ent*

8. j'avais *pu* allonge*r*

inconnu de moi, qu'on appelait lift, **qui** *installé* à ce point le plus haut de l'hôtel où **serait**[6] le **lanternon** d'une église normande **était installé**, comme un photographe derrière son vitrage ou plutôt comme un organiste dans sa chambre *et qui*, se mit à descendre vers moi avec l'agilité d'un écureuil domestique, industrieux et captif. Puis en glissant de nouveau le long d'un pilier il m'entraîna à sa suite vers le dôme de la nef commerciale. Pour dissiper l'angoisse mortelle que j'éprouvais à traverser en silence le mystère de ce clair-obscur sans poésie

197/591

éclairé d'une seule rangée verticale de verrières que faisait l'unique water closet de chaque étage, j'adressai la parole **au** jeune organiste, artisan de mon voyage et compagnon de ma captivité, qui continuait à tirer les registres de son instrument et à pousser les tuyaux. Je m'excusai de tenir autant de place, de lui donner autant de peine, et lui demandai si je ne le gênais pas dans l'exercice d'un art, à l'endroit duquel, pour flatter le virtuose, *à l'endroit duquel* je **fis plus que** manifester[1] de la curiosité, **je confessai ma** prédilection. Mais il ne me répondit pas, soit étonnement de mes paroles, *soit* attention à son travail, **souci de l'étiquette**, dureté de son ouïe, respect du lieu, **crainte du danger**, paresse d'intelligence ou consigne du directeur.

[2,3] J'étais brisé de fatigue, j'avais la fièvre, **je me serais couché**[4], mais je n'avais rien de ce qu'il fallait pour cela. J'aurais voulu **au moins** m'étendre un instant sur le lit, mais à quoi bon puisque je n'aurais pu y faire trouver **le** repos. **Ce** système de sensations qui est **pour chacun de nous son** corps conscient[5], sinon **son**[6] vrai corps et **puisque** les objets inconnus qui l'encercl**aient**[7], en le forçant à mettre ses perceptions sur le pied permanent d'une défensive vigilante, avaient maintenu mes regards, mon ouïe, tous mes sens, (même si j'avais allongé[8] mes jambes), dans une position aussi

9. celle *que paraît le* Cardinal la Ballue

1. *mois*
2. *violets et qui n'avaient pas l'air d'avoir*
3. *ma chambre*
4. **par des petites bibliothèques *en glace* vitrines, en glace aussi qui courai[en]t le long des murs**
5. l'expr*ession*
6. *qu'agrandis ni*
7. **c'était presque à l'intérieur de mon moi**
8. *de vitesse* [!]
9. *une incessante* offensive

réduite et incommode que celle **du** Cardinal la Ballue [*sic*][9] dans la cage où il ne pouvait ni se tenir debout ni s'asseoir. C'est notre attention qui met des objets dans une chambre et l'habitude qui les en retire, et nous y fait de la place. **De la place, il** n'y en avait pas pour moi dans ma chambre de Cricquebec qui n'était mienne que **de** nom car elle était pleine de choses qui ne me connaissaient pas, me rendirent le coup d'œil méfiant que je leur jetai et sans tenir aucun compte de mon existence témoignèrent

198/592

que je dérangeai le train-train de la leur. La pendule—alors qu'à la maison je n'entendais la mienne que quelques secondes par **semaine**[1], seulement quand je sortais d'une profonde méditation—continua sans s'interrompre un instant à tenir dans une langue inconnue des propos qui devaient être désobligeants pour moi, car les grands rideaux **rouges**[2] l'écoutaient sans répondre mais dans une attitude analogue à celle des gens qui haussent les épaules et lèvent les sourcils pour montrer que la vue d'un **tiers** les irrite. J'étais tourmenté par la présence d'une glace arrêtée en travers de **la pièce**[3] et[4] avant le départ desquelles je sentais qu'il n'y aurait pas pour moi de détente possible. Je levais à tout moment mes regards,—dont les objets de ma chambre de Paris ne gênaient pas plus l'expansion[5] que **ne faisaient** mes propres prunelles, **car** ils n'étaient plus **quc des**[6] annexes de mes organes, un agrandissement de moi-même,—vers le plafond surélevé de ce belvédère étroit situé au sommet de l'hôtel; et, jusque dans cette région plus proche que celle où nous voyons et où nous entendons, *c'est presque à l'intérieur de moi, là* **dans cette région** où nous éprouvons la qualité des odeurs,[7] que celle **du vétiver**[8] venait pousser dans mes derniers retranchements **son** offensive[9], à laquelle j'opposais non sans fatigue la riposte inutile et incessante d'un reniflement alarmé. N'ayant plus d'univers, plus de chambre, plus de corps **que** menacé, **qu'envahi** par les **ennemis** qui m'entouraient *et par fièvre*, **qu'envahi** jusque

10. l'*expression* de mon *reproche*

1. *s'ouvrirent aussitôt des espaces infinis*
2. *Elle portait une robe de chambre de percale qu'elle revêtait à la maison chaque fois que l'un de nous*
3. *qu'en laissant*
4. *par*

dans les os **par la fièvre**, j'étais seul, j'avais envie de mourir. Alors ma grand'mère entra; et à l'**expression** de mon **cœur refoulé**[10],

199/593

s'ouvrirent aussitôt des espaces infinis.[1] *Si grande tristesse que je pusse avoir j'étais sûr qu'elle serait reçue dans une plus vaste pitié; et tout ce qui était de moi,—pensée, souci, vouloir—étayé sur un désir de conservation et d'accroissement de ma propre vie autrement fort que celui que j'avais moi-même. Et comme quelqu'un qui veut arranger sa cravate dans une glace sans comprendre que le bout qu'il voit n'est pas placé par rapport à lui là où il dirige sa main, ou comme un chien qui poursuit à terre l'ombre dansante d'une proie, trompé par l'apparence des corps dans ce monde où nous ne percevons pas directement les   , je me jetai dans ses bras, et je suspendis mes lèvres à ses joues comme si j'accédais ainsi à ce cœur immense qu'elle m'ouvrait et qui était plus à moi que le mien.*

Elle portait une robe de chambre de percale qu'elle revêtait à la maison chaque fois que l'un de nous[2] était malade (parce qu'elle s'y sentait plus à l'aise, disait-elle, attribuant toujours à ce qu'elle faisait des mobiles égoïstes), et qui était pour nous soigner, pour nous veiller, sa robe de servante, son habit de religieuse ou de garde. Mais tandis que les soins de celles-là, la bonté qu'elles ont, le mérite qu'on leur trouve et la reconnaissance qu'on leur doit augmentent encore l'impression qu'on a d'être, pour elles, un autre *être*, de se sentir seul, **gardant pour soi** la charge de ses pensées, de son propre désir de vivre, je savais **quand j'étais avec**[3] ma grand'mère, si grand chagrin qu'il y eût en moi quand j'étais près de ma grand'mère je savais qu'il y serait reçu dans une plus vaste pitié, que tout ce qui était **mien—mes** soucis, **mon** vouloir, y serait étayé **sur**[4] un désir de conservation et d'accroissement

1. [MS] **de ma propre vie autrement fort que celui que j'avais moi-même; et mes pensées se prolongeaient en elle sans subir de déviation parce qu'elles passaient de mon esprit dans le sien sans changer de milieu, de personne.**

2. [MG] ***et mes pensées*** [> ***ma moindre pensée***] ***se prolongeaient en elle*** [> ***dans son esprit***] ***sans subir de déviation, car elles passaient de mon esprit dans le sien sans changer de milieu, de personne.***

3. *arranger sa cravate dans une glace* [> *arranger* ***quelque chose à son vêtement***]

4. un*e proie*

5. je jetai ***ma figure contre ses joues*** [< je me jetai dans ses bras]

6. ***tempes*** [< joues]

7. [MG] ***J'avais l'habitude*** **Et quand j'avais ainsi ma bouche collée** ***à son front,*** **à ses joues, à son front, j'y puisais quelque chose de si bienfaisant, de si nourricier** [> ***puissant***] ***et de si doux*** **que je gardais l'immobilité, le sérieux** ***d'un enfant qui tête,*** **la tranquille avidité d'un enfant qui tête.**

1. **Sur sa prière et comme elle me sentait fatigué, je me rassis;**

2. [MG] ***Partout où on sentait qu'elle était en*** **Et tout ce qui recevait encore si faiblement que ce fût un peu de ses sensations, tout ce qui pouvait ainsi être dit encore à elle, en était aussitôt si spiritualisé, si sanctifié que de mes paumes je lissais ses beaux cheveux encore noirs avec autant de respect, de précaution et de douceur que si c'était sa bonté que j'y avais caressé**[e] [< ***caressais***].

200/593bis

[1] *s'ouvrirent aussitôt des espaces infinis. Si grande tristesse que je pusse avoir, j'étais sûr qu'elle serait reçue dans une plus vaste pitié; et tout ce qui était de moi,—pensée, soucis, vouloir—étayé sur un désir de conservation et d'accroissement de ma propre vie autrement fort que celui que j'avais moi-même;*[2] Et comme quelqu'un qui veut **nouer sa cravate devant une glace**[3] sans comprendre que le bout qu'il voit n'est pas placé par rapport à lui **du côté** où il dirige sa main, ou comme un chien qui poursuit à terre l'ombre dansante d'un **insecte**[4], trompé par l'apparence des corps **comme on l'est** dans ce monde où nous ne percevons pas directement les **âmes**, je **me** jetai **dans ses bras**[5], et je suspendis mes lèvres à ses **joues**[6] comme si j'accédais ainsi à ce cœur immense qu'elle m'ouvrait et qui était plus à moi que le mien.[7] *Elle portait une robe de chambre de percale qu'elle revêtait à la maison chaque fois que l'un de nous était malade (parce qu'elle s'y sentait plus à l'aise, disait-elle, attribuant toujours à ce qu'elle faisait des mobiles égoïstes), et qui était pour nous soigner, pour nous veiller, sa robe de servante, son habit de religieuse ou de garde. Mais tandis que les soins de celles-là, la bonté qu'elles ont, le mérite qu'on leur trouve et la reconnaissance qu'on leur doit augmentent encore l'impression qu'on a d'être, pour elles, un autre être, de se sentir seul, la charge de ses pensées, de son propre désir de vivre, je savais qu'en laissant ma grand'mère, si grand chagrin qu'il y eût en moi quand j'étais près de ma grand'mère je savais qu'il y serait reçu dans une plus vaste pitié, que tout ce qui était de moi,—souci, vouloir, y serait étayé par un désir de conservation et d'accroissement*

201/594

de ma propre vie plus fort que celui que j'avais moi-même, et que ma moindre pensée se prolongerait dans la sienne sans avoir à subir de déviation parce qu'elle ne changerait pas de milieu et d'âme.[1] je regardais sans me lasser son grand visage découpé comme un beau nuage ardent et calme, derrière lequel on sentait rayonner la tendresse.[2] *Et* **E**lle trouvait une telle douceur dans toute peine qui m'en épargnait une, et, dans un moment d'immobilité et de

3. *voyant*
4. un tel *bonheur*
5. *quelques jours*
6. *r*éveillée
7. n'*entendît* pas
8. *frappais*
9. car je *craignais* d'interrompre [> car ***sans doute*** je ***ne voulais pas*** interrompre]
10. **dans le cas où je me serais trompé et où elle aurait dormi je n'aurais pas voulu non plus**
11. *ne renouvellerais pas*
12. *les trois coups*

1. qu'il y *avait*
2. *bêtes*
3. *faibles*
4. *une petite souris*

calme pour mes membres fatigués, quelque chose de délicieux, que, quand **ayant vu**[3] qu'elle voulait m'aider à me coucher et me déchausser, je fis le geste de l'en empêcher et de commencer à me déshabiller moi-même, elle m'arrêta d'un regard suppliant comme si mes mains en les touchant aux premiers boutons de ma veste et de mes bottines, allaient briser sans pitié son fragile *et précieux* bonheur. "Oh, je t'en prie me dit-elle. C'est un**e** tel**le joie**[4] pour ta grand'mère de t'être bonne à quelque chose. Et surtout ne manque pas de frapper au mur si tu as besoin de quelque chose cette nuit, mon lit est adossé au tien, la cloison est très mince. D'ici un moment quand tu seras couché fais-le pour voir si nous nous comprenons bien". Et en effet ce soir-là je frappai trois *petits* coups—que je renouvellai [*sic*] **une semaine**[5] plus tard quand je fus souffrant **pendant quelques jours** et que ma grand'mère voulu[t] me donner du lait le matin. **Alors quand** je croyais entendre qu'elle était éveillée[6]—pour qu'elle n'**attendît** pas[7] et pût **tout de suite après** se rendormir, je **risquais**[8] trois petits coups, timidement, faiblement, distinctement malgré tout, car **si** je **craignais** d'interrompre[9] le sommeil de ma grand'mère[10] *si je m'étais trompé, mais aussi* qu'elle continuât d'épier un appel qu'elle n'aurait pas distingué **d'abord** et que je **n'oserais pas renouveler.**[11] Et à peine j'avais frappé **mes coups**[12] que j'en entendis

202/595

trois autres d'une intonation différente, ceux-là empreints d'une calme autorité répétés à deux reprises pour plus de clarté et qui disaient: "Ne t'agite pas, j'ai entendu, ne t'impatiente pas; dans quelques instants je serai là"; *au bout d'un instant* ma grand'mère arrivait. Je lui disais que j'avais eu peur qu'elle ne m'entendît pas ou crût que c'était un voisin qui avait frappé, elle riait: "Confondre les coups de mon pauvre loup avec d'autres, mais entre mille sa grand'mère les reconnaîtrait. Crois-tu donc qu'il y **en ait**[1] d'autres au monde qui soient aussi **bêtas**[2], aussi **fébriles**[3], aussi partagés entre la peur de me réveiller et de ne pas être compris. Mais quand même **elle**[4] se contenterait d'un

5. *hésiter*, se remuer
6. *jaillir*
7. **, des habitants de l'hôtel,**
8. [MI] **j'évoquerais volontiers dans la journée devant Françoise ou des étrangers,**

1. **n'aurait donné qu'à moi**
2. s'ouvrit
3. répondit

grattement on reconnaît**rait** tout de suite sa petite souris, surtout quand elle est aussi unique et à plaindre que la mienne. Je l'entendais déjà depuis un moment **qui hésitait, qui** se remu**ait**[5] dans le lit, **qui faisait tous ses manèges**." Elle me donnait mon lait, entr'ouvrait les volets; *elle me disait qu'il y avait trop de brume pour voir la mer; sur* **à** l'annexe de l'hôtel qui faisait **saillir**[6], le soleil était déjà installé sur les toits comme un couvreur matinal qui commence tôt son ouvrage et l'accomplit en silence pour ne pas réveiller la ville qui dort encore et dont l'immobilité le fait paraître plus agile. Elle me disait l'heure, le temps qu'il ferait, que ce n'était pas la peine que j'aille jusqu'à la fenêtre *parce*, qu'il y avait de la brume sur la mer, si la boulangerie était déjà ouverte, quelle était cette voiture qu'on entendait, tout cet insignifiant lever de rideau, ce négligeable **introït** du jour auquel personne n'assiste, et où[7] nous étions seuls présents; petit morceau de vie qui n'était qu'à nous deux, que dans la journée[8] en disant: "Il y avait pourtant un

203/596

fameux brouillard ce matin à six heures", *j'évoquerais volontiers devant Françoise ou un étranger* avec l'ostentation non d'un savoir que j'aurais été seul à posséder, mais d'une *sorte* de marque de tendresse que *n'avait qu'à moi* ma grand'mère[1]; doux instant matinal qui s'**ouvrait**[2] comme une symphonie par le dialogue rythmé de mes trois coups auquel la cloison pénétrée de tendresse et de joie, devenue harmonieuse, immatérielle, chantant comme les anges, répond**ait**[3] par trois autres coups, ardemment attendus, deux fois répétés, et où elle savait transporter l'âme de ma grand'mère tout entière et la promesse de sa venue, avec une allégresse d'annonciation et une fidélité musicale. Mais cette première nuit d'arrivée quand ma grand'mère m'eut définitivement quitté, je recommençai à souffrir, comme j'avais déjà souffert à Paris quand j'avais compris qu'en partant pour **B**ricquebec je disais adieu à ma chambre. Peut-être cet effroi que j'avais—qu'ont tant d'autres—de coucher dans une chambre inconnue, peut-être cet effroi, n'est-il que la forme

4. *est*
5. *pourraient*
6. *nous*
7. *nous* ne verrons
8. *est*

1. l'habitude *de même qu'*allait
2. *nouveau*

la plus humble, obscure, organique, presque inconsciente, de ce grand refus désespéré qu'opposent les choses qui constituent le meilleur de notre vie présente à ce que nous revêtions mentalement de notre acceptation la formule d'un avenir où elles ne figurent pas; refus qui **était**[4] au fond de l'horreur que me faisait éprouver la pensée que mes parents **mourraient**[5] un jour, que les nécessités de la vie pourraient m'obliger à vivre loin de Gilberte *même* ou simplement à **me**[6] fixer définitivement dans un pays où **je** ne verr[ais][7] plus jamais nos amis; refus qui **ètait**[8] encore au fond de la difficulté que j'avais à penser à ma propre mort ou à une survie comme Bergotte le promettait aux hommes dans ses livres, dans laquelle je ne pourrais emporter

204/597

mes souvenirs, mes défauts, *mes manies*, mon caractère qui ne pouvaient se résigner à l'idée de ne plus être et ne voulaient pour moi ni **du néant, ni** d'une éternité *ni d'un néant* où ils ne seraient plus.

Sans doute l'habitude allait assumer l'entreprise de me faire aimer ce logis inconnu; hélas elle se change aussi quand nous nous confions à elle, de nous faire aimer les compagnons nouveaux qui nous avaient déplu d'abord. Je savais qu'aussi facilement qu'elle le ferait pour la place de la glace, et la couleur des rideaux, elle change la forme d'un visage, la saveur de l'esprit, l'inclination des cœurs. Nous le savons pour peu que nous ayons eu à faire à elle.

Quand Swann m'avait dit à Paris: "Vous devriez partir pour ces délicieuses îles de l'Océanie, vous verrez que vous n'en reviendrez plus", j'aurais voulu lui répondre: "Mais alors je ne verrais plus votre fille, je vivrai au milieu de **choses et de** gens qu'elle n'a jamais vus". Et pourtant ma raison me disait: "Qu'est-ce que cela peut faire puisque tu n'en seras pas affligé. Quand M. Swann te dit que tu ne reviendras pas il entend par là que tu ne voudras pas revenir, et puisque tu ne le voudras pas, c'est que tu seras heureux là-bas". Car ma raison savait que l'habitude—**l'habitude qui** allait[1] assumer maintenant l'entreprise de me faire aimer ce logis **inconnu**[2], de

3. *couleur*
4. [MD] **se chargeait** aussi **bien de nous rendre chers les compagnons qui nous avaient déplu d'abord, de** donner
5. ***êtres nouveaux*** [< *gens inconnus*]
6. *anciens*

1. *lui*
2. *qu'il aime*
3. *il* tire aujourd'hui *sa meilleure* joie
4. *il* pense
5. *lui*
6. *son* moi
7. de *ses* parents, de *sa* maîtresse, de *ses* amis
8. autour de *lui, son* affection
9. *, qui*
10. *son*
11. qu'*il* pourrait *se* plaire
12. *lui*
13. *lui-même*
14. *à la forme*

changer la place de la glace, la **nuance**[3] des rideaux, d'arrêter la pendule—*savait* aussi *bien* donner[4] une autre forme aux visages, **de** rendre sympathique le son d'une voix, **de** modifier l'inclination des cœurs. Certes ces amitiés nouvelles pour **d**es lieux et **d**es **gens**[5], ont pour trame l'oubli des **anciennes**[6]

205/598

; mais justement ma raison pensait que je *ne* pouvais envisager sans terreur la perspective d'une vie où je serais à jamais séparé d'êtres dont je perdrais le souvenir, **et** c'est comme une consolation, qu'elle offrait à mon cœur une promesse d'oubli qui ne faisait au contraire qu'affoler son désespoir. Certes notre cœur aussi les éprouvera quand la séparation sera consommée, les effets analgésiques de l'habitude; mais jusque-là il continuera de souffrir. Et la crainte d'un avenir où **nous**[1] seront enlevés la vue et l'entretien de ceux **que nous aimons**[2] et dont **nous** tir**ons** aujourd'hui **notre plus chère** joie[3], cette crainte, loin de se dissiper, s'accroît si à la douleur d'une telle privation **nous** pens**ons**[4] que s'ajoutera pour ce qui **nous**[5] semble actuellement plus cruel encore: ne peut la ressentir comme une douleur, y rester indifférent; car alors **notre** moi[6] serait changé, ce ne serait plus seulement le charme de **nos** parents, de **notre** maîtresse, de **nos** amis[7] qui ne seraient plus autour de **nous, mais notre** affection[8] pour eux; **elle**[9] aurait été si parfaitement arrachée de **notre**[10] cœur dont elle est aujourd'hui une si notable part que **nous** pourr**ions nous** plaire[11] à cette vie séparée d'eux dont la pensée **nous**[12] fait horreur aujourd'hui; ce serait donc une vraie mort de **nous-même**[13], mort suivie, il est vrai, de résurrection mais en un moi différent et jusqu'à l'amour duquel ne peuvent s'élever les parties de l'ancien moi condamné[es] à mourir. Ce sont elles,—même les plus chétives, les obscurs attachements **aux dimensions**[14], à l'atmosphère d'une chambre,—qui s'effarent et refusent en des rébellions qui ne sont que la forme secrète, partielle, tangible, et vraie, de la résistance à la mort, de la longue résistance désespérée et quotidienne à la mort fragmentaire et successive

1. n'arrêtant pas *en* route et *laissant parvenir*
2. ***condamnés***
3. ***prendrait sa place***
4. auraient *fait cette double œuvre que nous réunissions, sans les avoir reconnues, sous le nom d'Habitude.*
5. jusqu'à *là* [*sic*]
6. *me faisait souffrir*
7. **qui les effaçant toutes à la fois,**
8. où *je* voyais flamboyer les ardoises *de l'église, que* je *voulais courir au jardin, sur* la place, *sur le côté de Méséglise*
9. le lendemain *quand* un *valet*
10. *tout ce* qui ne pouvait
11. ***puis de me sécher avec le linge 'trop empesé' du Grand Hôtel***
12. de *voir dans la fenêtre dont je m'approchai tout en*

206/599

telle qu'elle s'insère dans toute la durée de notre vie, détachant de nous à tout moment les lambeaux de nous-mêmes sur la mortification desquels des cellules nouvelles multiplieront. Et pour une nature nerveuse comme **était** la mienne c'est-à-dire chez qui les intermédiaires nerveux ne remplissent pas leurs fonctions, n'arrêtent pas **dans sa** route **vers la conscience mais y laissant au contraire parvenir**[1], distincte, épuisante, innombrable et douloureuse, la plaine des plus humbles éléments[2] **du moi** qui vont disparaître, l'anxieuse alarme que j'éprouvais sous ce plafond inconnu et trop haut, n'était que la protestation d'une amitié qui survivait en moi, pour un plafond familier et bas. Sans doute cette amitié disparaîtrait, **une autre ayant pris sa place**[3]; alors la mort, puis une nouvelle vie auraient, **sous le nom d'Habitude accompli leur œuvre double**[4]; mais jusqu'à **son anéantissement**[5], chaque soir **elle souffrirait**, et ce premier soir-là surtout, mise en présence d'un avenir déjà réalisé où il n'y avait plus de place pour elle, *elle souffrait*, elle se révoltait, elle me torturait du cri de ses lamentations chaque fois que mes regards, ne pouvant se détourner de ce qui les blessait[6], essayaient de se poser au plafond inaccessible.

Mais le lendemain matin!—(comme à Combray, après une nuit de tristesses, à l'heure où le soleil[7] appuyait ses barreaux contre la fenêtre et semblait me dire: descends **au jardin**; où, voyant flamboyer les ardoises **du clocher de St Hilaire**, je **m'apprêtais pour aller sur** la Place, **à l'Eglise, au bord** de **la Vivonne**)[8],—le lendemain **matin, après qu**'un **domestique**[9] fut venu m'éveiller et m'apporter de l'eau chaude, **tout en faisant ma toilette et en essayant vainement** de trouver les affaires dont j'avais besoin dans ma malle d'où je **ne** tirais pêle-mêle **que celles** qui ne pouvai**ent**[10] me servir à rien,[11] quelle joie, pensant déjà au plaisir du déjeuner et de la promenade, de **voir dans la fenêtre**[12],

1. *par*
2. une ligne mince et *noble* s'élancer
3. [MG] **sur un tremplin. A tous moments tenant à la main la serviette raide et empesée où était écrit le mot: Grand-Hôtel, avec laquelle je faisais d'inutiles efforts pour me sécher et que je dépliais avec peine—, je retournais près de la fenêtre jeter encore un regard sur ce vaste cirque éblouissant et montagneux et sur les sommets neigeux de ses**
4. *aller*
5. , reculant *quelquefois*
6. *au loin les*
7. *blanchi*
8. [MG] **D'autres fois c'était tout près de moi que le soleil riait sur les flots d'un vert aussi tendre que celui que conserve aux prairies alpestres moins l'humidité du sol que la liquide mobilité de la lumière** [la suite est illisible]
9. le *côté*
10. *et dont* notre œil *suit la direction qui déplace* et *qui* situe
11. *autant*
12. [MI] **ne dresse pas moins** [< **ne** ***fait*** **pas moins** ***surgir***] **devant nous de nouveaux buts qu'il nous fait désirer d'atteindre—que ne ferait un trajet longuement et effectivement parcouru, en voyage.**

207/600

dans la fenêtre dont je m'approchai tout en essayant vainement pour me sécher de déplier la serviette, raide et empesée sur laquelle était écrit [*sic*] *les mots "Grand Hôtel" et* **et** dans toutes les vitrines des bibliothèques comme **dans**[1] les hublots *aux différents points cardinaux dans* **d'**une cabine de navire, *de voir sur* la mer nue, sans ombrages et pourtant à l'ombre sur une moitié de son étendue que délimitait une ligne mince et **mobile, et de suivre des yeux les flots qui** s'élanç**aient**[2] l'un après l'autre comme des sauteurs[3] *dans le vaste champ de ce cirque montagneux les sommets neigeux de ses* vagues en **pierre** d'émeraude, çà et là polis et translucides qui avec une placide violence et un froncement léonin laissèrent s'accomplir et dévaler l'écroulement de leurs pentes auxquelles le soleil ajoutait un sourire sans visage. Fenêtre à laquelle je devais ensuite **me mettre**[4] chaque matin comme au carreau d'une diligence dans laquelle on a dormi, pour voir si pendant la nuit s'est rapprochée ou éloignée **une** chaîne désirée, **ici** ces collines de la mer qui avant de revenir vers nous en dansant, **peuvent** recul**er**[5] si loin que souvent ce n'était qu'après une longue plaine sablonneuse que j'apercevais **à une grande distance leurs**[6] premières ondulations, dans un lointain transparent vaporeux et **bleuâtre**[7] comme ces glaciers qu'on voit au fond des tableaux des primitifs toscans.[8] Au reste dans cette brêche que la plage et les flots pratiquent au milieu du reste du monde pour y faire passer, **pour y accumuler**, la lumière *qui s'accumule sans obstacle*, c'est elle surtout selon **la direction**[9] d'où elle vient **et que suit** notre œil, **c'est elle qui déplace** et situe[10] les vallonnements de la mer. La diversité de l'éclairage **ne** modifie **pas moins**[11] *que ferait la succession des espaces* l'orientation d'un lieu[12], *et le*

208/601

désir du voyage. Quand le matin la lumière venait de derrière l'hôtel, découvrant devant moi les grèves illuminées jusqu'au**x** premier**s** contrefort**s** de la mer, *on aurait dit qu'* elle semblait m'en montrer un autre versant et m'engager à poursuivre sur sa route

1. *linge* [!]
2. *entre*
3. **du soir, mince et superficiel, comme un trait doré et tremblant**

1. *pénétrer*
2. [MG] **Et *en effet* cette instabilité de la lumière qu'on ne rencontre que sur la mer et dans la montagne faisait penser aux incertitudes, à la perpétuelle mise au point de quelque sublime lanterne magique, tant les accidents sur lesquels elle se jouait semblaient avoir peu d'importance; *Elle* une grande clarté joignait le rivage aux flots puis le désertait, s'isolait [> s'*étalait*] au milieu de la mer, réunissant deux bâteaux, coupait un vapeur en deux moitiés dont l'une restait à l'ombre, avec autant d'indifférence *pour* que ma lanterne magique de Combray projetait Geneviève de Brabant aussi bien sur les rideaux de la fenêtre que sur le bouton de la porte ou l'encoignure de la cheminée.**
3. *faisant*

tournante un voyage immobile et varié à travers les plus beaux sites du paysage accidentés des heures. Et dès ce premier matin le soleil me montrait au loin d'un doigt souriant ces cimes bleus de la mer qui n'ont de nom sur aucune carte géographique, jusqu'à ce qu'étourdi de sa sublime promenade à la face retentissante et chaotique de **leurs** crêtes et de leurs avalanches, il vînt se mettre à l'abri du vent dans **ma** chambre, se prélassant sur le lit défait et égrenant ses richesses sur le lavabo mouillé, dans la malle ouverte, où, par sa splendeur même et son **luxe**[1] déplacé, il ajoutait encore à l'impression **de** désordre. Hélas, ce vent **de mer**, une heure plus tard, dans la grande salle à manger, tandis que nous déjeunions et que nous répandions de la **gourde de cuir** d'un citron quelques gouttes d'or sur deux soles qui bientôt laissèrent dans nos assiettes le panache ***transparent*** de leurs arêtes, frisé comme une plume et sonore comme une cithare, il parut cruel à ma grand'mère de n'en pas sentir le souffle vivifiant à cause du châssis transparent mais clos qui nous séparait de la plage comme une vitrine tout en nous la laissant entièrement voir et dans lequel le ciel **entrait**[2] si complètement que son azur avait l'air d'être la couleur des fenêtres et ses nuages blancs un défaut du verre. Me persuadant que j'étais "assis sur le **môle**" ou au fond du "boudoir" je sentais que le "soleil rayonnant sur la mer" de Baudelaire, c'était—bien différent du rayon[3] *purement pictural et troublant du soir*—celui qui en ce moment brûlait la mer comme

209/602

une topaze, **la** faisait **fermenter**[1], devenir blonde, laiteuse comme de la bière, **écumante** comme du lait, tandis que par moments s'y promenaient çà et là de grandes ombres bleues, comme si quelque géant s'était amusé à les déplacer en bougeant un miroir dans le ciel.[2] Mais ma grand'mère ne pouvant supporter l'idée que je perdais le bénéfice d'une heure d'air, ouvrit subrepticement un carreau **et fit**[3] envoler du même coup **menus, journaux,** voiles et casquettes; elle-même—**soutenue par le souffle céleste, restait calme et** souriante comme Sainte

4. *de solitude*
5. *franchement*

1. avaient *refusé*
2. *quelquefois* *dans les* châteaux.
3. **à part au milieu du grand, une corbeille des saisons**

Blandine, au milieu des invectives qui, augmentant mon impression d'**isolement**[4] et de tristesse, réunissaient contre nous les touristes méprisants, décoiffés, et furieux.

Pour une certaine partie,—**ce** qui, **à Cricquebec**, donnait à la population d'ordinaire, **banalement**[5] riche et cosmopolite de ces sortes d'hôtel de grand luxe, un caractère régional assez accentué,—**il**s se composai**ent** de personnalités éminentes des principaux départements de cette partie de la France, d'un premier président d**u Mans**, d'un Bâtonnier de Cherbourg, d'un grand notaire de Nantes, qui à l'époque des vacances, **partant des points sur lesquels toute l'année** ils étaient disséminés en tirailleurs ou comme des pions au jeu de dames, venaient se concentrer dans cet hôtel. Ils y avaient toujours les mêmes chambres, et leurs femmes qui avaient des prétensions à l'aristocratie formaient un petit groupe, auquel s'étaient adjoints un grand avocat et un grand médecin de Paris qui le jour du départ leur disaient: "Ah! c'est vrai vous ne prenez pas le même train que nous, vous êtes privilégié[s], vous serez rendu[s] pour le déjeuner", "Comment, privilégié[s]? Vous qui habitez la capitale, Paris, la grande ville, tandis que j'habite un pauvre chef-lieu de cent mille habitants, il est vrai cent deux mille même au dernier recensement; mais qu'est-ce à côté de vous qui en comptez deux million[s] cinq cent mille." Ils le disaient avec un **roulement d'r** paysan

210/603

et, sans **y mettre d'**aigreur car c'étaient des lumières de leur province qui auraient pu comme d'autres venir à Paris *si*—on avait **plusieurs fois** offert au premier Président **de Rennes** de venir à la Cour de Cassation—mais avaient **préféré rester sur place**[1], par amour de leur ville, ou d'obscurité, ou de la gloire, ou parce qu'ils étaient réactionnaires, et[2] **pour l'agrément des relations de cousinage avec les** châteaux. **Plusieurs d'ailleurs ne regagnaient pas tout de suite leur chef-lieu.**

Car comme la baie de **B**ricquebec était *comme* un petit univers[3] où étaient rassemblés en cercle *non seulement* les jours

4. *saisons* successives
5. *pleuvait*
6. *Coste d'Or*
7. maître d'hôtel *pour lequel,—car c'était le même* qui venait
8. *pour*
9. *garçon*
10. *avant*
11. la bonne société de *Mantes.*

1. *regardant* croyait devoir *dire*

variés et les **mois** successi**fs**[4], si bien que non seulement par les jours où on apercevait Rivebelle ce qui était signe d'orage, on y distinguait du soleil **sur les maisons** pendant qu'il **faisait noir**[5] à **B**ricquebec, mais encore que quand *le froid et* l'automne **et les froids** avaient gagné **B**ricquebec on était certain de trouver encore **sur cette autre rive** deux **ou trois** mois de chaleur *alors que l'automne et le froid s'étaient emparés de Cricquebec*, ceux de ces habitués de l'hôtel de **B**ricquebec dont les vacances commençaient tard ou duraient longtemps, quand les pluies et les brumes arrivaient, faisaient charger leurs malles sur une barque et traversaient rejoindre l'été à **Costedor**[6], ou à Rivebelle. Tout ce petit groupe de l'hôtel de **B**ricquebec regardait d'un air méfiant **chaque** nouveau venu, *interrogeait sur leur compte le maître*, **et** tout en ayant l'air de ne pas s'intéresser **à lui, interrogeait sur son compte leur ami le** maître d'hôtel. Car c'était le même,—Aimé—qui **re**venait[7] tous les ans **faire**[8] la saison et leur gardait leur**s** table**s** **et** mesdames leurs épouses *qui*, sachant que sa femme attendait un **bébé**[9], travaillaient **après**[10] les repas, chacune à une pièce du trousseau—**tout en** nous toisant avec **leur** face-à-main ma grand'mère et moi, parce que nous mangions des œufs **durs** dans la salade ce qui était réputé commun et ne se faisait pas dans la bonne société de **Nantes ni d'Alençon**.[11] Ils affectaient une attitude

211/604

de méprisante ironie à l'égard d'un Français qu'on appelait Majesté et qui s'était en effet proclamé roi d'un petit îlot de l'Océanie habité par quelques sauvages *et qui était à Cricquebec*. **Il habitait l'hôtel** avec sa jolie maîtresse, sur le passage **de qui** quand elle allait se baigner, les gamins criaient: "Vive la reine" parce qu'elle leur jetait **des pièces de** cinquante centimes. Le premier Président et le Bâtonnier ne voulaient même pas avoir l'air de la voir, et si quelqu'un de leurs amis **regardait ils** croyai[en]t devoir **le prévenir**[1] que c'était une petite ouvrière. "Mais on m'avait assuré qu'à Ostende ils usaient de la cabine royale". "Naturellement! on la loue pour

2. **plus généreux qu'authentiques, cependant tout**

3. [MG] **duquel la femme *répondait* déclarait tenir [< *savoir*] de bonne source que ce jeune homme "fin de siècle" faisait mourir de chagrin ses parents.**

1. **son goût *qu'elle avait cultivé jusqu'à avoir su réunir une des plus* précieuses collections**

vingt francs. Vous pouvez la prendre si cela vous fait plaisir. Et je sais pertinemment que lui avait fait demander une audience au roi qui lui a fait savoir qu'il n'avait pas à connaître ce souverain de Guignol." "Ah, **vraiment** c'est intéressant! il y a **tout de même** des gens . . . !" Et sans doute tout cela était vrai, mais c'était aussi par ennui de sentir que pour une bonne partie de la foule ils n'étaient, **eux**, que de bons bourgeois qui ne connaissaient pas ce roi et cette reine prodigues de leur or, que le notaire, le Président, le Bâtonnier, au passage de ce qu'ils appelaient un carnaval éprouvaient tant de mauvaise humeur et manifestaient tout haut une indignation au courant desquelles était leur ami le maître d'hôtel, qui *était*, obligé de faire bon visage aux souverains[2] en prenant leur commande, *mais* adressait **de loin** à ses vieux clients un clignement d'œil significatif. Peut-être y avait-il aussi **un peu** de ce **même** ennui d'être par erreur crus moins chics et de ne pouvoir expliquer qu'ils l'étaient davantage, **au fond du "Joli Monsieur!" dont ils qualifiaient un jeune gommeux, fils poitrinaire et fêtard d'un coulissier millionnaire et qui tous les jours dans un veston nouveau, une orchidée à la boutonnière déjeunait au champagne, et allait, pâle, *indifférent,* impassible, un sourire d'indifférence aux lèvres, jeter au casino sur la table de baccara des sommes énormes "qu'il n'a pas les moyens de perdre" disait d'un air renseigné le notaire au premier président**[3]

212/605

Ce sentiment, peut'être la petite colonie avait-elle moins l'occasion de l'éprouver à l'égard d'une actrice, moins connue comme telle, car elle avait *perdu* joué peu de rôles *autrefois* à l'Odéon, qu'à cause de sa grâce, de son esprit, de son élégance, de son goût, de ses précieuses collections[1] **de porcelaine allemande, et qui était au Gd Hôtel de Cricquebec avec son amant, jeune homme très riche, *très artiste aussi* pour qui surtout elle s'était cultivée,**

2. ***descendait toute parée***
3. ***poupée*** [< ***joujoux***]
4. **un** ***coupé***
5. ***cuisine***
6. **les** ***plats***
7. ***En revanche le valet de chambre de notre étage—et quoiqu'elle fût d'un autre***
8. ***nous avait parlé le valet de chambre de notre étage***

et avec deux hommes en vue de l'aristocratie, quatre personnes *qui* formant par le plaisir qu'elles avaient à causer ensemble, à jouer aux cartes ensemble, à manger ensemble (car les quatre étaient atteints au même degré de gourmandise) une petite société que les déplacements de l'été ne désunissaient pas et qui se transportait, intact et au complet, tantôt ici, tantôt là. Mais la femme du premier président, la femme du notaire se voyaient refuser la joie qu'elles auraient eue à souffrir d'une promiscuité avec cette demi-mondaine. Car la petite société qui avait toujours des menus spéciaux pour l'élaboration desquels chaque fois un ou deux de ses membres avai[en]t de longues conférences avec le *chef* cuisinier, ne venaient déjeuner qu'extrêmement tard, quand tout le monde était sur le point de sortir de table. Ils prenaient leurs repas à l'écart, entrant par une petite porte, ne gênant personne; la femme toujours admirablement mise, avait des robes *fort peu voyantes,* toujours renouvelées mais peu voyantes, avec un goût, particulier à elle, d'écharpes qui plaisait à son amant. On ne voyait aucun d'eux dans la journée qu'ils passaient tout entière à jouer aux cartes. Le soir quand on sortait de table, *on les apercevait* on apercevait tout au plus les trois hommes en smoking attendant la femme en retard qui bientôt après avoir de son étage sonné le lift, sortait[2] de la cage de l'ascenseur comme d'une boîte de joujoux[3], toute parée avec une écharpe nouvelle, se regardant un instant dans la glace, remettant un peu de rouge, et toute la société s'engouffrant dans une voiture fermée[4] attelée de deux chevaux qui attendait, allait dîner à une demi-heure de là dans un petit restaurant réputé pour sa table[5] et où comme il y avait peu de monde, le chef pouvait soigner davantage la cuisine[6], et eux-mêmes discuter plus longuement avec lui de l'opportunité d'ajouter ou non tel ou tel ingrédient. De telle sorte qu'ils passaient presque inaperçus des habitants de l'hôtel.[7] Il n'en allait pas de même à l'égard d'une vieille dame riche et titrée dont[8], quoiqu'elle fût d'un autre étage, le valet de chambre du nôtre nous avait parlé, impressionné

9. ***Et peut'être c'est parce que ce respect les faisait souffrir***

1. ***éloigner par le garçon en lui esquissant*** **[< *adressant*] *un geste distant***
2. ***compétent***
3. **s'il y avait *au monde une* chose *qu'elles n'avaient pas***

comme tous ses camarades parce qu'elle avait amené avec elle *à l'hôtel où elle était* femme de chambre, cocher, chevaux, voitures, et avait été précédée par un maître d'hôtel chargé de choisir les chambres et de les rendre, grâce à des bibelots, à de précieuses vieilleries qu'il avait apportées aussi peu différentes que possible de celles que sa maîtresse habitait à Paris. Le bâtonnier et ses amis ne tarissaient pas de sarcasmes au sujet de ce respect du personnel pour une dame à particule qui ne se déplaçait qu'avec tout son train de maison.[9] Chaque fois que la femme du notaire et la femme du premier président la voyaient dans la salle à manger au moment des repas, elles l'inspectaient insolemment de leur face-à-main du même air minutieux et défiant que si elle avait été quelque plat au nom pompeux mais à l'apparence suspecte comme on en sert souvent dans les grands hôtels, qu'après le résultat défavorable d'une observation

213/606

méthodique on fait[1] éloigner, par le signe d'un geste distant, d'un air renseigné[2], et d'une *bouche* moue de dégoût.

Sans doute par là la femme du notaire et du premier président, voulaient montrer, comme fait tout le monde que s'il y avait certaines choses dont elles manquaient[3]—dans l'espèce certaines prérogatives de la vieille dame, et des relations avec elle—c'était non pas parce qu'elles ne pouvaient pas les avoir, mais parce qu'elles ne le voulaient pas. Mais le malheur était que cherchant seulement à en persuader les autres, elles avaient fini par s'en persuader elles-mêmes. Et c'est la suppression de tout désir, de la curiosité pour les formes de la vie qu'on ne connaît pas, de l'espoir de plaire à de nouveaux êtres, de l'effort pour plaire, *lesquels étaient* remplacés chez ces dames par un dédain simulé, par une allégresse factice qui avait le *double* inconvénient de *mettre pour elles* leur

4. **pour** *être*

5. **certaines** *habitudes*

6. *que si elle envoyait d'avance son maître valet de chambre* [> *domestique*] *mettre l'hôtel au courant de son arrivée c'était peut'être pour s'épargner*

7. *par crainte de la minute courte mais non qu'*

1. *– courte mais qu'on redoute tout de même, comme de piquer une tête dans l'eau—où inconnue encore dans l'hôtel,*

2. *comme celui qui se ruinait au jeu*

3. **, et non par mauvaise humeur,** *mais par raillerie*

faire mettre du déplaisir sous l'étiquette de cont[ent]ement et de les faire se mentir perpétuellement à elles-mêmes, deux conditions pour qu'elles fussent[4] malheureuses. Mais tout le monde dans cet hôtel agissait sans doute de la même manière qu'elles, bien que sous d'autres formes, et sacrifiant sinon à leur amour-propre comme elles faisaient, du moins à certains principes[5] d'éducation, ou à certaines habitudes intellectuelles, le trouble délicieux qu'il y a à se mêler à une vie inconnue, à poursuivre l'objet de ses désirs, à séduire, à s'attacher, en se renouvelant soi-même la sympathie mystérieuse des êtres nouveaux. Sans doute le microcosme dans lequel s'isolait la vieille dame noble n'était pas empoisonné de virulentes aigreurs comme celui où le clan du premier président *agitait* laissait exulter, ricanait de rage. Mais il était embaumé d'un parfum vieillot et fin de bon ton qui n'était pas moins factice. Je me plaisais à penser qu'elle avait peut'être au fond d'elle de la sensibilité et de l'imagination et que le charme que dégage un être inconnu aurait *peut'être* agi plus profondément sur elle,[6] que le plaisir sans mystère qu'il y a à ne fréquenter que des gens de son monde et à se rappeler que ce monde est le meilleur qui soit; qui sait si ce n'était pas[7] en pensant que si elle arrivait inconnue à l'hôtel

214/607

[1]faisant peu d'effet on faisait rire avec sa robe de laine noire et son bonnet démodé, en l'apercevant dans le hall un jeune fêtard[2] qu'elle eût trouvé joli garçon — comme celui qui cette année se ruinait au jeu—aurait même murmuré de son rocking chair "quelle purée" et où [?] quelque homme de valeur, ayant gardé, comme le premier président entre ses favoris poivre et sel, un visage sain et des yeux spirituels, comme elle les aimait, aurait désigné à sa femme en souriant, l'apparition de ce phénomène insolite sur lequel celle-ci eût braqué[3] la lentille de sa face-à-main

4. ***brusquerie*** [***< sécher[esse] < rapidité***]
5. ***entre*** **elle et l'*****humanité ambiance d'humanité nouvelle ambiante*** [*sic*]
6. **et entretenaient autour de leur maîtresse l'atmosphère accoutumée**
7. ***monter***

comme un instrument de précision, qui sait si ce n'était pas par effroi de cette première minute qu'on sait courte mais qui n'est pas moins redoutée—comme la première tête qu'on pique dans l'eau—que cette dame envoyait d'avance un domestique mettre l'hôtel au courant de sa venue, de sa personnalité et de ses habitudes, et qu'en descendant de voiture elle s'avançait rapidement entre sa femme de chambre et son valet de pied, coupant court aux salutations du directeur avec une brièveté[4] où il voyait de l'orgueil et où il n'y [avait] peut'être que de la timidité. rapidement elle gagnait sa chambre où des rideaux personnels ayant pris la place de ceux qui pendaient aux fenêtres, des paravents, des photographies, des bibelots apportés mettaient si bien entre elle et le monde extérieur auquel il eût fallu s'adapter, la cloison de ses habitudes que c'était *plutôt* son chez elle au sein duquel elle était restée—qui voyageait, plutôt qu'elle-même. Dès lors ayant placé *ses domestiques entre elle et ceux de l'hôtel, ses préjugés entre elle et les autres habitants de l'hôtel qui n'étaient pas de son monde c'est dans son monde, par la correspondance envoyée et reçue, par le souvenir intime, qu'elle continuait de vivre,* entre elle et les domestiques de l'hôtel[5], ses fournisseurs, ses domestiques qui recevaient à sa place, le contact douloureux ou charmant de cette humanité nouvelle[6], ayant mis ses préjugés entre elle et les autres *habitants* touristes, étrangers, et baigneurs, *ses préjugés* insoucieuse de déplaire à des gens que ses amies n'auraient pas reçus, *elle continuait* c'est dans son monde qu'elle continuait à vivre, par la correspondance échangée et reçue, par le souvenir *intime* , par la conscience intime qu'elle avait de sa situation, de la qualité de ses manières *et,* de la compétence de sa politesse. Et tous les jours quand elle descendait pour aller[7] dans sa calèche faire une promenade, sa femme de chambre qui portait ses affaires derrière elle, son valet de pied qui la devançait

1. ***descendait***
2. ***qui postés aux*** **couleurs**
3. **de *la terre étrangère***
4. ***de sa chambre le premier à la salle à manger la femme***
5. **au bout d'un instant**
6. **et sa fille, d'une obscure mais très ancienne famille de Bretagne, M. et Mlle de Silaria,**
7. ***faire***
8. ***êtres*** **[< *gens*] inconnus** ***au milieu de qui ils s'y trouvaient et sur lesquels M. de***
9. ***grossier***

215/608

pour monter dans sa voiture faire une promenade, sa femme de chambre qui portait[1] *ses affaires derrière elle, son valet de pied qui la devançait* semblaient comme ces sentinelles ayant les couleurs[2] du pays dont elle dépend, qui aux portes d'une ambassade, garantissent pour elle au milieu d'un sol étranger[3] le privilège de son extraterritorialité. *C'était la morgue d'une autre elle ne sortait pas de sa chambre le premier jour où nous déjeunions après notre arrivée*[4] *mais nous y vîmes en revanche* Elle ne descendit pas de sa chambre *ce premier jour* et nous ne l'aperçûmes pas dans la salle à manger ce premier jour où le Directeur, *nous y conduisant* comme nous étions nouveaux venus, nous y conduisit, *comme* sous sa protection à l'heure du déjeuner comme un gradé qui mène des bleus chez le caporal tailleur pour les faire habiller. Mais nous y vîmes[5] en revanche un hobereau *et sa fille*[6], dont le directeur nous avait fait donner la table *en* croyant qu'ils ne *prendraient* rentreraient *pas de la journée* que le soir. *Ceux-là c'était la morgue qui les empêchait d'éprouver un intérêt quelconque pour les êtres nouveaux au milieu de qui ils se trouvaient à l'hôtel et fort peu d'instants par jour d'ailleurs, car venus seulement à Cricquebec pour retrouver des châtelains qu'ils connaissaient dans le voisinage,* Ceux-là venus seulement à Cricquebec pour retrouver[7] des châtelains qu'ils connaissaient dans le voisinage, *c'était le véritable leur morgue qui les préservait pendant* ne passai[en]t entre les invitations acceptées et les visites rendues que le temps strictement nécessaire *à l'hôtel* dans la salle à manger de l'hôtel. C'était leur morgue qui les préservait de toute sympathie humaine, de tout intérêt pour tous les inconnus assis aux tables voisines[8] et au milieu desquels M. de Silaria gardait l'air glacial, pressé, distant, rude[9], pointilleux et malintentionné qu'on a dans un buffet de chemin de fer au milieu de voyageurs qu'on n'a jamais vus, qu'on ne reverra jamais, et avec qui on ne conçoit d'autres rapports que de défendre contre eux son poulet froid et sa place dans le wagon. A peine commencions-nous à déjeuner qu'on vint nous faire lever sur l'ordre de M. de Silaria, lequel venait d'arriver

1. *pour le prier qu'à l'avenir*
2. **qu'après** ***que celui des autres était fini***
3. *habitudes* [< *raffinements*] *d'art et d'élégance*
4. *eût empêché de s'intéresser*
5. *avec qui il jouait ou il déjeunait ou il jouait faisait une partie de cartes*
6. *discernement* [< *goût* < *savoir*]
7. **en somme un critérium commun à eux tous pour distinguer en toutes choses le bon et le mauvais.**
8. **quelque** ***amusante*** **interjection**
9. **jetée** ***par l'un des gourmets ou l'un des joueurs***
10. < *pour dîner ou faire un poker*

216/609 et 610

et sans le moindre geste d'excuse à notre adresse, pria à haute voix le maître d'hôtel[1] de veiller à *ne pas* ce qu'une pareille erreur ne se renouvelât pas, car il lui était désagréable que *sa place* "des gens qu'il ne connaissait pas" se fussent mis à sa place.

Et certes dans le désir d'isolement qui poussait le jeune homme riche *et élégant* , sa maîtresse et ses deux amis à ne voyager qu'ensemble, à ne prendre leur*s* repas qu'après tout le monde[2], il n'y avait aucun sentiment aigre et malveillant à l'endroit des autres et par conséquent désagréable *pour eux-mêmes* et d'un goût aigre pour eux-mêmes. Mais seulement les exigences d'un goût *raffiné* qu'ils avaient pour certaines formes spirituelles de conversation, pour certains raffinements d'élégance[3] et qui leur eût rendu[4] insupportable la vie en commun avec des gens qui n'y avaient pas été initiés *aux mêmes délicatesses et aux mêmes raffinements*. Même devant une table servie, ou devant une table à jeux, *ils avaient besoin chacun d'eux avait besoin de savoir que le convive ou le partner avec qui il dînait ou il jouait eût été capable de distinguer un objet précieux de la camelote que le vulgaire prend pour du moyen âge* où ces connaissances ne trouvaient pas leur emploi chacun d'eux avait besoin de savoir que dans le convive ou le partner qui était en face de lui[5] reposaient en suspens et inutilisés un certain savoir[6] qui permet de distinguer des objets *vraiment précieux* de connaître la camelote dont tant d'hôtels parisiens se parent comme d'un "moyen âge", ou d'une "Renaissance authentique", la finesse d'esprit qui empêche de se plaire à un calembour bête, une expérience de la bonne société qui fait dépister tout de suite des façons prétentieuses ou communes[7]. Sans doute *la vie peu spéciale, habituelle et dans laquelle ils voulaient partout rester plongés, ne se traduisait plus* ce n'était plus, dans ces moments-là que par quelque rare et drôle interjection[8] jetée au milieu du silence du repas ou de la partie[9], ou par la robe charmante et nouvelle, que *même pour s'asseoir[10] avec rien que pour ses trois amis toujours les*

11. ***dîner*** [< ***déjeuner***]
12. ***ses*** **trois** ***amis***
13. ***comme à fond par eux-mêmes***
14. **cette petite société**
15. **elle les protégeait**

mêmes la jeune actrice avait revêtue pour déjeuner[11] ou faire un poker avec ces trois hommes[12] toujours les mêmes, que se manifestait la vie spéciale *et habituelle*[13] dans laquelle les quelques amis[14] voulaient partout rester *toujours* plongés. Mais *elle suffisait à les* en les enveloppant ainsi d'habitudes qu'ils connaissaient à fond, elle suffisait à les protéger[15] contre le mystère de la vie inconnue des êtres et des choses. Pendant les longs après-midi où ils restaient à jouer aux cartes, la mer n'était suspendue en face d'eux que comme une toile d'une *jolie* couleur agréable accrochée dans le boudoir *ou le cabinet de toilette* d'un riche célibataire, et ce n'était que dans l'intervalle des coups qu'un des joueurs n'ayant rien de mieux à faire, levait les yeux vers elle pour en tirer une indication sur le beau temps ou sur l'heure, et rappeler aux autres que le goûter attendait. *Et le soir la campagne route quand ils partaient dîner au dehors, la route bordée de pommiers qui part de Cricquebec* Il en était de la campagne comme de la mer et des hommes. Et le soir quand ils allaient dîner au dehors, la route bordée de pommiers qui part de Cricquebec, n'était pour eux que la distance qu'il fallait franchir,—distincte à la nuit noire, *quoique plus longue,* de celle qui séparait leurs domiciles parisiens du café anglais ou du Joseph—avant d'arriver au restaurant élégant et champêtre où ils faisaient leur fin dîner, et où tandis que les amis du jeune homme riche l'enviaient d'avoir une maîtresse si bien habillée, les écharpes de celle-ci tendaient devant la petite société comme un voile parfumé et souple, mais qui la séparait du monde.

217/611 [< ***616bis***]

Malheureusement pour ma tranquillité j'étais bien loin d'être comme ces gens, dont beaucoup d'entre eux je me souciais; je n'aurais pas voulu être méprisé par eux; et je n'avais pas encore eu à cette époque le réconfort d'apprendre les traits du caractère de Swann qui aurait cru en faisant

1. *ne pas croire qu'il menait à la connaissance d'une* **réalité**
2. *Et certes de tous ces gens d'aucun de ces gens je n'aurais voulu ne pas être méprisé. Je souffrais de ne pas inspirer de considération* **d'un homme**
3. *dépeuplaient une partie de l'hôtel*

venir de Paris sa maîtresse pour passer sur elle le désir qu'une inconnue lui avait inspirée [*sic*], ne pas croire à ce désir *et n'avoir pas du pays où il était et de la vie qu'il pouvait y mener* substituer une réalité[1] particulière à laquelle on ne pouvait pas souhaiter [être inconnu] d'un homme[2] au front déprimé, au regard fuyant entre les œillères de ses préjugés et de son éducation. Le grand seigneur de l'arrondissement était beau-frère de Legrandin, qui venait quelquefois en visite à Bricquebec et *dont les matinées garden partys du dimanche dépeuplaient l'hôtel d'une partie de ses habitants*[3], *l'autre dont un ou deux habitués y étaient invités et que beaucoup* qui dépeuplait l'hôtel d'une partie de ses habitués, chaque dimanche, par sa garden-party hebdomadaire, parce qu'un ou deux d'entre eux y étaient invités, *partaient dès trois heures en grande toilette, dans une voiture découverte louée exprès,* et parce que les autres, pour ne pas avoir l'air de ne pas l'être, choisissaient ce jour-là pour *ne pas rester à la* faire une excursion qui les éloignait de Cricquebec. *Je souffrais de ne pas inspirer de considération.* J'aurais aimé inspirer de la sympathie même à l'aventurier qui avait été roi en Océanie, même au jeune tuberculeux *devant lequel à qui* auquel je pensais sans cesse, supposant qu'il cachait sous des dehors insolents une âme craintive et tendre qui aurait peut-être prodigué pour moi seul des trésors d'affection. *Je me souciais de l'opinion que pouvaient avoir de moi toutes les même au directeur de l'hôtel* Je me souciais de l'opinion que pouvaient avoir sur moi toutes ces personnalités momentanées ou locales que ma disposition à me mettre à la place des gens et à recréer leur état d'esprit me faisait situer non à leur rang réel, à celui qu'ils avaient occupé à Paris par exemple et qui eût été le plus bas, mais à celui qu'ils devaient croire le leur, et qui l'était à vrai dire à Cricquebec où l'absence de commune mesure *donnait une* leur donnait une sorte de supériorité relative et d'intérêt singulier. Mais d'aucun le mépris ne m'était aussi pénible que de M. de Silaria.

1. *beau*

2. [MG, MI] **ce qu'il y avait de particulier** [< ***singulier***] **dans le port de sa haute taille, dans sa démarche, et qui m'évoquait avec raison l'hérédité et l'éducation aristocratiques de cette jeune fille mais d'autant plus clairement que je savais son nom et qu'il était noble,—comme ces thèmes expressifs inventés par des musiciens de génie et qui peignent splendidement le scintillement de la flamme, le bruissement du fleuve, et la paix de la campagne, pour les auditeurs qui ont d'abord aiguillé leur imagination dans la voie** [< ***forme***] **en lisant le programme. Cette hérédité et cette éducation en ajoutant aux charmes de Mlle de Silaria l'idée de leur cause les rendait plus intelligibles, plus complets. Elle les faisait aussi plus désirables, annonçant qu'ils étaient peu accessibles, comme un prix élevé ajoute à la valeur d'un objet qui vous a plu. Et la tige héréditaire donnait à ce teint qu'elle avait composé** [< ***moulu***] **de sucs choisis, la saveur d'un fruit exotique ou d'un cru célèbre.**

3. *habillée comme une concierge avec* un *bonnet* à brides

4. **Je ne peux pas dire qu'elle** m'aurait méprisé, **mais plutôt qu'elle** ne m'aurait même pas compris, si **elle avait su** que j'attachais de l'importance **à** l'opinion

218/612-617

[Note de Proust: **cette page est à la fois les pages 612, 613, 614, 615, 616 et 617**]

Car j'avais remarqué sa fille, dès son entrée, *la noblesse de sa démarche,* son **joli**[1] visage pâle et presque bleuté,[2] *tous ses mouvements qui pour accomplir chaque action obéissaient à un rythme particulier, et sans doute aux traditions d'une éducation spéciale.* Or un hasard mit tout d'un coup entre nos mains le moyen de nous donner aux yeux de tous ces gens, **un prestige immédiat** *au milieu desquels je me sentais si désarmé et si seul, au lieu de notre visible humilité un prestige immédiat et certain.* En effet dès ce premier jour, au moment où la vieille dame descendait de chez elle, **coiffée d'**un **simple bonnet** à brides[3] **et peu imposante par son corps, mais, grâce au** valet de pied qui la précédait, **au** valet de chambre qui portait ses affaires, **à** la femme de chambre qui courait **derrière** avec un livre et une couverture **oubliées** [*sic*], *par toute cette nombreuse domesticité* exerçant une action sur les âmes et excitant chez tous une curiosité et un respect auxquels il fut visible qu'échappait moins que personne, peut-être parce qu'il avait plus de données sur elle, **et sur sa famille,** M. de Silaria, le directeur se pencha vers ma grand'mère, et par amabilité, comme on montre le Shah de Perse à un spectateur obscur qui ne peut évidemment avoir aucune relation avec le puissant souverain, mais peut être intéressé à l'avoir vu à quelques pas de lui, il lui coula dans l'oreille: La Marquise de Villeparisis, cependant qu'au même moment la Marquise apercevant ma grand'mère ne pouvait retenir un regard de joyeuse surprise.

Malheureusement s'il y avait quelqu'un qui vivait encore plus enfermé dans son univers particulier que ne faisaient toutes les autres personnes de l'hôtel, c'était ma grand'mère. *Elle ne* m'aurait *même pas* méprisé, *elle* ne m'aurait même pas compris, si *je lui avais dit* que j'attachais de l'importance *pour* l'opinion[4], que j'éprouvais

1. **je n'osais pas lui avouer que si ces mêmes gens l'avaient vue causer avec** Madame de Villeparisis
2. [MG] **j'en aurais eu un grand plaisir, parce que je sentais qu'à cause de sa nombreuse domesticité Madame de Villeparisis jouissait dans l'hôtel d'un grand prestige et que son amitié nous eût posés aux yeux de M. de Silaria, sans d'ailleurs que l'amie de ma grand'mère me représentât une personne de l'aristocratie: j'étais trop**
3. une particularité ***qui avait paru seulement bizarre dans mon enfance***
4. *aristocratique*
5. *En revanche elle* avait pour principe qu'on n'a*vait* plus de relations *au bord de la mer*
6. ***théorie*** [< *idée*]

1. **au nom que lui cita le directeur**
2. qui comprenait qu'*elle*

219/618

de l'intérêt pour la personne, de gens dont elle ne remarquait même pas l'existence et dont elle devait quitter Cricquebec sans avoir retenu le nom; *que j'aurais été heureux qu'ils la vissent parler à* Madame de Villeparisis[1], *non pas que celle-ci me représentât une personne de l'aristocratie—j'étais trop*[2] habitué à son nom devenu familier à mes oreilles avant que mon esprit s'arrêtât sur lui quand **tout** enfant je l'entendais prononcer à la maison, pour qu'il pût sonner pour moi comme un **grand** nom *noble*, et son titre n'y ajoutait qu'une particularité bizarre[3] comme aurait fait un prénom peu usité, **ainsi qu'**il arrive dans les noms de rue où on n'aperçoit rien de plus **noble**[4] dans la rue Lord Byron ou dans la rue de Grammont [*sic*] que dans la rue Léonce Reynaud ou la rue Hippolyte Lebas. Madame de Villeparisis ne me faisait pas plus penser à quelqu'un d'une vie particulière *et aristocratique*, que son cousin MacMahon que je ne différenciais pas de M. Grévy qui avait été comme lui Président de la République et de Raspail dont Françoise avait acheté la photographie avec celle du maréchal chez le marchand en plein vent qui faisait le coin de la rue Royale. *Mais à cause de ses nombreux domestiques je sentais que Madame de Villeparisis jouissait d'un grand prestige dans l'hôtel et que son amitié nous eût posés aux yeux de M. de Silaria.* **D'autre part ma grand'mère** avait pour principe qu'on n'a plus de relations **en voyage**[5], qu'on ne va pas au bord de la mer pour voir des gens, qu'on a tout le temps pour cela à Paris, qu'ils vous feraient perdre en politesses, en banalités le temps précieux qu'il faut passer tout entier au grand air, devant les vagues, et trouvant plus commode de supposer que cette **opinion**[6] était partagée par tout le monde et qu'elle autori-

220/619

sait entre de vieux amis que le hasard mettait **en présence** dans le même hôtel la fiction d'un incognito réciproque,[1] elle se contenta de répondre "Ah" *au nom que lui citait le directeur et* détourna*nt* les yeux **et eut l'air** de ne pas voir Madame de Villeparisis qui comprena**nt** qu**e ma grand'mère**[2] ne tenait pas

3. la vague. [!]
4. Elle prenait ses repas à l'autre bout *de la salle à manger.*
5. Elle ne connaissait **aucune des** personne**s qui habitaient l'hôtel ou y venaient en visite**
6. [MG] **en effet je vis qu'il ne la salua pas, un jour où il avait accepté avec sa femme une invitation à déjeuner du Bâtonnier lequel, ivre de l'honneur d'avoir le gentilhomme à sa table, évitait ses amis des autres jours et se contentait de leur adresser de loin un clignement d'œil pour faire à cet événement historique une allusion toutefois assez discrète pour qu'elle ne pût être interprétée comme une invite à s'approcher.**
7. *notaire*
8. dit-il en *voyant* qu'il *ne pouvait pas la contenir* plus longtemps
9. **C'étaient bien** les *de* Soulangy, **n'est-ce pas? Je les avais bien reconnus.**
10. ***Baronne*** [< *Comtesse*]

1. **Ils ne vous auraient pas mangés ces gens.**

à faire de reconnaissances, regarda à son tour dans **le** vague.[3]

Elle prenait **aussi** ses repas **dans la salle à manger mais** à l'autre bout.[4] Elle ne connaissait personne[5], pas même M. de Solangy;[6] *comme je me rendis compte un jour où le Bâtonnier comme ivre et évitant ses amis à qui il se contentait de cligner de loin de l'œil de faire à cet événement historique une allusion assez discrète pour qu'elle ne parût pas une invite à s'approcher, eut l'honneur de recevoir à déjeuner le beau-frère de la grandin* [*sic*]. "Eh bien, j'espère que vous **vous** mettez bien, que vous êtes un homme chic lui dit le soir la femme du **premier président**[7]." "Chic? pourquoi?" demanda le Bâtonnier dissimulant sa joie sous un étonnement simulé avec exagération "à cause de mes invités? dit-il en **semblant** qu'il **était incapable de feindre** plus longtemps[8], mais qu'est-ce que ça a de chic d'avoir des amis à déjeuner. Faut bien qu'ils déjeunent quelque part ces gens!" "Mais si, c'est chic! *Ce sont* les *de* Solangy.[9] C'est une **Comtesse**[10]. Et authentique. Pas par les femmes." "Oh c'est une femme bien simple, elle est charmante, on ne fait pas moins de façons. Je pensais que vous alliez venir, je vous faisais des signes, . . . je vous aurais présenté! dit-il en corrigeant par une légère ironie l'énormité de cette proposition comme Assuérus quand il dit à Esther: "Faut-il de mes états vous donner la moitié!" "Non, non, non, **non,** nous restons dans notre petit coin". "Mais vous avez eu tort, je vous le répète, répondit le Bâtonnier enhardi

221/620

maintenant que le danger était passé.[1] Allons nous faire notre petit bezigue?" "Mais volontiers, nous n'osions pas vous le proposer, maintenant que vous traitez des comtesses!" "Oh! allez, elles n'ont rien de si extraordinaire. Tenez j'y dîne demain soir. Voulez-vous y aller à ma place. C'est de grand cœur. Franchement, j'aime autant rester ici." "Non, non! . . . on me révoquerait comme réactionnaire, s'écria le Président riant aux larmes de sa plaisanterie. Mais vous allez aussi chez eux, dit le Président au notaire." "Oh! je vais là les dimanches,

2. *le maître d'hôtel*
3. *affablement*

1. avait *été élevée*
2. **hardie et toujours belle de ses attitudes** [< ses ***mouvements si différents que leurs qu'on n'avait assignés, comme***]
3. **au fond de sa voix, et**
4. un *regard*

on entre par une porte, on sort par l'autre. Mais ils ne déjeunent pas chez moi comme chez le Bâtonnier;" "C'est seulement parce que je les connais depuis plus longtemps répondit le Bâtonnier." M. de Silaria n'avait pas déjeuné ce matin-là à **B**ricquebec au grand regret du Bâtonnier, qui depuis le jour où **un garçon**[2] lui avait appris le nom de cet inconnu avait trouvé *quoi*qu'on voyait tout de suite que c'était un homme parfaitement bien élevé. Mais insidieusement il dit au maître d'hôtel: "Aimé, vous pourrez dire à M. de Sclaria qu'il n'est pas le seul noble qu'il y ait *eu* dans cette salle à manger. Vous avez bien vu ce Monsieur qui a déjeuné avec moi ce matin? Hein? petites moustaches, air militaire? Eh bien c'est le Comte de Solangy." "Ah vraiment? cela ne m'étonne pas!" "Ça lui montrera qu'il n'est pas le seul homme titré. Et attrape donc! Il n'est pas mal de leur rabattre leur caquet à ces nobles. Vous savez **Aimé** ne lui dites rien si vous voulez, moi ce que j'en dis **ce n'est pas pour moi**; du reste il le connaît bien." Et le lendemain M. de Sclaria qui ne savait que le Bâtonnier avait **plaidé pour** un de ses amis alla se présenter lui-même. "Nos amis communs les de Solangy voulaient justement nous réunir" dit **effrontément**[3] le

222/621

Bâtonnier, nos jours n'ont pas coïncidé, enfin je ne sais plus.["] Comme toujours, mais plus facilement pendant que son père s'était éloigné pour causer avec le Bâtonnier je regardai**s** Melle de Sclaria. Je savais dans quel milieu, presque féodal encore, elle avait **vécu**[1] en Bretagne, et (—autant *que la délicatesse de son visage,* que la singularité[2] *de ses attitudes d'une distinction hardie, certaine et inattendue*, comme quand les deux coudes posés sur la table, elle élevait son verre au-dessus de ses deux avant-bras pareils aux deux branches d'un vase—), la sécheresse d'un regard vite épuisé, la dureté **foncière,** familiale qu'on sentait *au fond de sa voix*, mal recouverte sous ses inflexions personnelles, *et*[3] qui avait choqué ma grand'mère, une sorte de cran d'arrêt **atavique** auquel elle revenait dès que dans un **coup d'œil**[4] ou

5. la *chanoinesse,*

6. [MG, MI] ***Car* De jeunes cousins nobles devaient avoir pris la douce habitude, le contact familier de son corps *partout dans non que revenait sans cesse à l'esprit avec l'idée que je n'étais pas de ceux qui l'avaient ressentie et me faisait me reporter plus douloureusement vers les jeunes cousins nobles* au cours de chasses, *d'exercices religieux* de jeux *de chasse* loin desquels *j'avais* hélas j'avais vécu *et où par moments une invention romanesque de ma pensée me faisait croire que je serais bientôt mêlé. Et je me voyais à côté d'elle, en une suite de vignettes que dominaient les tourelles de leur château romanesque et légendaire* au fond de cette baie grise, semée de mille petits rochers qui *tous* les soirs calmes, comme celui où la nef de Tristan y était apparu, réfractaient à l'infini les nuances du coucher du soleil. *Dans cette île où une lumière verte était rabattue par les Mais les soirs de tempête ses flots viennent battre de leurs clapotements les flancs boisés* dans cette île où les chênes rabattus des clartés vertes au-dessus des fontaines des fées et des bruyères roses, *de cette île* et qui me**

7. ***ses yeux***

1. [MS, MD] **laquelle bientôt ne reconnaît plus qu'un prestige celui qu'a pour elle tout être qui peut les lui faire éprouver** [texte déchiré] **elle quittera peut'être un jour son mari**

2. je croyais sentir que *cette vie si séparée si ancienne,* si pratique; *qui étaient encloses en elle, dont* soit par habitude, soit par distinction *morale,*

3. **semblait pas trouver grand prix,** mais **que pourtant elle contenait enclose en son corps.**

4. *elle* n'eût pas trouvé

une intonation elle avait achevé de donner sa pensée propre; tout cela ramenait la pensée de celui qui la regardait vers la race qui lui avait légué cette insuffisance de sympathie humaine, les lacunes de sa sensibilité, un manque d'ampleur dans l'étoffe qui à tout moment faisait faute, **et** vers cette éducation qui avait borné le monde pour elle à son oncle l'évêque, à sa tante l'**abbesse**.[5, 6] *à son frère et à sa mère, à leur château dans cette île boisée, au bord de la mer grise, où avaient navigué Merlin et Tristan, et dont les flots les soirs de tempêtes, venaient battre le pied des chênes, dans cette île couverte de chênes, au pied desquels les soirs de tempêtes venaient battre les flots et qui me* semblait avoir tant de charme parce qu'elle enfermait la vie de Melle de Silaria et reposait dans **la mémoire de** ses yeux. **Mais à** certains regards qui **passaient un instant** sur le fond si **vite à sec de sa prunelle**[7] **et dans lesquels** on sentait cette douceur presque humble que le goût prédominant des plaisirs des

223/622

sens donne à la plus fière[1] *à cause du prestige qu'elle trouve en tout être qui fait les lui faire goûter*, à certaine teinte d'un rose sensuel et vif qui s'épanouissait dans ses joues pâles, pareil à celle qui mettait son incarnat au cœur des nymphéas blancs de la Vivonne, je croyais sentir qu'**elle eût facilement permis que je vinsse** [texte déchiré] **sur elle à cette vie si éloignée**, si **poé**tique, **si ancienne, à laquelle** soit par **trop d'**habitude, soit par distinction **innée**,[2] soit par dégoût de la pauvreté ou de l'avarice des siens, elle ne[3] *connaissait pas le prix*, mais *sur lesquelles elle avait des droits, qu'elle dont elle était comme la quintessence, il me semblait qu'elle m'en eût facilement fait don, et m'eût permis de venir y goûter sur ces lèvres qui le soir baisaient sa mère au front après avoir été prier à la chapelle*. Dans la chétive **réserve** de volonté qui lui avait été transmise et qui donnait à son expression quelque chose de lâche **peut'être** n'eût-**elle** pas trouvé[4] les ressources d'une résistance. Et surmonté d'une plume un peu démodée et prétentieuse, le feutre gris qu'elle portait invariablement à chaque repas, me la faisait paraître plus

5. *moins*
6. *bleuté et* rose
7. *que* parce qu'*il* me la faisait supposer pauvre *et* la rapprochait de moi.
8. [MG] **Obligée à une attitude de convention par la présence de son père, mais apportant déjà à la perception et au classement des êtres qui étaient devant elle des principes autres que lui peut'être voyait-elle en moi non le rang insignifiant mais les attraits du sexe et de l'âge. Si un jour M. de Silaria était sorti sans elle** ***et qu'elle fût restée seule, qui sait,*** **surtout**
9. où elle **serait** restée seule **sans ses parents dans son** château **romanesque et légendaire**
10. nous promener **tous deux seuls** le soir **dans le crépuscule où luiraient plus doucement au-dessus de l'eau assombrie les fleurs roses des bruyères**
11. que **par les gros temps** le vent pousse sur l'île.

1. [MD] **—voile que mon désir voulait arracher et de ceux que la nature interpose peut'être entre la femme et quelques êtres (dans la même intention qui lui fait, pour transmettre l'acte de la reproduction entre eux et le plus vif plaisir et pour les insectes placer devant le nectar le pollen qu'ils doivent emporter) afin que**
2. **trompés** par *le désir et* l'illusion de la **posséder ainsi** plus **entière, ils soient** forcés de **s'emparer** d'abord **des paysages au milieu desquels elle vit et qui plus utiles pour leur imagination que le plaisir sensuel, n'eussent peut'être pas suffi, sans lui, à les attirer.**

douce, **non**[5] parce qu'il s'harmonisait avec son teint **d'argent et** de rose[6], **mais** parce qu'**en** me la faisa**n**t supposer pauvre **il** la rapprochait de moi.[7, 8] *Qui sait si un jour elle était restée à l'hôtel sans son père, surtout* si Madame de Villeparisis en venant s'asseoir à notre table lui avait donné de nous une bonne opinion qui m'eût enhardi à m'approcher d'elle, peut-être aurions-nous pu échanger quelques paroles, prendre un rendez-vous, **nous lier davantage,** et dans un mois d'hiver où elle *était* restée seule *au* château[9] aurions-nous pu nous promener *ensemble* le soir[10] sous les chênes, battus par le clapotement des vagues que le vent poussait sur l'île.[11] Car il me semblait que je ne l'aurais vraiment possédée que là quand j'aurais traversé

224/623

ces lieux qui enveloppaient Mademoiselle de Sclaria de tant de souvenirs et me séparaient d'elle *comme un,*[1] . *Et qui sait si la nature de même qu'afin que l'homme se perpétue elle impose du plaisir—le geste qui amène la reproduction,—de même encore qu'elle place entre l'insecte et le butin qu'il vient chercher dans la fleur les organes qu'il doit féconder et qu'il devra traverser d'abord—qui sait si la nature ne nous fait pas imaginer ainsi autour d'une femme les paysages, les milieux où elle vit pour qu'attirés* **trompés**[2] par *le désir et* l'illusion de la *conquérir nous aussi* plus *soyons* forcés de *posséder* d'abord *des biens plus nécessaires à la vie de notre imagination—mais qui sans l'attrait du plaisir ne nous auraient pas attirés.*

Mais je **dus** détourner mes regards de Mlle de Silaria, car déjà, **considérant sans doute** que faire la connaissance d'une notabilité était un acte curieux et bref qui se suffisait à lui-même **et** qui pour développer tout l'intérêt qu'il comportait n'exigeait en dehors d'une poignée de mains et d'un coup d'œil **pénétrant** aucune conversation immédiate et nulles relations ultérieures, son père avait pris congé du bâtonnier et revenait s'asseoir en face d'elle, en se frottant les mains comme un homme qui vient

3. [pap. MI] **Quant au bâtonnier la première émotion de cette entrevue une fois passée, comme les autres fois, on entendait par moments la voix du Bâtonnier** *(car sa table était proche de la nôtre)* **s'adressant au maître d'hôtel "Mais moi je ne suis pas roi; Aimé,** *disait-il au maître d'hôtel;* **allez donc près du roi; dites, Premier, cela a l'air très bon ces petites truites là, nous allons en demander à Aimé. Aimé cela me semble tout à fait recommandable ce petit poisson que vous avez là-bas, vous allez nous apportez de cela, Aimé; et à discrétion." Il répétait tout le temps le nom d'Aimé—ce qui faisait que ses invités du dehors lui disaient, "je vois que vous êtes tout à fait bien dans la maison" et croyaient devoir aussi** *avec lui dire* **prononcer constamment "Aimé"** *pour ne pas paraître* **par** *ce sentiment mêlé de* **cette disposition, où il entre à la fois de la timidité, de la vulgarité et de la sottise,** *de penser* **à croire qu'il est spirituel et élégant d'imiter à la lettre les personnes avec qui l'on se trouve. Il le répétait sans cesse mais comme il tenait à étaler à la fois ses bonnes relations avec le maître d'hôtel et**

1. [MS, MD] **sa supériorité sur lui, il accompagnait cette** *appellation* **interpellation d'un sourire comme celui qu'on garde quand on fait la conversation avec un enfant. Et le maître d'hôtel lui aussi chaque fois que revenait son nom, souriait d'un air attendri et fin montrant qu'il ressentait l'honneur et comprenait la plaisanterie. Mais quelques jours plus tard, le lendemain de celui où étaient partis M. et Mlle de Silaria, ma grand'mère et Mad^{e} de Villeparisis tombèrent le matin l'une sur l'autre dans une porte et furent obligées de s'aborder non sans échanger au préalable des gestes de surprise, d'hésitation, exécuter des mouvements de recul, de doute, et enfin des protestations de politesse et de joie en vertu d'une convention analogue à celle qui règle certaines scènes de théâtre**

de faire une précieuse **acquisition**[3]
[texte caché par la paperole:]
acquisition.

Mais quelques jours plus tard, le lendemain de celui où partaient M. et Melle de Sclaria, ma grand'mère et Madame de Villeparisis tombèrent l'une sur l'autre dans une porte et furent obligées de s'aborder, non sans échanger au préalable des gestes de surprise, d'hésitation, de recul, de politesse et enfin de joie, en vertu d'une conversation analogue à celle qui règle certaines scènes de théâtre

225/624

[1] de Molière où deux acteurs monologuant chacun de son côté à quelques pas l'un de l'autre, depuis longtemps sont censés ne pas s'être encore vus, et tout d'un coup s'aperçoivent l'un l'autre, n'en peuvent croire les yeux, s'assurent, et finalement ouvrent

2. **tombent dans les bras l'un de l'autre.**
3. **quitter ma grand'mère qui au contraire préféra rester avec elle jusqu'au déjeuner, désirant apprendre d'elle**
4. **de venir tous les jours**
5. **celle-ci ne daigna même pas protester**
6. **trouva la discussion inutile et pour**
7. qu'elle aimait **devant quelqu'un qui** ne pouvait **les** comprendre
8. cacha, **en mettant son sac dessus,**
9. En revanche si **ma grand'mère avait remarqué un livre que** Madame de Villeparisis **lisait** ou **admiré des fruits qu'elle avait** à son dessert

les bras et s'embrassent[2], Madame de Villeparisis par discrétion voulut *quitter ma grand'mère* au bout d'un instant[3] *mais celle-ci l'emmena dans la salle à manger avec nous, voulant profiter pour lui demander* comment elle faisait pour avoir des grillades à son repas et son courrier plus tôt que nous. Et Madame de Villeparisis **prit** l'habitude *dans la salle à manger*[4], en attendant qu'on la servît *son déjeuner de venir* s'asseoir un moment près de nous **dans la salle à manger**, sans permettre que nous nous levions, que nous nous dérangions en rien pour elle. "Je dirai à ma femme de chambre d'aller prendre vos lettres en même temps que les miennes. Comment, vous vous écrivez tous les jours avec votre fille? Mais qu'est-ce que vous pouvez trouver à vous dire!" Cette parole valut à Madame de Villeparisis un tel dédain de la part de ma grand'mère, que[5] quand sa vieille amie lui dit: "Qu'est-ce que vous avez là? Ah! oui, je vous voyais toujours avec les lettres de Madame de Sévigné (elle oubliait qu'elle n'avait jamais aperçu ma grand'mère dans l'hôtel avant de la rencontrer dans cette porte). Est-ce que vous ne trouvez pas c'est un peu exagéré ce souci constant de sa fille, elle en parle trop pour que ce soit bien sincère. Elle manque de naturel." Ma grand'mère *ne daigna pas protester et pour*[6] éviter d'avoir à parler des choses qu'elle aimait *et que sa vieille amie* ne pouvait comprendre[7], elle cacha *avec son sac*[8] les mémoires de Madame de Charlus. En revanche si Madame de Villeparisis *tenait un livre* ou *mangeait* à son dessert[9]

16732: 221/625 [cette page manque dans 16735]

> [Note de Proust MS: **Avant le passage en marge et après marquise, dire qu'elle acceptait nos remerciements** [?] **en disant: "C'est prudent d'avoir au bord de la mer des fruits dont on est sûr" ou "c'est difficile d'avoir de bons fruits au bord de la mer. Ils ont ici des petites poires pas assez juteuses pour mon goût." "Ah! vous les aimez."**]

des fruits que ma grand'mère avait l'air de croire intéressants ou de trouver beaux, une heure après un valet de chambre montait chez

1. [MG] **"Il faudra que je pense une fois à lui demander si je me trompe et si elle n'a pas quelque parenté avec les Guermantes me dit ma gd mère qui excita mon indignation en n'ayant pas l'air de comprendre quelle vie à part des autres humains menaient les descendants de Geneviève de Brabant qui n'aurait pas voulu prendre connaissance de Mme de Villeparisis. Comment aurais-je pu croire à une communauté d'origine entre deux noms qui étaient entrés en moi l'un par la porte basse et honteuse de l'expérience, l'autre par la porte d'or de l'imagination.**
2. **en grand équipage**
3. **une dame d'honneur à côté d'elle**
4. **et où étaient écrits**
5. *disait-il*
6. [MI] **le Réveil de Brunnhilde où les mêmes phrases que j'avais entendues dans la fin de la Walkyrie purent, retrouvées à une autre place, préparant non plus le sommeil de la Vierge mais sa résurrection la même acception nouvelle et mystérieuse de certaines lueurs roses, de certains rayons obliques que j'avais après une nuit en chemin de fer reconnues** [*sic*] **pour les avoir vues** [*sic*] **si souvent au couchant mais cette fois annonçant le lever du jour.**

1. [MS] **Sachant que la musique reflétait la "Volonté en soi et tous les spectacles de l'univers"**
2. *ne songeais pas*
3. [MD] **une importance spirituelle mais médiocre, et, si je m'en rapportais à mes propres goûts, d'aussi ennuyeux et d'aussi vulgaire**
4. et d'*idéale* mélancolie *qui se partagent* l'âme tour à tour
5. *savoir*
6. je **tâchais** de m'élever **aussi haut que je pouvais pour atteindre** jusqu'à elles,

nous et priait Françoise—flattée de la provenance—de nous remettre livre ou fruits "de la part de Madame la Marquise".[1] Mais nous vîmes à l'hôtel un jour des fruits plus beaux que ceux que Madame de Villeparisis avait sur sa table. On voyait **souvent** passer depuis quelques jours,[2] *assise au fond d'une superbe calèche à côté d'une dame d'honneur,* grande, rousse, belle, avec un nez un peu fort,[3] la Princesse de Luxembourg qui était en villégiature pour quelques jours dans le pays. Sa calèche s'était arrêtée devant l'hôtel, un valet de pied était venu parler au directeur, était retourné à la voiture et avait rapporté les superbes fruits avec une carte: La Princesse de Luxembourg, *couverte de*[4] quelques mots au crayon. A quel hôte princier **demeurant** incognito dans l'hôtel pouvaient être destinés ces fruits? Car ce ne pouvait être **à** Madame de Villeparisis que la Princesse avait voulu faire visite. Comment l'aurait-elle connue? Pourtant une heure après Madame de Villeparisis nous envoya des poires et des raisins que nous reconnûmes. Le lendemain matin nous rencontrâmes Madame de Villeparisis en sortant du concert symphonique qui se donnait sur la Plage. J'y avais la veille rencontré Bloch qui n'en manquait pas un, m'avait-il dit, parce que le chef d'orchestre, un grand musicien, **selon lui**[5], jouait de nombreuses scènes de Wagner et des transcriptions de Schumann. Et il m'avait récité de*s* belles phrases de Baudelaire sur Wagner et de S[c]hopenhauer sur la musique. C'est ainsi que j'entendis des fragments de Lohengrin, de l'Or du Rhin, le Carnaval de Schumann.[6]

226/626

[1]Je ne **m'arrêtais** pas[2] un instant **à l'idée** que Schumann **avait pu** chercher à **peindre** quelque chose d'aussi limité, d'[3]*aussi et aussi· ennuyeux* qu'un soir de carnaval. C'était les alternatives d'irrésistible allégresse et d'**ineffable** mélancolie **auxquelles** l'âme **se donne** tour à tour[4] que je cherchais à **saisir**[5] dans cette musique. Et persuadé que les œuvres que j'entendais exprimaient les vérités les plus hautes je *cherchais* à m'élever jusqu'à elles[6], je tirais de moi pour tâcher de les comprendre, je leur

7. **en reprenant [< *remontant*] le chemin de promenade qui monte à l'hôtel**
8. **qui nous annonçait qu'elle avait commandé pour nous à l'hôtel des "croque monsieur" et des œufs à la crème**
9. *inspirer*
10. l'épaule *basse*,
11. **comme pour une plaisanterie.**

1. **Puis elle dit adieu à Madame de Villeparisis, et se tournant vers nous** nous **prit** la main

remettais tout ce que je recelais alors de meilleur, de plus profond.

Or en sortant du concert comme[7] nous nous étions arrêtés un instant, ma grand'mère et moi, pour échanger quelques mots avec Madame de Villeparisis[8], je vis de loin venir vers nous la Princesse de Luxembourg; à demi appuyée sur une ombrelle de façon à **imprimer**[9] à son grand et merveilleux corps cette légère inclination, à lui faire dessiner cette *superbe* arabesque si chère aux femmes qui avaient été belles sous l'Empire et qui savaient, **les** épaule**s tombantes**[10], le dos remonté, la hanche creuse, la jambe tendue, faire flotter mollement leur corps comme un foulard, autour de l'armature d'invisibles tiges inflexibles et obliques qui l'auraient traversé. Madame de Villeparisis présenta ma grand'mère, voulut me présenter, mais ne savait pas mon nom. Elle n'avait probablement jamais su ou en tout cas avait oublié depuis bien des années à qui ma grand'mère avait marié sa fille. Mon nom parut lui faire une grande impression. Cependant la Princesse de Luxembourg nous avait tendu la main *à ma grand'mère et à moi*, en riant,[11] Un marchand de plaisirs ayant passé elle lui acheta tout ce qu'il avait et nous en tendit à moi et à ma grand'mère comme à un bébé et à sa nourrice, et m'en

227/627

mit de plus un paquet tout ficelé dans ma poche en me disant "Vous les ferez manger à votre grand'mère". Elle appelait Madame de Villeparisis par son prénom et l'invita à dîner pour le lendemain. De temps en temps elle posait ses yeux sur nous en souriant avec mille signes d'intelligence comme sur des muets avec qui on ne peut pas causer mais à qui on veut montrer qu'on les aime. Et ce sourire était si doux que je croyais qu'elle allait tendre la main pour nous caresser, ma grand'mère et moi, comme des animaux étranges et sympathiques qu'on a devant soi au Jardin d'Acclimatation. Un autre marchand passa avec des babas, elle les acheta encore et les mit dans mon autre poche. *Puis elle* nous *donna* la main[1] en riant comme à des petits

2. *en* serpent
3. qu'*il*
4. Mais il *restera*
5. **et qu'on ne voit bien que là."**
6. la lunette *assez indifférente vague*

1. **d'assez loin l'agitation sommaire, minuscule, *indistincte* et vague de la foule des gens qu'elle connaissait, se trouvait**
2. ce **seul** homme **plus grand que les autres**
3. ce Jupiter que
4. une statue [!]

enfants à qui on s'amuse de dire bonjour comme si c'était des grandes personnes, et reprit sa promenade sur la digue ensoleillée en **incurvant** *sur* sa taille magnifique qui se tordait [comme] **un** serpent[2] autour de son ombrelle blanche imprimée de bleu. "Est-ce que vous êtes le fils du Directeur au Ministère me demanda Madame de Villeparisis. Ah! il paraît que votre père est un homme charmant. Il fait un bien beau voyage en ce moment." Quelques jours avant nous avions appris par une lettre de ma mère que mon père et son compagnon **M. de Monfort** avaient perdu leurs bagages. "Ils sont retrouvés ou plutôt ils n'ont jamais été perdus, voici ce qui était arrivé, nous dit Madame de Villeparisis, qui sans que nous sachions comment, avait l'air beaucoup plus renseigné que nous sur les détails du voyage. Je crois qu**e votre père**[3] avancera son retour à la semaine prochaine car il renoncera probablement à aller à Algesiras. Mais il **a envie de consacrer**[4] un jour de plus à Tolède car il est admirateur d'un élève de Titien dont je ne me rappelle pas le nom[5]. Et je me demandais **par quel hasard** dans la lunette **indifférente**[6]

228/628

à travers laquelle Madame de Villeparisis considérait[1] *la foule et qui s'agitaient à ses yeux peu distincts, et minuscules, par quel hasard y était* intercalé à l'endroit où elle considérait mon père, un morceau de verre prodigieusement grossissant qui lui faisait voir avec tant de relief et dans tant de détails l'agrément de sa conversation, les contingences qui le forçaient à revenir, ses ennuis de douane, son goût pour le Greco, et changeant pour Madame de Villeparisis l'échelle de sa vision, lui faisait voir ce*t* homme *immense*[2] au milieu des petits humains, comme ce Jupiter **à** qui[3] Gustave Moreau a donné, quand il l'a peint à côté d'une faible mortelle, une statu**re**[4] plus qu'humaine. *Quant à la venue de la Princesse de Luxembourg, dont la voiture s'était arrêtée devant l'hôtel, elle n'avait pas échappé au groupe de la femme du notaire, du bâtonnier et du premier Président. Celle-ci était déjà depuis quelque temps fort agitée de savoir si c'était une marquise*

1. [pap.; numérotée 629 de la main de Proust] **Ma grand'mère prit congé de Madame de Villeparisis pour que nous puissions rester *à l'air* à respirer** [< ***prendre***] **l'air un instant de plus devant l'hôtel, en attendant qu'on nous fît signe à travers le vitrage que notre déjeuner était servi. On entendit un tumulte. C'était la jeune Maîtresse du *souverain d'Océanie* roi des sauvages, qui venait de prendre son bain et rentrait déjeuner. "Vraiment c'est un fléau! C'est à quitter la France!" s'écria rageusement le Bâtonnier qui passait à ce moment-*là*. Cependant la femme du Notaire** [< ***Premier Président***] ***regardait* attachait des yeux écarquillés sur la fausse souveraine.** ["]**Je ne peux pas vous dire comme Mme Blandais m'agace à regarder ces gens-là comme cela, dit le Bâtonnier au Président. Je voudrais pouvoir lui donner une giffle** [*sic*]. **C'est comme cela qu'on donne de l'importance à cette canaille qui naturellement ne demande qu'à ce qu'on s'occupe d'elle** [< ***la regarde***]. **Dites donc à son mari de lui dire que c'est ridicule; moi je ne sors plus avec eux s'ils ont l'air de faire attention aux déguisés." *Puis tout le monde rentra pour le déjeuner pendant***

2. **l'équipage, le jour où elle avait apporté des fruits**

authentique et non une aventurière que cette Madame de Villeparisis qu'on traitait avec tant d'égards auxquels toutes les dames brûlaient d'apprendre qu'elle n'avait aucun droit. Quand Madame de Villeparisis traversait le hall, la femme du premier Président flairait partout des irrégulières, levant son nez de sur son ouvrage et la regardait avec son face à main d'un air d'examiner un plat en lequel on n'a pas confiance et auquel on ne touchera pas, qui faisait mourir de rire ses amies. "Oh! moi vous savez, disait-elle avec orgueil, je commence toujours par croire le mal. Je ne consens à croire qu'une femme est vraiment mariée que quand on m'a sorti les extraits de naissance et les actes de mariage. Du reste n'ayez crainte, je vais procéder à une petite enquête." Et le soir toutes ces dames accouraient en riant au-devant de la femme du premier Président. "Nous venons aux nouvelles."

229/628

à travers laquelle Madame de Villeparisis considérait la foule et qui s'agitaient à ses yeux peu distincts, et minuscules, par quel hasard y était intercalé à l'endroit où elle considérait mon père, un morceau de verre prodigieusement grossissant qui lui faisait voir avec tant de relief et dans tant de détails l'agrément de sa conversation, les contingences qui le forçaient à revenir, ses ennuis de douane, son goût pour le Greco, et changeait pour Madame de Villeparisis l'échelle de sa vision, lui faisait voir cet homme immense au milieu des petits humains, comme ce Jupiter que Gustave Moreau a donné, quand il l'a peint à côté d'une faible mortelle, une statue [sic] plus qu'humaine. Quant à la venue[1]
Quant à la venue de la Princesse de Luxembourg, dont *la voiture*[2] s'était arrêtée devant l'hôtel, elle n'avait pas échappé au groupe de la femme du notaire, du bâtonnier et du premier **p**résident, *Celle-ci était* déjà depuis quelque temps fort agitée**s** de savoir si c'était une marquise authentique et non une aventurière que cette Madame de Villeparisis qu'on traitait avec tant d'égards, auxquels toutes **c**es dames brûlaient d'apprendre qu'elle n'avait aucun droit. Quand Madame de Villeparisis traversait le hall, la femme du premier Président **qui** flairait

3. *croire*
4. *une* petite enquête
5. *le soir*

1. *Président*
2. **et comme n'en ont que ces demoiselles**
3. *chercher*
4. *"Aï, aï, aï!*
5. **vous vous rappelez bâtonnier,**
6. **fait semblant de *croire* me tromper, j'ai pris**
7. ne *devrais pas*

partout des irrégulières, levait son nez de sur son ouvrage et la regardait avec son face à main d'un air d'examiner un plat **dans** lequel on n'a pas confiance et auquel on ne touchera pas, qui faisait mourir de rire ses amies. "Oh! moi vous savez, disait-elle avec orgueil, je commence toujours par croire le mal. Je ne consens à **admettre**[3] qu'une femme est vraiment mariée que quand on m'a sorti les extraits de naissance et les actes de mariage. Du reste n'ayez crainte, je vais procéder à **ma** petite enquête[4]." Et **chaque soir**[5] toutes ces dames accouraient en riant au-devant de la femme du **P**remier *Président.* "Nous venons aux nouvelles."

230/629bis

Mais le soir de la visite de la Princesse de Luxembourg la femme du **Premier**[1] mit un doigt sur sa bouche: "Il y a du nouveau." "Oh! elle est extraordinaire, Madame Poncin! je n'ai jamais vu ... **mais dites** qu'y a-t-il"; "Hé bien il y a qu'une femme aux cheveux jaunes, avec un **pied** de rouge sur la figure, une voiture qui sentait l'horizontale d'une lieue[2], est venue tantôt pour **voir**[3] la prétendue Marquise". "**Ouil you youil! patatras!**[4] voyez-cous **ça!** mais c'est cette dame que nous avons vue,[5] nous avons bien trouvé qu'elle marquait très mal nous ne savions pas qu'elle était venue pour la Marquise? Une femme avec un nègre, n'est-ce pas." "C'est **cela** même." "Ah! vous m'en direz tant. Vous ne savez pas son nom." "Si, j'ai *regardé*[6] la carte, elle a comme nom de guerre la Princesse de Luxembourg! Avais-je raison de me méfier!"

Comme le médecin de **B**ricquebec que ma grand'mère avait fait venir pour moi trouvait que je n'**aurais pas dû**[7] passer toute la journée au bord de la mer surtout avec la grande chaleur qu'il faisait *en plein soleil* sur le sable **sans ombre**, (il avait aussi écrit **pour moi** de nombreuses ordonnances **de médicaments** que ma grand'mère avait prises avec un respect apparent où j'avais reconnu tout de suite sa ferme décision de n'en faire exécuter aucune), ma grand'mère accepta l'offre de Madame de Villeparisis de nous faire faire quelques promenades en voiture. Ces

8. **à cause de la trop grande lumière**
9. **rouges qui m'avaient témoigné tant d'hostilité le premier soir**
10. **pour que le jour ne passât [< *me réveillât*] pas**
11. [MD] **comme malgré les couvertures, les étoffes prises ici ou là qu'elle y ajustait [par] places, elle n'arrivait pas à les faire joindre exactement**
12. ***elle n'arrivait pas tout de même à joindre exactement***

1. me *tenir*
2. que *la lumière* soutenait
3. *Souvent*
4. **du haut de mon belvédère**
5. *défilait*
6. me *donner*
7. **sur un coin de la digue [< *plage*]**

jours-là pour ne pas me fatiguer, je devais rester couché jusqu'au déjeuner, et[8] *tâcher de* garder fermés le plus longtemps possible les grands rideaux[9] *que Françoise tâchait le soir de à cause de la trop grande lumière.* Mais comme malgré les épingles avec lesquelles[10] Françoise les attachait **chaque soir** et qu'elle seule savait défaire,[11] *ils ne joignaient pas exactement*[12], ils *lui* laissaient **se** répandre sur le tapis comme une écarlate effeuillement d'anémones parmi lesquelles

231/630

je ne pouvais m'**empêcher**[1] de venir un instant poser mes pieds nus. Et sur le mur qui leur faisait face un cylindre d'or que **rien ne** soutenait[2] était verticalement posé et se déplaçait lentement comme la colonne **lumineuse** qui précédait les Hébreux dans le désert. Je me recouchais, obligé de goûter sans bouger par l'imagination, et tous à la fois, les plaisirs de jeux, du bain, de promenade, auxquels la matinée invitait, la joie faisait battre bruyamment mon cœur comme une machine *arrêtée* en pleine vitesse **mais immobile** et qui est obligée de la décharger sur place en tournant sur elle-même. **Parfois**[3] c'était l'heure de la pleine mer. J'entendais[4] le bruit du flot qui **déferlait**[5] doucement ponctué par les appels des enfants qui jouaient, des marchands de journaux, des baigneurs comme par des cris d'oiseaux de mer. Soudain à dix heures le concert symphonique éclatait sous mes fenêtres. Entre les intervalles des instruments reprenait coulé et continu le glissement de l'eau d'une vague qui semblait envelopper les traits du violon dans ses **volutes** de cristal et faire jaillir son écume au-dessus des échos intermittents d'une musique sous-marine. Pour voir si Françoise ne venait pas défaire les rideaux et m'**apporter**[6] mes affaires,—car l'heure du déjeuner approchait,—je courais jusqu'à la chambre de ma grand'mère. Elle ne donnait pas directement sur la mer comme la mienne mais prenait jour de trois côtés différents[7] sur une cour et sur la campagne, et était autrement meublée avec des fauteuils brodés de filigranes métalliques et de fleurs roses d'où semblait **émaner** l'agréable et

1. **tremblantes et tièdes**
2. **prête à reprendre son vol chauffaient comme un bain un carré de tapis provincial devant la fenêtre regardant une** courette latérale **au fond de laquelle un mur blanchi à la chaux portait l'enseigne séparée de midi,**
3. de la **décoration *des meubles* mobilière en semblant**
4. me *préparer*
5. ce *jour*-là
6. *la nymphe Aocto* [*sic*]
7. ***vapeur***

fraîche odeur qu'on trouvait en entrant. Et à cette heure où des rayons venus d'expositions, et comme d'heures différentes, *qui* brisaient les côtés dans les angles du mur, changeaient la forme de la chambre,

232/631

à côté d'un reflet de la plage, mettaient sur la commode un reposoir diapré comme les fleurs du sentier, suspendaient à la paroi les ailes repliées[1] d'une clarté[2] *tremblante et tiède comme celles d'un insecte immobile et vivant, montraient au fond d'une* courette latérale *de midi et tandis qu'à un autre bout un carré de tapis provincial chauffait au soleil comme un bain.* ***où des clartés*** ajout**ai**ent au charme et à la complexité de la *décoration, semblaient*[3] exfolier la soie fleurie des fauteuils et détacher leur passementerie,—cette chambre que je traversais un moment avant de m'**habiller**[4] pour la promenade, avait l'air d'**un prisme** où se décomposaient les couleurs de la lumière du dehors, d'une ruche où les sucs de la journée que j'allais goûter étaient dissociés, épars, enivrants et visibles, *et* d'un jardin de l'espérance qui se dissolvait en une palpitation de rayons d'argent et de pétales de rose. Je rentrais dans ma chambre: Françoise entrait pour me donner du jour et je me soulevais dans l'impatience de savoir quelle était la mer qui jouait ce **matin-**là[5] au bord du rivage comme une nymphe. Car chacune ne restait jamais plus d'un jour. Le lendemain j'en voyais une autre qui parfois lui ressemblait. Mais je ne vis jamais deux fois la même.

Il y en avait qui étaient d'une beauté si rare qu'en les apercevant mon plaisir était encore accru par la surprise, comme devant un miracle. Par quel privilège un matin plutôt qu'un autre, la fenêtre en s'ouvrant découvrit-elle à mes yeux émerveillés **la nymphe Alecto**[6], *et la voiture de Madame de Villeparisis nous promena-t-elle par une route toute agreste et vulgaire devant la nymphe Aceto* [*sic*]. *Comme ces femmes dont le sculpteur entoure la beauté d'un bloc qu'il ne daigne pas dégrossir, elle était entourée d'une brume*[7]

1. **dont la beauté paresseuse et qui respirait mollement avait la** transparence **d'une vaporeuse** [< ***fluide***] **émeraude à travers laquelle**

2. *comme*

3. **n'était qu'un espace vide** réservé

4. autour **d'elle; et ainsi, dans ses couleurs uniques** [< ***précieuses***],

5. sur *des* routes *terrestres* et *rurales*

6. nous apercevions sans *cesse sans* l'atteindre

7. la **fraîcheur *et la suavité de* translucide et *précieuse* de sa molle palpitation.**

8. *bleuté*

9. les jours ***incertains***

233/632

mais invisible et qui était plutôt comme une absence de cadre à sa beauté. dont la beauté paresseuse et vivante avait le bleu de la turquoise bien que d'une transparence *à travers laquelle*[1] je voyais affluer les éléments pondérables et *précieux* qui la coloraient. Elle faisait jouer le soleil **avec**[2] un sourire alangui par une brume invisible **et** qui *se contentait de* réserver[3] *comme un espace vide* autour *de sa surface translucide et précieuse rendue ainsi*[4], plus abrégée et plus saisissante comme *celle de* ces déesses que le sculpteur détache sur le reste du bloc qu'il ne daigne pas dégrossir, *et* elle nous invitait à la promenade *où* sur **ces** routes **grossières** et **terriennes, d'où**[5], dans la calèche de Madame de Villeparisis nous apercev**r**ions **tout le jour et** sans **jamais** l'atteindre[6] la *molle palpitation de son corps translucide et précieux.*[7] Mais d'autres fois il n'y avait pas cette opposition si grande entre une promenade agreste et ce but inaccessible, ce voisinage fluide et mythologique. Car la mer **ces jours-là**, semblait **alors** rurale elle-même et la chaleur y avait tracé comme à travers champs une route poussiéreuse et blanche derrière laquelle la fine pointe d'un bateau de pêche dépassait comme un clocher villageois. Un remorqueur dont on ne voyait que la cheminée fumait au loin comme une usine écartée, tandis que seul à l'horizon un carré blanc et **bombé**[8], peint sans doute par une voile mais qui semblait compact et comme calcaire, faisait penser à l'angle ensoleillé de quelque bâtiment **isolé**, hôpital ou école. Et les nuages et le vent les jours[9] où il s'en ajoutait au soleil, parachevaient sinon l'erreur du jugement, du moins l'illusion du premier regard, la suggestion, qu'il éveille dans l'imagination. ***Car*** *l'alternance d'étendues de couleurs nettement tranchées comme celles que produit dans la campagne la contiguïté de cultures différentes, le réseau de la lumière ou de*

234/633

ou de l'ombre qui uniformisait tout ce qu'il contenait dans ses filets, supprimait toute démarcation, ici entre le ciel et la mer assimilés que l'œil hésitant faisait tour à tour empiéter l'un sur l'autre, là entre la mer

1. *ressemblent*
2. [MG] **les inégalités âpres, jaunes, et comme boueuses de la surface marine, les levées, talus qui dérobaient à la vue la barque où une équipe d'agiles matelots semblait moissonner**
3. **par ces jours orageux**
4. **d'où, en voiture avec Mme de Villeparisis**
5. *si* immuables qu'*elle* était *non* plus émouvante
6. **les *couvertures* étoffes**
7. le jour d'été *m'apparaissait*
8. *venait seulement de*
9. **Alinéa. Madame de Villeparisis faisait atteler de bonne heure pour que nous eussions le temps d'aller**
   [Note de Proust à l'endroit correspondant de 16732 (229/633): **"Le 1er volume peut <u>à la rigueur</u> se terminer ici".**]
10. *Carlinville*
11. ***de promenade* d'excursion**

1. **et demandait toute la journée;**
2. **entreprendre, je faisais les cent pas devant l'hôtel et fredonnais**

et la terre qui semblait consistante encore en le champ aux profonds sillons et dont les talus surélevés cachaient le bas du corps d'une active équipe de matelots qui avaient l'air d'être en train de la moissonner, le donjon ou l'église, de quelque plage, de la baie qu'on ne voyait que par ces temps un peu orageux et qui s'avançaient entre une flotille de bateaux qui semblait aussi être à sec sur terre. **Car** l'alternance d'espaces de couleurs nettement tranchées comme celles qui **résultent**[1] dans la campagne de la contiguïté de cultures différentes,[2] tout cela[3] faisait de l'océan quelque chose d'aussi varié, d'aussi consistant, d'aussi accidenté, d'aussi populeux, d'aussi civilisé que la terre *des routes* carossable *de laquelle*[4] nous le regarderions.

Mais parfois aussi, et pendant des semaines de suite le beau temps fut **si** éclatant et **si** fixe **que** quand Françoise venait ouvrir la fenêtre j'étais sûr de trouver le même pan de soleil plié à l'angle du mur extérieur, et d'une couleur immuable qui **n'**était plus émouvante[5] comme une révélation de l'été, mais morne comme **celle d'**un émail inerte et factice. Et tandis que Françoise ôtait les épingles des impostes, détachait **les étoffes**[6], tirait les rideaux, *pour découvrir*, le jour d'été **qu'elle découvrait semblait**[7] aussi mort, *que* **aussi immémorial qu'une somptueuse et millénaire** momie que **notre vieille** servante n'eût fait que[8] précautionneusement désemmailloter de tous ses linges, avant de la faire apparaître, embaumée dans sa robe d'or.[9] d'aller jusqu'à **Couliville**[10], jusqu'aux rochers d'Erméez, ou à quelque autre but[11] qui pour une voiture assez lente était fort

235/634

lointain[1], *et* dans la joie de la longue promenade que nous allions *faire je chantais*[2] quelque air récemment appris, *ou attendant en faisant les cent pas devant l'hôtel, Madame de*

3. **en attendant que Madame de Villeparisis fût prête.**

4. [MG] **Quand c'était dimanche sa voiture n'était pas seule devant l'hôtel; plusieurs fiacres loués attendaient non seulement les personnes qui allaient chez Madame de Chemisey, mais celles qui n'y étaient pas invitées** ***déclarant que le dimanche*** **et trouvant désagréable qu'on s'aperçut qu'elles ne l'étaient pas plutôt que de rester là comme des enfants punis, déclaraient que le dimanche était un jour assommant à Bricquebec et partaient dès après déjeuner se cacher dans une plage voisine, ou visiter quelque site. Et même souvent si on demandait à la femme du notaire si elle avait été chez Mme de Chemisey elle répondait péremptoirement: "Non, nous étions aux cascades de l'Allaire" comme si c'était là la seule raison pour laquelle elle n'était pas chez Mme de Chemisey. Et le bâtonnier disait charitablement: je vous envie, c'est autrement intéressant.** ***Bientôt Plus*** **Alinéa. Madame de Villeparisis ne tardait pas à**

5. *tandis* que

6. **l'œil avide et indifférent de**

7. *était* **incapable de**

8. **ne voulait pas avoir l'air de** manquer **à la défense** établie

9. **de jamais** se **mettre**

10. qui **me devint bientôt aussi familière** que

11. s'*aperçoit*

12. jusqu'a**u** tournant **où nous la quittions et qui avait de chaque côté**

13. **j'avais la joie de voir çà** et là

14. privé*es* il est vrai de *leurs* fleurs *blanches*

15. *poils*

16. les feuilles *mêmes des pommiers*

Villeparisis qui[3, 4] ne tardait pas à descendre *précédée par son valet de pied*, suivie de son vieux maître d'hôtel qui portait ses affaires et nous regardait partir en accompagnant d'un sourire approbatif, attendri et complice, comme celui qu'on a pour deux fiancés, les relations nouvelles que d'un œil favorable il voyait **se nouer entre** sa maîtresse et nous, **cependant** que[5] parfois levant les yeux en entendant une fenêtre qui s'ouvrait je voyais apparaître et disparaître aussitôt[6] Françoise qui *ne voulait ni*[7] se priver de ce *beau* spectacle, *ni* manquer *aux règles* établies[8] à Paris par maman, *qui détestait qu'on* se mît[9] aux croisées. *Dès que nous étions dans la campagne* **P**eu après avoir tourné la station du chemin de fer nous entrions dans une route campagnarde que *je connus* bientôt *autant* que[10] celles de Combray, depuis le coude où elle s'**annonçait**[11] jusqu'à *son* tournant *avec d'un côté*[12] des terres labourées, *de l'autre des clos qui dominaient la mer.* Le long de la route *je reconnaissais çà* et là[13] un pommier *et j'étais réjoui par la vue de larges feuilles*, privé il est vrai de **ses** fleurs[14], **et** ne portant plus *il est vrai* qu'un bouquet de **pistils**[15] *ras étendus en éventail comme on en voit autour de certaines belles bouches féminines*, mais qui suffisaient à me faire battre le cœur parce que je reconnaissais que **c**es feuilles **inimitables**[16] dont la large étendue, comme le tapis d'une fête nuptiale maintenant terminée avaient été **tout récemment** foulée par les *fleurs se prélassent dans les corsages de satin blanc dont dépassent çà et là comme la rougeur plus vive d'un teint frais la rose doublure* [la suite manque]

1. [MS] **gardant de cette route et aussi de certains clos qu'il y avait à quelque distance le même souvenir**
2. ***route et aussi de certains clos qu'il y avait à quelque distance***
3. **de fois j'ai acheté une branche de pommiers chez le fleuriste et j'ai ensuite passé la *nuit* soirée devant elle, *regardant* [< *faisant*] *poser sous ma lampe* devant les fleurs *blanches* où *dans les corolles de laquelle***
4. *semblait* épanouir
5. **et, *où* entre les blanches corolles desquelles**
6. la marchand*e*
7. *avait*
8. de chaque côté *des blanches fleurs*
9. **je les regardais, je les faisais**
10. *lui*
11. **elle faisait en même temps**
12. - cherchant
13. que j'**aurais tant** voulu **re**voir **au moment où**
14. **couvre leur canevas de**
15. que j'**allais chercher, que j'espérais voir**
16. ***sur la mer"***
17. *trop d'*enclaves *modernes*
18. **la voiture de Mme de Villeparisis étant**
19. les **feuillages des arbres**, alors **sans doute de si loin** disparaissa**ie**nt
20. de **me rendre compte que j'avais devant moi**
21. **déferlant encore le** même flot
22. **"tel qu'un vol d'oiseaux carnassiers dans l'aurore"**

236/635

Combien **de fois** à Paris dans le mois **de mai suivant**[1] *des années gardant le souvenir* présent, fixe, immuable *de cette*[2] *chose comme* **que** jadis **de** certaines scènes classiques que je me récitais, et que j'aurais voulu entendre dire par la Brème [*sic*]—combien[3] *j'ai passé de nuits devant une branche de pommier, achetée chez le fleuriste, à regarder sous ma lampe parfois longtemps que l'aurore venait lui apporter la même rougeur qu'elle faisait au même moment au-dessus de Cricquebec, à faire pousser comme une feuille les corolles où semblait* **s**'épanoui**ssait**[4] la même essence crémeuse qui poudrait encore de son écume les bourgeons des feuilles *et auxquelles*[5] il semblait que ce fût le marchand[6] qui par générosité envers moi, par goût inventif aussi et contraste ingénieux **eût**[7] ajouté de chaque côté **en surplus**[8] un seyant bouton *de* rose; *elle les faisait*[9] poser sous ma lampe—quelquefois si longtemps que l'aurore souvent **leur**[10] apportait la même rougeur qu'*au même moment*[11] sur les hauteurs de Cricquebec—**et je** cherch**ais**[12] à les reporter **sur cette route** par l'imagination, à les multiplier, à les étendre dans le cadre préparé, sur la toile toute prête, de ce**s** clos dont je savais le dessin par cœur et que j'*avais* voulu voir *quand*[13] avec **la verve** ravissante du génie, le printemps *les avait couverts de*[14] ses couleurs. **Alinéa**

Avant de monter en voiture j'avais composé le tableau de mer que je désirais voir[15] avec le "soleil rayonnant"[16] et **qu'**à Cricquebec je n'apercevais qu**e** **trop** *un* morcelé entre **tant d'**enclaves **vulgaires**[17] et que mon rêve n'admettait pas, de baigneurs, de cabines, de paquebots. Mais quand,[18] parvenu**e** en haut d'une côte, j'apercevais la mer entre les *feuilles* alors *si* disparaissant[19] *loin* ces détails contemporains qui m'empêchaient d'*imaginer soit*[20] l'océan de Baudelaire, *soit* la mer antique, *éternelle* de Leconte de Lisle, *au* même flot[21] sonore que[22] battaient les cent

1. *éprouvées*
2. **de la mer qui ne me semblait** [< ***paraissait*** < ***semblait***] **plus vivante mais**
3. *consistance*
4. ***entre les feuilles***
5. **entre les feuilles où elle apparaissait aussi inconsistante que**
6. les yeux fermés. *sur mon strapontin*
7. j'écoutais *ces chanteurs comme Prométhée*
8. l'un **des oiseaux** [< **de** ***ces chanteurs***]
9. *les autres*
10. ***La route que nous suivions était de celles***
11. ***au moment même***
12. ***pourraient***
13. ***ma conscience actuelle***
14. ***, toutes les années intermédiaires se trouvant abolies,***

237/636

mille avirons "des nefs **éperonnées"**[1]**; mais** en revanche je n'étais plus assez près [2] *je n'avais plus la sensation que la mer vivait, elle me semblait* figée, je ne sentais plus de **puissance**[3] sous ses couleurs *qui me semblaient* étendues[4] comme celles d'une peinture[5], *entre les feuilles ou comme* le ciel **et** seulement plus foncées **que lui**.

Parfois sachant faire plaisir à ma grand'mère, elle demandait au cocher de couper par les bois de l'Arbonne. L'invisibilité des innombrables oiseaux qui s'y répondaient tout à côté de nous dans les arbres, donnait cette impression de repos qu'on a quand on reste les yeux fermés; **enchaîné sur mon strapontin comme Prométhée sur son rocher**[6] j'écoutais **comme lui**[7] les Océanides *qui sont autour de lui.* Et quand par hasard j'apercevais l'un *d'eux*[8] qui passait d'une feuille sous une autre, il y avait si peu de lien apparent entre lui et **ces chants**[9] que je ne croyais pas voir la cause de ceux-ci dans ce petit corps sautillant étonné et sans regard. [10]*Nous suivions en forêt une de ces routes comme on rencontre beaucoup en France, qui montent en pente assez raide, puis redescendent sur une assez grande longueur, et à laquelle*[11] *je ne trouvais pas au moment même un grand charme. Mais elle devait rester dans ma mémoire comme une amorce où toutes les routes semblables sur lesquelles je passerais plus tard au cours d'une promenade ou d'un voyage s'embrancheraie*nt *aussitôt sans solution de continuité et souvent*[12]*, grâce à elle, communiquer immédiatement avec moi-même. Car dès que la voiture ou l'automobile s'engage*r*ait dans une de ces routes qui auraient l'air d'être la continuation de celle que je suivais avec Madame de Villeparisis, ce à quoi*[13] *je me trouvais immédiatement appuyé*e *comme à mon passé le plus récent, ce serait*[14] *aux impressions que j'avais ces après-midi-là en promenade*

1. [MG] *Souvent des paysans en nous indiquant notre chemin nous disaient le nom d'un village dont depuis longtemps je désirais voir l'église. Hélas à cause de Madame de Villeparisis je ne pouvais pas demander que l'on s'y arrêtât. Mais je me promettais que plus tard, une année où je serais plus libre, je ne manquerais pas de revenir fût-ce exprès de Paris pour la voir.*

2. [MG, MI, INT] *Souvent quand* Le cocher qui ne connaissait pas encore bien le pays demandait un renseignement à quelque paysan et souvent j'entendais qu'on lui citait comme point de repère, ce village dont je désirais tant voir l'église, Blenpertuis. *Mais* comme il n'était pas directement sur notre chemin, je ne pouvais, à cause de Madame de Villeparisis, demander qu'on s'y arrêtât, mais je donnais [< *faisais*] à son nom une place à part, un tour de faveur, dans ma mémoire, me promettant que si cette année ma santé ne s'améliorait pas assez pour qu'on me laissât faire de promenades seul et visiter cette église, du moins l'année suivante, je viendrais, fût-ce de Paris exprès pour cela. Et en *ne faisant ainsi qu'ajourner mon plaisir, je me donnais le moyen de n'avoir pas trop de regrets de ne pouvoir la connaître* me persuadant, en prenant vis-à-vis de moi-même l'engagement que mon pèlerinage n'était qu'ajourné je pouvais sans trop de regret voir notre voiture continuer sa route et laisser loin derrière elle sur les côtés, l'église de Blenpertuis. Je savais pourtant bien que si *plutôt* entre toutes les autres églises aussi intéressantes que signalait mon Précis d'archéologie monumentale de l'ouest, c'était elle que j'avais désiré de voir, elle n'avait pas *en elle* de supériorité intrinsèque qui justifiât cette préférence exclusive. Mais à partir du moment où je l'eus arbitrairement choisie, c'est sur elle uniquement que s'était dirigé, chaque fois qu'il renaissait, mon désir d'églises de village. Elle lui avait donné un objet à aimer, à nommer, à se représenter. Dans l'étendue *vide et sans* informe et vide de la France

238/**637** [< ***636 bis*** < 639]

ceux qui les ont vus de près et peuvent juger ce qu'ils valent.[1] **Alinéa**[2]

Parfois nous longions un village dont j'avais voulu visiter l'église. Et pour qu'un jour je pusse connaître, trouver dans ma vie

Je notais le nom du village; sans doute il y avait peut-être d'autres villages et dans le monde il y avait d'aussi belles églises. Mais celle-ci, c'était quelque chose que j'avais voulu voir, et je voulais que quand je suis libre au lieu d'être comme avec la vieille dame qui ne voulait pas s'arrêter ma vie fût vraiment la connaissance et la possession de ce que j'avais désiré, l'idée que je m'en étais faite. Madame de Villeparisis voyant que j'aimais les églises avait voulu que nous pussions passer devant celle de Brissinville "toute cachée sous son vieux lierre" dit-elle avec un *petit* geste de la main qui *semblait avec sobriété et avec goût envelopper* [phrase

entière je ne voyais que le clocher bleu de Blenpertuis. Renoncer à Blenpertuis c'eût été le premier pas que je ne voulais pas faire vers cette déchéance où je tomberais peut'être un jour de ne plus considérer la vie comme la connaissance et la possession de ce que j'avais désiré, c'eût été renoncer de demander à la réalité ce dont mon imagination et mon intelligence avaient d'abord fixé le prix.

3. *lointaine*

4. [INT] **Madame de Villeparisis avait d'ailleurs souvent avec ce petit geste descriptif un mot juste pour définir le charme et la particularité** ***des églises de ce pays*** **d'une église, évitant toujours les termes techniques, mais ne pouvant dissimuler qu'elle savait très bien les choses dont elle parlait. Elle semblait** ***l'excuser*** **chercher à s'en excuser sur ce qu'un des châteaux de son père, et où elle avait été élevée, était situé dans une région où les églises ressemblaient**

1. **où il y avait des églises du même style**
2. **—dont il eût été honteux disait-elle, ce château étant le plus bel exemple**
3. **qu'elle ne prît pas le goût de la peinture—dont il était un vrai musée**
4. ***à coucher le portrait d'un ancêtre italien, chef-d'œuvre de Titien qui n'était jamais sorti de la famille***
5. *avaient* été

barrée par erreur] la façade **absente**[3] sous un feuillage **invisible et** délicat. [4]*et le regret que j'en avais sa mesure telle au plaisir surprenant de la possession Nous redescendions la côte; alors nous voyions sur la route quelqu'une de ces fleurs qui ne sont pas avec les plantes, qui sont plus car déçue et unique, quelque paysanne paissant sa vache, quelque laitière sur sa voiture, quelque élégante demoiselle assise sur le strapontin d'une victoria en face de ses parents.*

Certes Bloch, autant qu'un savait ou qu'un fondateur de religion m'avait ouvert une ère nouvelle et changé pour moi la valeur de la vie et du bonheur le jour où il m'avait appris que mes rêves de Combray n'étaient pas qu'une qui ne correspondait à rien et que toutes les jolies filles que je rencontrais, paysannes ou demoiselles, ne pensaient au fond qu'à

239/638

[1] *ressemblaient à celle-là* et comme si *les* ***la mer, les bois****—et tout autant d'ailleurs* l'architecture[2] *de ce château était un exemple des plus intéressants* de celle de la Renaissance,[3]*—dont elle avait eu sous les yeux dans sa* ***chambre***[4] *même des chefs-d'œuvre* ***italiens****, ce que* la musique **même et** la littérature, Chopin venant jouer **du piano** et Lamartine réciter **des vers à** sa mère—**eussent** été[5] une sorte

6. *longue*

7. [MG, MI] **Peut'être même à force d'attribuer soit par grâce de bonne éducation ou** *absence* **manque de vanité, ou manque d'esprit philosophique, cette origine** [< *cause*] **purement matérielle à ses goûts artistiques avait-elle fini par les en faire dépendre trop exclusivement. Elle ne se serait pas dérangée pour aller voir un chef-d'œuvre dans une de ces collections faites à coup d'argent où "on n'est pas sûr si tout n'est pas faux où on ne sait pas ce qu'on voit**[**"**]**. Ma grand'mère ayant admiré deux grains du collier rouge qui passait sous son manteau elle lui répondit: "C'est gentil n'est-ce pas? Cela m'amuse de le porter parce qu'il est dans le portrait de Titien de la bisaïeule de laquelle** [*sic*] **il me vient, comme le portrait d'ailleurs. Il était dans ma chambre d'enfant. C'est un des plus beaux Titiens qu'il y ait et il n'est jamais sorti de la famille. Comme cela on est sûr de l'authenticité. Mais ne me parlez pas de ces tableaux achetés on ne sait pas comment, je suis sûre que ce sont des faux, ça ne m'intéresse pas.**

8. *les vocabulaires* ***techniques***

9. *connaissait* ***très bien*** *les* ***arts***

10. [MG] ***Elle alléguait pour rétorquer quelque parole aimable de ma grand'mère qu'ayant grandi dans un château qui est le plus bel exemple du style Renaissance il eût été extraordinaire qu'elle n'eût pas été causeuse de l'architecture ni de la peinture dont il était un véritable musée,***

11. **n'était pas du reste étonnée de la voir si au fait de la peinture** *car elle* **sachant**

12. **alinéa**

13. **si la nature,** ***et les œuvres d'art mettaient çà et là leurs images dans***

d'**annexe** de sa **large**[6] enfance aristocratique **et cultivée.**[7] *mais si la nature et les œuvres d'art seraient bien çà et là les seules taches dans sa conversation, celle-ci était surtout humaine, pleine d'anecdotes et de jugements.*

Et avec un petit geste de la main elle semblait nous ***évoquer*** *la forme des petites églises, de la province où elle avait été élevée, ou l'attitude des personnages dans un tableau qu'elle nous décrivait en avec des épithètes modérées, mais justes, et bien qu'elle évitât toujours le vocabulaire spécial*[8] *des arts ne pouvait dissimuler sous sa modestie qu'elle avait l'air de connaître avec beaucoup de précision des œuvres*[9] *dont elle parlait. D'ailleurs*[10] **M**a grand'mère *savait*[11] qu'elle faisait des aquarelles de fleurs; et **elle** lui dit qu'elle les avait **même** entendu vanter. Madame de Villeparisis changea de conversation par modestie, mais sans montrer plus d'étonnement ni de satisfaction qu'une artiste assez connue à qui les compliments n'apprennent rien. Elle se contenta de dire que c'était un passe-temps charmant parce que si les fleurs sorties du pinceau n'étaient pas fameuses, les fleurs vivantes dans la société desquelles cela faisait vivre avaient une beauté dont on ne se lassait pas. Elle ne travaillait pas à Cricquebec où elle avait donné vacances complètes à ses yeux qui baissaient, mais à Paris elle serait contente de nous donner quelques fleurs à sa façon.

[12]Mais[13] *sa conversation, au cours de nos promenades, avait*

1. [MS] **quelques églises, quelques tableaux, avaient leur part dans les petites vignettes parlées dont Madame de Villeparisis ornait sa conversation, celle-ci autant que j'en pus juger au cours de nos promenades, était surtout humaine, et décrivant beaucoup plus souvent des**
2. ***mettait beaucoup plus souvent***
3. des personnes qu'*elle* avait connues donnait presque *l'* intérêt *d'anecdotes* historique*s* ou littéraire*s*
4. **que pour un clocher ou une meule**
5. montraient dans **l'intimité de** combien de gens brillants **elle avait vécu.**
6. **dans les plus petites** circonstances, **dans les plus futiles incidents de nos promenades elle nous disait toujours** la chose qui **la mettait, elle, au second plan mais pouvait nous faire valoir, se montrant toujours**
7. **bien plus**, tandis que **dans les préoccupations *de la petite bourgeoisie* d'une société moins brillante**
8. *tenir*
9. **parlait de la naissance et du rang, comme venant bien après le talent**
10. ***de toutes les* [*personnes*] *que j'avais rencontrées celle aux yeux***

1. **et l'intelligence**
2. ***après d'autres avantages bien plus importants***
3. ***laissait entendre***
4. ***dont elle nous parlait pensait***

240/639

[1] *moins pour objet les œuvres d'art que les hommes, elle*[2] *se composait surtout d'* anecdotes mondaines auxquelles le caractère public des personnes qu**e la vieille dame** avait connues **dans sa jeunesse** donnait presque **un petit** intérêt historique ou littéraire.[3] Et avec le même petit geste de la main, la même épithète modérée[4], elle **nous** montrait *le roi* ***Louis-****Philippe entrant chez son père quand elle était enfant; le Duc d'Aumale, Mérimée, Delacroix, mais plus souvent que des monuments, des , des œuvres d'art, c'étaient des personnages d'autrefois qui montraient les petites vignettes dont Madame de Villeparisis au cours de nos promenades illustrait sa conversation, car celle-ci avait plutôt pour objet des gens que des choses. Elle faisait se succéder les anecdotes mondaines auxquelles le caractère public ou célèbre des hommes qu'elle avait connus, donnait presque un petit intérêt historique ou littéraire. On voyait* la Reine des Belges en visite, Louis-Philippe entrant chez son père quand elle était enfant, Mérimée faisant des caricatures, l'atelier de Delacroix. Mais il semblait que ce fût malgré elle, et parce qu'elle les revoyait **tels** dans son souvenir, si le nom des personnages qui figur**aient** *aussi* dans ces historiettes, la familiarité de leur attitude et de leurs propos, montraient combien de gens brillants *Madame de Villeparisis avait connus, et quel avait été le degré de leur intimité avec elle.*[5] Car *non seulement* elle ne cherchait jamais à parler d'elle; *et en* toute circonstance *nous disait* la chose qui *pouvait nous faire valoir et la mettre au second plan*[6] pleine de tact, d'à propos, d'agrément, de cœur (le contraire vivant de mon ami Bloch); *mais encore* tandis que *dans un monde médiocre*[7] les privilèges du grand monde, soit dénigrés soit loués, toujours enviés et respectés, **tiennent**[8] une place *prépondérante,* importante, Madame de Villeparisis[9] *c'était*[10] *la première personne aux yeux de qui ils me*

241/640

[1] *semblaient ne venir*[2] *qu'en dernier. Elle poussait la modestie jusqu'à dire à tout propos (et semblait dire*[3] *que plus d'une de ses illustres amies*[4] *faisait comme elle) que la naissance n'était rien, qu'elle n'attachait*

5. *absolument*
6. **son anticléricalisme que dans cette mesure**
7. ***disant* lançant même certains mots comme**
8. ce qu'*elle* prenait d'*amusant*
9. *modérée*
10. justice
11. **, par effort d'impartialité,**
12. Mais quelle détente, **ces opinions,** de les recevoir, ***les opinions*** **cette fois sans** scrupules
13. dans lequel, *ces opinions qui* chez nous *auraient été* instinctives et *semblaient bien* naturelles

1. *d'hommes*

d'importance qu'à l'intelligence, au talent, à la valeur personnelle. Elle poussait **cette** modestie jusqu'à rejeter les idées qui sans être **inévitablement**[5] aristocratiques ou mondaines, nous semblaient cependant devoir être professées par l'aristocratie et dans le grand monde. Elle s'étonnait qu'on fût scandalisé des expulsions des Jésuites, disant que cela s'était toujours fait, même sous la monarchie, même en Espagne. Elle disait: "Un homme qui ne travaille pas, pour moi ce n'est rien", défendant contre nous la République qu'elle acceptait et à laquelle elle ne reprochait[6] *que des autres personnes*: "Je trouve**rais** tout aussi mauvais qu'on m'empêche d'aller à la messe si j'en ai envie que d'être forcée d'y aller si je ne **le** veux pas" *s'écriant*[7] "Oh! la noblesse d'aujourd'hui! Qu'est-ce que c'est" *et d'autres choses de ce genre* qu'elle ne disait peut-être que parce qu'elle sentait ce qu'**ils** prenai**en**t d**e** **piquant**[8], de savoureux, de mémorable, dans sa bouche. En un mot elle professait en toutes choses **c**es opinions d'une bourgeoise **conservatrice**[9] mais libérale en la just**esse**[10] desquelles nous n'avions pas osé croire complètement jusque-là, **ma grand'mère et moi**, parce qu'elles répondaient trop à nos désirs, et que nous nous efforcions quand nous cherchions la vérité de faire[11] la part de ceux qui devaient penser autrement que nous et peut-être **après tout** mieux que nous, d'une Madame de Villeparisis **par exemple**. Mais quelle détente de les recevoir, *sans plus avoir de* scrupules[12] *à les accepter, d'une bouche différente qui donnait* d'un esprit si différent *et* dans lequel **elles** [**étaient**] chez nous instinctives et **si** naturelles,[13]

242/641

prenaient l'autorité d'idées vraies et devenaient *de plus* méritoires. En entendant Madame de Villeparisis les exprimer notre sympathie pour elle s'élevait jusqu'à l'admiration et nous faisait prendre un plaisir extrême dans cette conversation où deux instincts qui sembl*ai*ent contradictoires, mais qui coexistent pourtant chez beaucoup **de gens**[1], pouvaient trouver à se satisfaire: l'horreur du snobisme dans ces éloges de la médiocrité, ces

2. *nous entrions*
3. ses interlocuteurs *les princes et les rois.*
4. *endroits* [!]
5. **puisque n'y éclate pas cette** même médiocrité qu'**ils ont pourtant dû y apporter aussi bien que dans leurs jugements sur Manet**
6. **racontait sur** eux **d**es **traits** piquant*e*s et agréables **comme**
7. *parlait d'eux*
8. **; on voyait qu'elle n'hésitait pas à leur préférer des hommes**

1. **de ces qualités-là,**
2. **un Balzac, un Hugo ou un Vigny**
3. *Baral*
4. elle semblait ***croire qu'elle*** *pouvait* **se** prévaloir **de ces relations particulières** pour penser
5. plus juste que **celui des jeunes gens qui comme moi** n'**avais pas pu les** fréquente**r**.
6. ***de Stendhal dont vous parliez***

railleries de la noblesse, ces vues élevées; et le goût du snobisme, parce qu'en écoutant ce langage élevé **on entrait**[2] plus avant dans l'aristocratique fréquentation de Madame de Villeparisis et de ses interlocuteurs **princiers.**[3] A ces moments-là je n'étais pas loin de croire qu'en Madame de Villeparisis trônaient la mesure et le modèle de la vérité en toutes choses. Mais—, comme ces **érudits**[4] qui *nous* émerveillent **quand on les met** sur la peinture égyptienne et les inscriptions étrusques, et qui parlent d'une façon si banale des œuvres modernes que nous nous demandons si nous n'avons pas surfait l'intérêt des **sciences** où ils sont versés, *et s'ils n'y ont pas apporté la* même médiocrité qu*e nous constatons dans leurs fragments sur Marcel*[5] et sur Baudelaire—, Madame de Villeparisis interrogée par moi sur Chateaubriand, sur Balzac, sur Victor Hugo riait de mon admiration, *disait sur* eux les *mêmes choses* piquantes et agréables *que*[6] sur les grands seigneurs ou les hommes politiques et **les jugeait**[7] sévèrement, précisément parce qu'ils avaient manqué de cette modestie, **de** cet art **sobre** qui se contente d'un seul trait juste et n'appuie pas, qui fuit plus que tout le ridicule de la grandiloquence, de cet effacement de soi, de cet à-propos, de ces qualités de mesure, de jugement et de simplicité, auxquelles on lui avait appris qu'atteint l'homme de valeur, *et leur préférait*[8] qui peut-être en effet *en* étaient

243/**642**

pourvus[1], et avaient sans doute l'avantage sur eux[2] dans un salon, une académie, un conseil des ministres, Molé, Barante[3], Fontanes, Vitro[l]les, Pasquier, Lebrun ou Daru. Eux aussi pourtant, Chateaubriand quand elle était petite, Balzac chez Madame de Castries, Stendhal, elle les avait connus, elle avait d'eux des autographes, des souvenirs. Elle semblait *pouvoir s'en* prévaloir pour penser[4]; que son jugement sur eux était plus juste que *le mien par exemple* qui n*e les avais jamais* fréquentés.[5] "Je crois que je peux en parler, car ils venaient chez mon père; et comme disait Monsieur Ste Beuve, qui lui au moins avait beaucoup d'esprit, *à propos du fameux Beyle*[6] *qui ne l'était pas du tout à ce moment-là,*

7. ***et qui était*** *un gros homme* ***très mal élevé, sans conversation et*** *fort ennuyeux*

8. ***pouvaient***

9. ***certifiait en bas de ses***

10. **bientôt** ***le trot des*** **chevaux les distanciait**

11. ***formaient***

12. ***landau***

13. ***chacune est unique et peut seule contenter le désir on ne peut pas indifféremment ayant une âme personnelle et unique et nous ne pouvons***

14. [MG] **qui n'est pas ailleurs** [< ***dans les autres***] **et qui empêchera** [< **que** ***nous ne retrouvons plus***] **que nous puissions**

mais un gros homme fort ennuyeux[7] *il faut* **il faut** croire sur eux, **ceux qui les ont vus de près et ont pu**[8] **bien juger de ce qu'ils valaient.**

Parfois, comme la voiture ***montait*** **gravissait une route montante entre des terres labourées, tout d'un coup** ***il me sembla*** **les champs qui étaient des deux côtés de moi, me semblaient des champs miraculeusement vrais, des champs beaux comme ceux de la Bible, et un souffle me parcourait. C'est que je venais de voir quelques bleuets hésitants qui sur le talus suivaient notre voiture** ***sur le talus.*** **Or depuis Combray, certaines choses très communes que je regrettais,** ***à force d'être si près de moi quand je pensais de les sentir si près de moi sans pouvoir les toucher,*** **avaient fini par prendre ce caractère précieux, inaccessible, de tout ce qui est dans notre pensée c'est-à-dire si près de nous sans que nous puissions le toucher. Un bleuet apposait au bas d'un**[9] **champ sa signature** ***stellaire*** **pour en certifier l'authenticité me semblant quelque chose de plus inestimable que ces fleurettes par lesquelles certains maîtres anciens signaient leurs toiles. Bientôt nos chevaux les distanciaient**[10]**, mais après quelques pas, nous en apercevions un autre qui en nous attendant avait piqué devant nous dans l'herbe son étoile** ***de percale*** **bleue** ***que; autour*** **d'autres s'enhardissaient jusqu'à venir se poser tout au bord de la route et c'était**[11] **toute une** ***longue*** **nébuleuse qui se formait avec mes souvenirs lointains et les fleurs apprivoisées.**

Nous redescendions la côte; alors nous croisions, la montant à pied, à bicyclette, en carriole ou en voiture[12]**, quelqu'une de ces créatures, fleurs** ***communes aussi qui sont*** **de la** ***plus belle parure d'une*** **belle journée, mais qui ne sont pas comme les fleurs des champs, car**[13] **il reste en chacune quelque chose**[14] **contenter avec une** ***autre*** **pareille le désir qu'elle a fait naître en nous quelque paysanne poussant sa vache ou à demi couchée sur une charrette, quelque fille de boutiquier [< *commerçant*] en promenade, quelque élégante demoiselle assise sur le strapontin d'un landau, en face de ses parents. Certes Bloch, autant qu'un grand savant ou un fondateur de religion, m'avait ouvert une ère**

1. [MS, MG] **que j'avais *si souvent* promenais solitairement du côté de Méséglise quand je souhaitais que passât une paysanne que je prendrais dans mes bras, n'étaient pas une chimère qui ne correspondaient à rien d'extérieur à moi, mais que toutes les *belles* filles qu'on rencontrait, villageoises ou demoiselles ne songeaient guère qu'à faire**
2. **maintenant que j'étais souffrant et ne sortais pas seul**
3. comme **un enfant né dans une prison ou dans un hôpital et qui croirait**
4. des *cachets* médica*menteux*
5. les **pêches, les abricots, le raisin**
6. *et d'une digestion facile.*
7. **ou de son *infirmière* garde-malade**
8. [MG] **Car un désir nous paraît plus beau, nous nous appuyons à lui avec plus de confiance [< *joie* < *confiance*] quand nous savons qu'en dehors de nous la réalité lui obéit, même si pour nous il n'est pas réalisable. Et nous pensons avec plus de joie [< *confiance* < *joie*] à une vie qui sait l'assouvir [< l*e contenter*], à une vie où *nous nous imaginons nous-même l'assouvissement, n'ayant pour cela qu'à écarter* à condition que nous écartions pour un instant de notre pensée, *la petite contingence,* le petit obstacle accidentel et particulier qui nous empêche de le faire, nous pouvons nous imaginer nous-même l'assouvissement.**
9. j*e sus*
10. j*e devins*
11. m*e* paru*t*
12. de voir **la fillette** qui **venait dans notre direction**

nouvelle et avait changé pour moi la valeur de la vie et du bonheur, le jour où il m'avait appris que les rêves que j'avais

244/**642bis** [< *640*]

[1] l'amour. Et dussé-je[2] jamais pouvoir le faire avec elles, j'étais comme *un prisonnier un malade qui croirait*[3] que l'organisme humain ne peut digérer que du pain sec et des médica**ments**[4], et qui apprend tout d'un coup que *les poires, les cerises*, les *raisins*[5] ne sont pas une simple parure de la campagne, mais des aliments *d'un goût* délicieux **et assimilables.**[6] Même si les ordres de son geôlier[7] ne lui permettaient pas de cueillir **c**es beaux fruits, le monde cependant lui paraîtrait meilleur et la vie plus clémente.[8] Pour les belles filles qui passaient, du jour où j'**avais su**[9] que leurs joues pouvaient être embrassées, j'**étais devenu**[10] curieux de leur âme. Et l'univers m'**avait** paru[11] plus intéressant.

La voiture de Madame de Villeparisis passait vite. A peine avais-je le temps de voir *celles* qui *s'approchaient*[12]; et pourtant *merveilles des pollens préparées pour les anthènes* [*sic*]—comme les beautés des êtres ne sont pas comme celles des choses, et que nous sentons que ce sont celles d'un**e** **créature** unique,

13. celles d'un *individu* unique, *qui a une* conscience et *une volonté*
14. ***la personne*** [< *l'embryon*]
15. se peignait-elle, ***embryonnaire*** **en une petite image prodigieusement réduite, embryonnaire mais au fond de son** regard distrait
16. anthè**r**es
17. aussi vague, **aussi minuscule, et aussi entier**
18. laisser **passer cette fille, sans que sa pensée eût** conscience **de ma personne, sans empêcher ses désirs d'**aller
19. *pousser*
20. d'*assurer*
21. [MI] **déjà derrière nous et *ses yeux qui m'avaient à peine* comme elle ne possédait de moi aucune des notions qui constituent une personne, ses yeux qui m'avaient à peine vu, m'avaient déjà oublié, si même elle ne s'était pas moquée de moi.**

1. *leur chair*
2. je *ne* distingu*ais pas*
3. *son seul* sourire
4. *différent*
5. ***empêché de m'approcher d'elles, parce que j'étais avec*** **avec quelque grave personne que je ne pouvais quitter, malgré les mille prétextes**
6. Celui d'**être pris d'un** brusque mal **de** tête, **qui ne céderait que si je quittais la** [< ***descendais de***] **voiture et rentrais** [< ***revenais***] à Cricquebec à pied

conscientе et **volontaire**[13]—à peine **l'individualité**[14] de la **fille qui s'approchait**—conscience vague, volonté inconnue de moi, *de la belle fille qui passait* se peignait-**elle**, individuelle, minuscule et complète dans son regard distrait[15], *dans la saillie de son profil énergique* **aussitôt—ô mystérieuse réplique** des pollens **tout** préparés pour les **pistils**[16]—je sentais **saillir** en moi l'embryon aussi vague, *et aussi cher*[17] du désir de ne pas laisser *cette* conscience *sans qu'elle ne connût cette volonté* aller[18] à quelqu'un d'autre, mais de venir me **fixer**[19], dans sa rêverie et d**e saisir**[20] son cœur.. Cependant notre voiture s'éloignait, la belle fille était[21] *dépassée*. Etait-ce à cause d**u**

245/**642ter** [< *641*]

passage si rapide que je l'avais trouvée si belle? Si j'avais pu descendre, lui parler, aurais-je été déconcerté par quelque défaut de **sa peau**[1] que de la voiture je **n'avais pas** distingué?[2] peut-être *qu'*un seul mot qu'elle eût dit, **un** sourire[3] m'eût-*il* fourni pour lire l'expression de son visage et de sa démarche, de son individualité, une clef, un chiffre **inattendus**[4], qui seraient aussitôt devenues banales? **C'est possible**, car je n'ai jamais rencontré dans la vie de filles aussi désirables que les jours où j'étais[5] *avec quelque personne dont la présence m'empêchait de m'approcher d'elles et* que j'inventais, *mille prétextes pour essayer de quitter*. Celui d'*avoir* brusquement mal *à la* tête, *besoin de revenir* à Cricquebec à pied[6], ne convainquaient ni Madame de

7. **de me laisser descendre.**

8. [MG, MI] **Et si mon regret** [< *je ne regrettais pas seulement*] **de ne pas m'être arrêté auprès de la belle fille, de ne pas l'avoir connue, était plus amer que celui que m'avait laissé l'église du village** [< l*e champ de blé*] **ou le clocher et mon désir de la retrouver elle et non une autre plus exclusif. Car je savais que sous la grâce de la belle fille, il y avait autre chose que sous la grâce des vieilles pierres: une pensée vivante dans laquelle je ne serais pas,** ***qui n'aurais pas notion de moi quand même je connaîtrais*** **pour qui je continuais à ne pas exister quand même je serais connu, aimé de toutes les autres filles du monde.** ***Ses yeux m'avaient à peine aperçu et comme elle ne possédait sur moi aucune des notions qui constituent une personne, si même elle m'avait déjà oublié, si même elle ne s'était pas moqué***[*e*] ***de moi.*** **Mais je n'avais pas comme pour l'église le point de repère d'un nom, ou pour le champ d'une borne kilométrique. Elles étaient bien vagues**

9. la particularité

10. ***et*** **que je tâchais de me rappeler.**

11. *passait*

12. *voiture*

13. [MD] **mais cela me permettrait-il de la retrouver?**

14. **le monde** est **beau**

15. [INT] **croître** ***ainsi*** **sur toutes les routes campagnardes ces fleurs brillantes, à la fois uniques et communes, trésor*s* fugitif*s* de la journée, aubaine*s* de la promenade, dont des circonstances contingentes qui ne se reproduiraient peut'être pas toujours m'avaient seules empêché de profiter, et qui donne un goût nouveau à la vie.**

Villeparisis, ni ma grand'mère qui refusaient[7, 8] *et comme elles sont uniques, au moment où l'attention qu'elle pourrait nous porter, faire sentir de sa vie ne pourrait être remplacée par toutes les femmes des autres car pour elle nous continuerions à ne pas exister. Ainsi plus que l'église, plus que l'espace de fleur*[*s*], *je tâchais de me rappeler* **les** particularités**[9]** *qui me permettrait de retrouver la fillette*[10]. Elle **avait passé**[11] à telle heure sur une charrette, ou dans une **victoria**[12] *découverte*, à tel endroit, allant vers tel village;[13] en attendant je me disais que la *vie* est *belle*[14] qui fait ainsi[15] *jaillir sur la vertu une des beautés du visage, cette personne qui effaçait tout ce que j'avais jusque-là désiré et donnait un goût nouveau pour moi à la vie, en me la faisant voir le déjeuner, la lecture, le travail comme des choses que je pourrais faire auprès d'elle. Et je ne la regrettais pas seulement comme le village ou l'église car je savais que sous sa grâce à elle il y avait autre chose que sous la crête des vieilles une*

16732: 241/642quater [cette page manque dans 16735]

pensée vivante et dans laquelle je n'étais plus. Déjà la jolie fille avait disparu, dans un instant m'aurait oublié détournant de moi son regard qui ne m'avait que comme une forme indistincte car elle ne possédait de moi aucune de ces notions qui constituent une personne, ce regard qui dans cette courte minute m'avait méprisé peut-être et qui en tous cas dans celle qui suivait m'avait déjà oublié.

Et ces fleurs-là sont par leur essence unique sans l'instant qu'on désire l'une, à quoi servirait de connaître toutes les autres, puisque celle-ci continuerait à mener une vie où vous n'auriez pas pénétré. Mais comment les retrouver? Comment les revoir? J'avais beau regarder ma montre, les bornes kilométriques pour tâcher d'apprendre à qui pouvait être le landau découvert ou la carriole de femme qui avait passé à telle heure, à telle distance d'Equemanville, même si j'avais su interroger, était-il possible que je reçoive une réponse précise. Malgré tout du bel après-midi et de des circonstances contingentes et qui ne se reproduiraient peut-être pas toujours, m'empêchaient seules de profiter, de telles rencontres ajoutaient pour moi à la beauté du monde, à la richesse de la vie, qui sur ma route campagnarde, nous découvraient ainsi de nouvelles perspectives de bonheur. Mais

1. Mais **peut'être, en** espérant qu'un jour ***étant*** **plus libre,**
2. ***filles***
3. je **commençais déjà à mentir** à ce qu'**a** d'exclusi**vement** individuel
4. **qu'on a trouvé[e] jolie, et du seul fait que j'**
5. d'*en* faire naître
6. **implicitement**

1. **qui *comprennent avec* plus *de force***
2. ***trembler***

espérant qu'un jour *libre et seul*[1], je pourrais, **plus libre, faire** sur d'autres routes faire de semblables rencontres, *des femmes*[2] *que j'imaginais d'une façon générale jolies sans les connaître individuellement* je *mettais* à ce qu'*avait* d'exclusif *et d'*individuel[3] le désir de vivre auprès d'une femme[4] *et* admettais la possibilité **de la** faire naître[5] artificiellement, **j'en avais** *comme si j'en avais déjà*[6] reconnu l'illusion.

246/642*quater* quinque

Madame de Villeparisis nous mena une fois à Briseville où était cette église couverte de lierre dont elle *nous* avait parlé. Bâtie sur un tertre, elle dominait le village *et*, la rivière qui le traversait, et gardait son petit pont du moyen âge, *la Place ancienne*. Ma grand'mère pensait que je serais content d'être seul pour regarder l'église, proposa à Madame de Villeparisis d'aller goûter chez le pâtissier, sur la Place *ancienne* qu'on apercevait distinctement et qui sous sa patine dorée était comme une autre partie d'un objet tout entier ancien. Il fut convenu que j'irais les y retrouver *et on me laissa devant l'église. Comme* Dans le bloc de verdure devant lequel on me laissa, il fallait pour reconnaître une église faire un effort qui me fit serrer de plus près l'idée d'église; en effet, comme il arrive aux élèves qui saisissent complètement[1] le sens d'une phrase quand on les force par la version ou par le thème à la dévêtir des formes auxquelles ils sont accoutumés, j'étais *en effet* obligé de faire perpétuellement appel à cette idée d'église *pour ne pas oublier que cette* cette idée d'église dont je n'avais guère besoin d'habitude devant *les monuments terminés par* des clochers qui se faisaient reconnaître d'eux-mêmes, *ici* j'étais obligé d'y faire perpétuellement appel pour ne pas oublier ici que *le cintre de lierre* l'arcade, cette corbeille de lierre était celui d'une verrière ogivale, là que ce renflement vertical des feuilles était le relief d'un pilier. Mais alors un peu de vent soufflait, *le porche frémissait* faisait frémir[2] le porche mobile que parcouraient

3. < *frissonnante* < *onduleuse*
4. *mais cette* personne
5. *sous la forme* d'une idée
6. > *et cette personne-là nous reste souvent close même quand*

1. Et cette *personne-là nous semble parfois rester* [*en*]*core, nous doutons si nous y sommes entrés, même*

des remous *tremblants et* propagés *comme* et tremblants comme une clarté; les feuilles déferlaient les unes contre les autres; et, frissonnante, la façade végétale[3] entraînait avec elle les piliers *onduleux caressés* onduleux, caressés et fuyants. Comme je quittais l'église je vis devant le vieux pont les filles du village qui comme c'était un dimanche se tenaient attifées *de leurs plus beaux atours* interpellant les garçons qui passaient. Moins bien vêtue *peut'être* que les autres, mais semblant *les* dominer les autres par quelque ascendant, car *elles lui* elle répondait à peine à ce qu'elles lui disaient, *une fillette* l'air plus grave et plus volontaire il y en avait une grande qui assise à demi sur le rebord du pont, laissant pendre ses jambes, avait devant elle un petit pot plein de poissons qu'elle avait peut'être pêchés. Elle avait *l'air* un teint brun, des yeux doux mais un regard dédaigneux de ce qui l'entourait, un nez surtout d'une forme petite, fine et charmante. Mes regards se posaient sur sa peau et mes lèvres à la rigueur pouvaient croire qu'elles avaient suivi mes regards. Mais ce n'est pas seulement son corps que j'*e voulais* aurais voulu *toucher* atteindre, c'était aussi la personne[4] qui vivait en lui, cette pensée *avec* qui est en chacun *de nous* et avec laquelle il n'est *pour nous* qu'une sorte d'attouchement qui est *d'attirer son attention, et dans lui faire faire attention à nous* de frapper son attention, qu'une sorte de pénétration, y éveiller une idée[5]; *qu'on éveille en elle, jusqu'à ce qu'elle ait pris conscience de mon existence, la personne de la belle pêcheuse me restait entièrement close pour moi, et qui nous reste close*[6] *tant quand nous n'avons pas aperçu dans le miroir du regard notre propre image se peindre furtivement*

247/643 [***642***]

[page déchirée; texte reconstitué d'après I, 716]

un indice de réfraction inconnu qui

Et cette personne intérieure de la belle pêcheuse[1] semblait m'être close encore, [je dou]tais si j'y étais entré,

2. ***pour* amener**
3. **l'**
4. **de *parler***
5. ***Ce serait d'*aller**
6. **commencer *à parler***

mais après que j'eus aperçu ma propre image se [refl]éter furtivement dans le miroir de son regard suivant un indice de [ré]fraction qui m'était aussi inconnu que si je me fusse placé [dans le] champ visuel d'une biche. Mais de même qu'il ne m'aurait pas suffi [que] mes lèvres prissent du plaisir sur les siennes mais leur en [donnassen]t, de même j'aurais voulu que l'idée de moi qui était en elle *pour* qui [s'y ac]crocherait n'amenât pas[2] à moi seulement son attention, *pour me garder son [souve]nir jusqu'au jour où je pouvais la revoir, fut une* mais son [ad]miration, son désir, et me gardait son souvenir jusqu'au jour où je [p]ourrais la retrouver. Cependant j'apercevais à quelques pas la Place où devait m'attendre la voiture de Madame de Villeparisis. Je n'avais qu'un instant; et déjà je sentais que les filles commençaient à rire de me voir ainsi arrêté. J'avais *une pièce de* cinq francs dans ma poche. Je les[3] en sortis, *la tins un instant en l'air pour que la belle fille la remarquât et que j'eus[se] ainsi plus de chance de lui faire qu'elle ne refuse pas d'écouter la commission dont je la chargeais j'allais la ch* et avant d'expliquer[4] à la belle fille la commission dont je la chargeais *je*, pour avoir plus de chance qu'elle *acceptât de la faire* m'écoutât, je tins un instant la pièce *devant elle* devant ses yeux. "Puisque vous avez l'air d'être du pays *lui* dis-je à la pêcheuse est-ce que vous auriez la bonté de faire une petite course pour moi. Il faudrait aller[5] devant un pâtissier qui est paraît-il sur une Place, mais je ne sais pas où c'est, et où ma voiture m'attend. Attendez . . . , pour ne pas confondre vous demanderez si c'est la voiture de la Marquise de Villeparisis. Du reste vous verrez bien, elle a deux chevaux." C'était cela que je voulais qu'elle sût pour en prendre une grande idée de moi, et j'avais eu si peur qu'elle *refusât ma commission et* ne m'écoutât pas jusqu'au bout, que *pour avoir plus de ch* j'avais tenu la pièce de cinq francs devant ses yeux *avant de commencer à parler* (pour avoir plus de chances qu'elle acceptât la commission) avant de commencer ma phrase[6] et que je n'osai pas lever les yeux avant de l'avoir finie, de peur d'apercevoir un geste de refus qui

7. > *effroi*
8. > *ne pouvoir retrouver*

1. [MG, MI, INT] *Je Il me semblait que je venais de toucher l'esprit de cette fille avec des lèvres immatérielles et que je lui avais plu.* Elle se souviendrait de moi; *mon effroi Et* Je sentais *que venait de* se dissiper *en moi* mon effroi de ne pouvoir la retrouver. *Je venais de* Il me semblait que je venais de *la* toucher sa personne avec des lèvres invisibles et que je lui avais plu. Et cette prise de force de son esprit, cette possession immatérielle lui avait ôté de son mystère autant que fait la possession physique. Je *la regardai* levai les yeux sur elle et lui donnai la pièce. Alors je vis que ses joues brunes étaient couturées, ses yeux que j'avais cru[s] dédaigneux, et *infiniment* doux n'exprimaient qu'un empressement humble et stupide et pour dire [< *faire signe*] à ses compagnes quelque chose que je n'entendis pas mais qui était de veiller à son pot de poissons qu'elle leur montra, elle donna à sa bouche une forme grimaçante et vulgaire. Je songeais qu'il ne fallait pas la laisser aller jusqu'à la voiture où ma grand'mère et Madame de Villeparisis n'eussent pas compris pourquoi je l'avais envoyée. "Mais si ce n'est pas loin lui dis-je le plus simple est que je vienne avec vous." Et sitôt en vue du pâtissier; ["]je reconnais la vitrine lui dis-je c'est bien cela" et je pris congé d'elle. Elle resta à l'angle de la place à nous regarder partir avec des yeux écarquillés. Mais l'être que j'avais composé avec quelques traits aperçus de son visage et que d'autres avaient contredit, avec mon imagination qui m'avait *me l'avait fait jusque* fait supposer *inaccessible* en elle une hauteur que je pensais [illisible] qu'elle imaginait en moi, cet être n'existait plus. Il ne restait qu'une fille assez laide, avec un grand corps et un joli nez, et par laquelle il me fut indifférent d'être contemplé au moment glorieux où, aussitôt que je fus monté dans la

l'eût interrompue et m'eût ôté tout prétexte d'apprendre à cette villageoise que j'étais attendu par la voiture à deux chevaux d'une marquise. Mais quand j'eus prononcé les mots Marquise et deux chevaux *je sentis* soudain *en moi* un grand apaisement se fit en moi. *Mes Mon inquiétude*[7] *de ne jamais revoir*[8] *la belle fille s'était soudain dissipée,—mais avec elle une partie de mon désir de la retrouver.* Je sentis que je

248/643bis

[1]*La route avait souvent au-dessous d'elle la mer, quelquefois de très près quand elle descendait à l'approche d'une petite plage sur la place de laquelle nous nous arrêtions; quand je ne ressentais pas à la vue de la mer, comme il m'arrivait en ouvrant la fenêtre, une émotion qui la prenait dans son réseau et me la faisait comprendre tout entière, il arrivait souvent que de près quand nous nous arrêtions devant un casino, la vision purement de ce qu'était la mer la faisait rentrer dans le domaine des éléments physiques ou de la vie vulgaire et que ne pouvait plus ressaisir et aimer mon imagination déconcertée par la présence des baigneurs, la fumée des paquebots, l'humidité visible, la matérialité du flot; et quand la route avait remonté et que nous n'apercevions plus la mer que de très loin dans l'écartement des branches, alors elle me semblait figée, souvent je ne pouvais plus mettre de vie sous ces couleurs qui me semblaient inertes comme celles d'un tableau.*

voiture, celle-ci démarra, nous faisant faire un départ retentissant et solennel, aux yeux de tous les habitants de Briseville attirés *par le bruit* sur le pas de leur porte. alinéa.

2. Colinville
3. **l'odeur** humide du **petit** pavillon **des** Champs Elysées

1. ***un instant***
2. **que par l'imagination**
3. et **qui vous retraçait si bien le milieu dans lequel il se passe qu'**on avait fini par **s'y** croire
4. arbres qui ailleurs **devaient s'ouvrir** [< ***s'écarter***] **de la même manière sur un paysage** [< ***à l'entrée d'un lieu***] qui m'était familier.
5. qu'il *y avait* recouvrant
6. *où*
7. placés **trop loin *derrière un voile qu'* dont nos doigts allongés *par instants dans toute leur longueur***
8. ***dans toute* effleurent seulement par instant l'enveloppe sans arriver à rien saisir.**
9. ***dans toute leur longueur***

Une fois comme nous prenions une route de traverse qui descendait sur Couliville[2], je fus rempli de ce bonheur profond que je n'avais pas ressenti qu'une fois en respirant *une* odeur humide du pavillon *de chasse aux* Champs Elysées[3], depuis ces promenades autour de Combray où il me saisissait si souvent. Du strapontin où j'étais assis en face de ma grand'mère et de Madame de Villeparisis, je venais d'apercevoir en retrait de la route en dos d'âne que nous suivions trois arbres qui devaient être *à* l'entrée d'une allée couverte et formaient un dessin que je sentis en même temps qu'il passait devant mes yeux, palpiter dans mon cœur.

Dans ces lieux que je voyais pour la première fois ils intercalaient un fragment du site que je n'avais pas reconnu mais que

249/644

je sentais si bien m'avoir été familier autrefois que mon esprit ayant trébuché entre quelque année lointaine et le moment présent, les environs de Bricquebec vacillèrent et je me demandai[1] si toute cette promenade n'était pas une fiction, Cricquebec un endroit où je n'étais jamais allé[2], Madame de Villeparisis *qu'*un personnage de roman et les trois vieux arbres la réalité *qu'on était en train de lire* qu'on retrouve en levant les yeux de dessus le livre qu'on était en train de lire et *au milieu des aventures duquel* on avait fini par croire[3] *qu'on avait été* effectivement transporté. Cette illusion ne dura qu'une seconde, je sentis que les trois arbres n'étaient que pareils à trois autres arbres qui *donneraient* ailleurs *sur un paysage* qui m'était familier.[4] Mais lequel? Je les regardai, je les voyais bien, mais mon esprit sentait qu'il**s** recouvra**ien**t[5] quelque chose **sur quoi**[6] il n'avait pas prise, comme sur ces objets placés *à l'extrémité qui effleurent seulement notre main*[7] au bout de notre bras tendu,[8] *Nous avons bien allongé nos doigts*[9]*, ils touchent l'étoffe mais ne peuvent* ***rien*** *saisir ce qui est derrière.* Alors on se repose un moment pour jeter le bras en avant d'un élan plus fort et tâcher d'atteindre plus loin. Mais pour que mon esprit pût ainsi se rassembler,

10. s'*exaspérât*

11. Je **restai sans** pens**er** à rien

12. **ou plutôt dans cette direction intérieure *où je les voyais* au bout de laquelle je les voyais en moi-même.**

13. *comme*

1. **au fur et à mesure que la voiture s'avançait**

2. *nul lieu*

3. *semblable*

4. *province*

5. qu'ils ***vinssent*** [< ***appartinssent à mon***] **d'**années **déjà** si lointaines **de ma vie que le paysage qui les entourait avait *entièrement* été entièrement aboli dans ma mémoire**

6. *songeraient*

7. ces **paysages du** rêve **devant lesquels**

8. pour **l'attendre dans** un lieu

9. **comme Cricquebec?**

10. ***Appartenaient-ils***

11. **N'étaient-ils qu'une image toute nouvelle détachée** d'un rêve ***fait*** **de la nuit précédente mais déjà devenu si flottant et si vague *que je croy* qu'il me semblait venir de beaucoup plus loin?** *et que l'oubli qui l'entourait lui faisait une sorte de mystérieux passé?* **Ou bien ne les avais-je jamais vus et** cachaient-ils

12. telle *maison*

prendre son élan, il m'eût fallu être seul. Que j'aurais voulu pouvoir m'écarter comme je faisais dans les promenades du côté de Guermantes quand je m'isolais de mes parents. Je mis un instant ma main devant mes yeux pour pouvoir les fermer sans que Madame de Villeparisis **s'en aperçût**[10]. Je *ne* pensai à rien[11], puis de ma pensée ramassée, ressaisie avec plus de force, je bondis plus avant dans la direction des arbres,[12] Je sentis de nouveau derrière eux la même réalité **connue**[13]

250/645

mais vague et que je ne pus ramener à moi. Cependant tous trois[1] je les voyais approcher. Où les avais-je déjà vus? Il n'y avait **aucun lieu**[2] autour de Combray, ni du côté de Guermantes, ni du côté de Méséglise, où **une**[3] allée s'ouvrît ainsi. Le site qu'ils me rappelaient il n'y avait pas de place pour lui davantage dans cette **campagne**[4] allemande où j'étais allé une année avec ma grand'mère prendre les eaux. Fallait-il croire qu'ils **venaient** *des* années si lointaines *de ma première enfance qu'il était entièrement aboli pour moi*[5] et que comme ces pages qu'on est tout d'un coup ému de retrouver dans un ouvrage qu'on croyait n'avoir jamais lu, ils **surnageaient**[6] seuls du livre oublié de ma première enfance. Appartenaient-ils seulement au contraire à ces rêves *où*[7] je revivais en dormant *devant des paysages* toujours les mêmes, à cause de cela aussi connus quoique plus surnaturels que ceux de la terre, **l'effort que pendant la veille j'avais fait vers le mystère (et dont leur aspect étrange n'était que l'objectivation pendant le sommeil)** soit pour *le pénétrer au-delà d'*un lieu[8] derrière l'apparence duquel je le pressentais, comme cela m'était arrivé si souvent du côté de Guermantes, soit pour essayer de le **réintroduire dans** un lieu que j'avais désiré connaître et que du jour où je l'avais connu m'avait paru *comme Cricquebec* tout superficiel,[9] *ou bien comme appartenant.*[10, 11] *Le souvenir récent* d'un rêve *est aussi faible que celui d'une réalité ancienne, était- ce la nuit précédente en dormant que je les avais vus, et* cachaient-ils derrière eux comme tels arbres, tel **clocher**, telle **touffe de fleurs**[12] que j'avais vus

13. ***et* aussi difficile à saisir**
14. je croyais *l'être de* reconnaître

1. nonnes [!]
2. **de ma jeunesse, des amis**
3. **de les rendre à la vie.**
4. être *adoré* qui *se trouve privé* de parole
5. *devoir* [les abandonner]
6. **Bientôt *la voiture* à un croisement de routes, la voiture** les abandonn**a** [< abandonner].
7. *veux bien*
8. **d'où nous cherchions à nous hisser jusqu'à toi**
9. Et **quand la *route tournant où* voiture bifurquait,**
10. battait **d'**angoisse, **comme si à ce moment-là et pour toujours**
11. *parfois*

du côté de Guermantes **un sens aussi** obscur[13] qu'un passé lointain si bien que ***j'étais*** sollicité par eux d'approfondir une pensée *que*, je croyais **avoir à** reconnaître[14] un souvenir. Ou ne cachaient-ils **même** pas de pensée et était-ce une fatigue de ma vision qui me les faisait voir

251/646

doubles dans le temps comme on voit quelquefois double dans l'espace? Je ne savais. Cependant ils venaient vers moi; peut-être *une* apparition mythique, ronde de sorcières ou de no**r**nes[1], qui me proposaient leurs oracles. Je crus plutôt que c'étaient des fantômes du passé, de chers compagnons[2] disparus qui invoquaient nos souvenirs. Comme les ombres autour d'**E**née ils semblaient me demander de les emmener avec moi,[3] Dans leur gesticulation naïve et **passionnée** je reconnaissais le regret impuissant d'un être **aimé** qui **a perdu l'usage** de **la** parole[4] *et*, sait qu'il ne pourra **n**ous dire ce qu'il veut **et** que nous ne savons pas **deviner**.[5, 6] les abandonn**a**. *Et c'est le cœur battant avec une angoisse inexprimable que* **J**e les vis *eux aussi* s'éloigner en agitant leurs bras désespérés, semblant me dire: ce que tu n'apprends pas de nous aujourd'hui tu ne le sauras jamais. Si tu **nous laisses**[7] retomber au fond de ce chemin[8] toute une partie de toi-même qu**e** *plus tard* nous **t'**apportions tombera pour jamais au néant. En effet je ne sus **jamais plus tard** ce qu'ils voulaient me dire, ni où je les avais vus. Et *à ce moment-là même quand la voiture obliquait*[9] je leur tournai le dos et cessai de les voir, tandis que je répondais en souriant *à une question de* **à** Madame de Villeparisis me demandant pourquoi j'avais l'air rêveur, mon cœur battait *avec une* angoisse *inexplicable, car je sentais que c'était pour jamais que*[10] je venais de perdre un ami, de mourir à moi-même, de renier un mort **ou** de méconnaître un Dieu.

Le jour tombait **souvent**[11] avant que nous fussions de retour. Timidement je citais à Madame de Villeparisis en lui montrant la lune **dans le ciel**, quelque belle expression de Chateaubriand ou de Vigny, ou de Victor Hugo: "Elle répandait ce vieux secret de mélancolie"

1. *avec*
2. **tout en *leur* rendant**
3. ***dont vous me parlez.***
4. en lui **en parlant sur le ton que vous *aviez tout* preniez tout à l'heure**
5. **C'**était **un** homme de **bonne** compagnie **et aux éloges outrés de M. de Balzac (sous lesquels il y avait d'ailleurs une vilaine histoire d'argent)** avoua
6. [dact: avance]
7. **Vous me citez une grande phrase de** M. de Chateaubriand **sur le clair de lune. Je vous dirai que j'ai mes raisons pour y être réfractaire. M. de Chateaubriand** venait
8. **devant mon père,**
9. **et** dirigé **le** conclave
10. **et l'avait entendu faire**
11. les pronostics **les plus insensés.**
12. **je vous dirai qu'elles étaient**
13. on **lui** conseillait **d'emmener M. de Chateaubriand**

252/647

ou "pleurant **comme**[1] Diane au bord de ses fontaines" ou "L'ombre était nuptiale, auguste et solennelle." "Et vous trouvez cela beau? me disait-elle. Je vous dirai que je suis toujours étonnée de voir qu'on prend maintenant très au sérieux des choses que les amis de ces Messieurs et qui rendaient d'ailleurs[2] pleine justice à leurs qualités, étaient les premiers à plaisanter. C'est comme les romans de Stendhal,[3] Vous l'auriez beaucoup surpris en lui[4] *disant qu'il passerait à la postérité, seul Monsieur de Balzac (et il y avait* ***même*** *là-dessus même dit-elle d'un air bougon de vieille femme, une vilaine histoire d'argent) osa prononcer le nom de chef-d'œuvre.* [5]*Beyle qui* était homme de compagnie avoua[6] qu'il n'avait pu se retenir d'un éclat de rire. On ne prodiguait pas le nom de génie comme aujourd'hui, où si vous dites à un écrivain qu'il n'a que du talent il prend cela pour une injure. M. de Chateaubriand venait[7] bien souvent chez mon père. Il était du reste agréable quand on était seul parce qu'alors il était simple et amusant, mais dès qu'il y avait du monde il se mettait à poser et était *très* ridicule; [8]il prétendait avoir jeté sa démission à la face du roi, *avoir* dirigé *un* conclave[9], oubliant que mon père avait été chargé par lui de supplier le roi de le reprendre*; il avait entendu M. de Chateaubriand lui faire*[10] sur l'élection du pape des pronostics *qui n'ont jamais été réalisés.*[11] Quant à ses phrases sur le clair de lune *je ne pourrais jamais les aimer car je me rappelle trop combien cela était préparé et artificiel. C'était*[12] devenu**es** une charge à la maison. Chaque fois qu'il faisait clair de lune autour du château, s'il y avait quelque invité nouveau, *que Monsieur de Chateaubriand était avec lui,* on leur conseillait *à tous deux d'aller*[13] prendre l'air après le dîner. Quand ils revenaient mon père ne manquait

253/648

pas de prendre à part l'invité: "M. de Chateaubriand a été bien éloquent."—"Oh! oui."—"Il vous a parlé du clair de lune."—"Oui, comment savez-vous?"—"Attendez, ne vous a-t-il pas dit", et il lui citait la phrase. "Oui, mais par quel mystère"—

1. M. de Chateaubriand s**e** content**ait** de servir **toujours** un **même** morceau tout préparé.
2. **Au nom de Vigny elle se mit à rire. "Celui qui disait:**
3. **il n'y a rien à dire.**
4. *quelqu'une*
5. **—D'abord je ne suis pas sûre qu'il le fût et il était en tout cas** de très petite souche**, ce monsieur qui a parlé dans ses vers de son "cimier de gentilhomme", comme c'est de bon goût et comme c'est intéressant pour le lecteur." De même elle reprochait à Balzac**
6. **avait des camarades dans la jeunesse** romantique **était** entré **grâce à eux** à la première d'Hernani
7. tant il **avait** trouvé ridicules les vers d**e cet écrivain** [< ***ce poète***] doué
8. *écrivain*
9. *déclarations*
10. ***se retrouvant avec lui pour admirer les mêmes beautés,***
11. ***comme sans doute dans les musées***
12. *goût* ***élevé et clairvoyant***

1. [MS] ***Nous rentrions*** **Il fallait songer au retour.** ***Parfois*** **Madame de Villeparisis qui avait un certain sentiment de la nature—plus froid que celui de ma grand'mère mais se retrouvant avec lui pour admirer les mêmes beautés,—et qui sur les routes comme sans doute dans les musées, montrait ce goût élevé** ***qui*** **et clairvoyant qui distingue, qui**
2. dit **un jour** [< ***une fois***] au cocher
3. **de Cricquebec qu'on ne prend presque jamais et qui est bien plus**
4. d'**ormes** séculaires **qui transportèrent ma grand'mère.**
5. ***s'arrangeait à passer devant eux et à rentrer par la vieille route***

"Et il vous a parlé même du clair de lune dans la campagne romaine."—"Mais vous êtes sorcier". Mon père n'était pas sorcier mais M. de Chateaubriand s'*était* contenté de servir *à notre hôte pour l'étonner* un morceau tout préparé.[1] *Elle plaisantait M. de Vigny* qui disait *toujours*[2]: "Je suis le Comte Alfred de Vigny." On est comte ou on n'est pas comte, ça n'a aucune espèce d'importance,[3] Et peut-être trouvait-elle que cela en avait tout de même **un peu**[4] car elle ajoutait:[5] "*Il ne l'*était *d'ailleurs pas du tout et était* de très petite souche" *et reprochait à Balzac*, qu'elle s'étonnait de voir admiré par *un de* ses neveux, d'avoir prétendu peindre une société "où il n'était pas reçu", et dont il a raconté mille invraisemblances. Quant à M. Victor Hugo, elle nous disait que M. de Villeparisis son père qui[6] *donnait dans les idées nouvelles, avait eu quelque accointance avec des* romantique*s qui l'avaient fait* entre*r* à la première d' Hernani mais qu'il n'avait pu rester jusqu'au bout, tant il trouvait ridicules les vers d'*un écrivain* doué[7] mais exagéré et qui n'a reçu le titre de grand **poète**[8] qu'en vertu d'un marché fait, **et** comme récompense de l'indulgence intéressée qu'il a professée pour les dangereuses **divagations**[9] des socialistes.

Nous rentrions. Madame de Villeparisis qui avait un certain sentiment des beautés de la nature, beaucoup plus froid que celui de ma grand'mère, mais[10] *coïncidant avec lui, et montrant au milieu des routes*[11] *le même goût clairvoyant et noble*[12], *qui distingue, qui*

16732: 254/649 [cette page manque dans 16735]

[1]sait reconnaître *le vrai beau*, les choses plus belles d'autrefois, dis*ait* au cocher[2] de revenir par la vieille route[3], *qui était plus* belle que l'autre, plantée de *grands*[4] séculaires *que Madame de Villeparisis appréciait puisqu'elle allait*[5] *les voir, que c'était elle qui nous les avait fait connaître (personne ne passait par cette vieille route et sans elle nous ne les aurions* **sans doute** *jamais vus) mais sur*

6. [INT, MG, MI] **Madame de Villeparisis à cause du genre** d'éducation **et même de culture littéraire qu'elle avait reçue, avait trouvé ridicule de faire des** phrases admiratives **sur *eux* ces vieux ormes. Pourtant elle les appréciait puisqu'elle choisissait de rentrer par la vieille route pour passer devant eux et *que sans elle nous ne les aurions sans doute jamais vus. Notre admiration pouvait la faire sourire car elle* elle pouvait sourire de l'enthousiasme de ma grand'mère qui sans elle ne les eût jamais vus. *Elle était de ces gens à qui l'objet de nos admirati* Mais la longue familiarité *plus grande* de certaines personnes *lettrées ou* de goût avec les objets, plus récents pour nous, de nos admirations, ne prouve pas que chez elle l'admiration ait été la même. Madame de Villeparisis n'éprouvait pas une admiration en elle-même, ne cherchait pas à la comprendre, à l'analyser. Elle la laissait tomber immédiatement dans le domaine obscur de la vie** [< ***l'habitude***] **pratique et se composait ainsi des habitudes nobles qui pour les arts faisaient un beau cadre à sa vie, sans que pour elle-même son esprit s'y arrêtât beaucoup. Une fois que nous connûmes la vieille route, pour changer nous prenions pour le retour une route qui passait par la forêt** [< ***revenions en coupant par la forêt***] **si nous ne l'avions pas passée** [< ***prise*** < ***passée***] ***à l'aller*** **par la forêt à l'aller** [le texte est très confus à cet endroit], **nous prenions au retour une route qui la traversait, et pareille à d'autres *qu'on rencontre* de ce genre qu'on rencontre souvent en France, montant en pente assez raide, puis redescendant sur une assez grande longueur. Au moment même je ne lui trouvais pas un grand charme, j'étais seulement content de rentrer.**

7. *fleurs*

8. *ses*

9. Parfois **d'**une voiture **qui** passait à toute vitesse **une dame envoyait des bonjours à** Madame de Villeparisis.

lesquels, [6]*en personne bien élevée et* d'éducation *littéraire d'autrefois, elle ne faisait aucune* phrase**s** admirative**s**, *se contentait d'un geste et d'un mot de signaler ce qu'ils avaient de particulier et pendant sans doute que pour l'admiration qu'ils lui inspiraient il* [*sic*] *était de bonne éducation et de littérature à la Mérimée, ennemie du ridicule et du sentiment, elle était suffisamment prouvée par le plaisir qu'elle avait à rentrer par cette vieille route que nous n'aurions jamais connue sans elle, car personne n'y passait jamais. Ou bien si nous ne l'avions pas traversée à l'aller nous revenions par la forêt de l'Arbonne.* Il faisait frais, les **feuilles**[7] sentaient bon. Madame de Villeparisis jetait une couverture sur **mes**[8] jambes. Je commençais à avoir faim. Parfois une voiture passait à toute vitesse. Madame de Villeparisis *saluait.*[9] C'était la Princesse de Luxembourg qui allait dîner chez une de ses cousines, on apercevait au *lointain* village *entouré d'arbres comme une station suivante, plus*

10. un village ***d'où la brume se levait*** **et au delà, dans les arbres, comme un site plus éloigné, comme la localité suivante, distante et forestière**

11. **Mais cette route devint** [< **devait** ***rester dans ma mémoire***] **pour moi dans la suite une cause de joies** ***parce qu'elle*** **en restant dans ma mémoire comme une amorce où toutes les routes semblables sur lesquelles je passerais plus tard au cours d'une promenade ou d'un voyage s'embrancheraient aussitôt sans solution de continuité et pourraient grâce à elle, communiquer immédiatement avec moi-même.**

1. [MS, MG] **Car dès que la voiture ou l'automobile s'engageraient** [*sic*] **dans une de ces routes qui auraient l'air d'être la continuation de celle que je suivais avec Madame de Villeparisis, ce à quoi ma conscience actuelle se trouverait immédiatement appuyée comme à mon passé le plus récent, ce serait, (toutes les années intermédiaires se trouvant abolies,) aux impressions que j'avais ces fins d'après-midi-là en promenade près de**

2. ***, toute la transition des années intermédiaires étant abolie.***

3. de **libre respiration,**

4. **de gaieté**

5. **se renforceraient,**

6. **d'un cadre** d'existence

7. que j'**avais rarement l'occasion de** retrouver

8. *irrationnelle*

9. pour **me faire éprouver plus qu'**un sentiment

10. **exalté, impossible à assouvir qu'éveillent en nous certains lieux au milieu desquels nous passons, auxquels nous voudrions nous attacher, nous jurant**

11. **eux**

12. ***une station***

éloignée, forestière[10] et qu'on ne pourrait pas atteindre ce soir-là: le coucher du soleil. [11]*Que de fois passant bien des années plus tard, passant en voyage sur une route semblable, être assis sur un strapontin en face de Madame de Villeparisis, morte depuis, rencontrer la princesse de Luxembourg des arbres dans la brume commençante, dîner au Grand Hôtel de Cricquebec, ne m'est-il pas apparu comme un bonheur ineffable à la poursuite duquel on*

255/**649bis** [< *637*]

[1]*autour de* Cricquebec[2]. Raccordées à celles que j'éprouvais maintenant dans un autre pays, sur une route semblable, s'entourant de toutes les impressions accessoires[3] de curiosité, d'indolence, *de gaieté, de libre respiration,* d'appétit,[4] qui leur étaient communes, excluant toutes les autres, elles[5] prendraient la consistance d'un type particulier de plaisir, et presque d'existence[6], que je retrouve[7] rarement d'ailleurs, mais dans lequel le réveil des souvenirs mettait au milieu de la réalité **matériellement perçue** une part assez grande de réalité évoquée, songée, (et par conséquent non seulement belle mais **irretrouvable**[8]) pour *qu'elle éveillât en moi* un sentiment[9] esthétique, cette sorte de désir[10] *presque inassouvissable en rapport avec les choses au milieu desquelles on se trouve, qui fait qu'on s'y plaît avec une sorte d'exaltation, qu'on voudrait s'attacher à elle, qu'on se jure* de vivre désormais parmi *elles*[11] pour toujours.

Bien des années après, sur de telles routes, quelquefois à la fin de la journée, quand les feuilles sentent bon, que la brume s'élève, et qu'au delà du prochain village on aperçoit **entre les arbres** le coucher de soleil comme **un site**[12] *bien* plus éloigné,

13. **distante et forestière**
14. **tandis que je me souvenais de cet été à Cricquebec, que de fois**
15. **sur un strapontin**
16. **dans la forêt qui lui envoyait des bonjours de sa voiture**
17. **tard au Grand hôtel** *que de fois cela* **où les lumières seraient déjà allumées,**
18. que **le présent ni** l'avenir ne peu**vent** pas [*sic*]
19. [MG, MI] ***et avec un petit geste sobre de la main décrivait*** [< ***semblait nous montrer***] ***la forme d'églises qu'elle disait ressembler à celles devant lesquelles nous passions, l'attitude des personnages dans tel tableau d'autel qui s'y trouvait et bien qu'elle évitât toujours les termes techniques ne pouvait dissimuler qu'elle se souvenait très bien de ces œuvres dont elle parlait*** [< ***se rappelait exactement les œuvres qu'elle avait vues***]. ***Elle semblait chercher à s'en***

1. Nous **apercevions déjà** l'hôtel.
2. *électriques*
3. **douce et protectrice comme une lampe studieuse.**
4. [INT, MG] **dans la** chambre **qui avait fini par devenir réellement ma chambre, que revoir les grands rideaux et les bibliothèques basses c'était me retrouver seul avec moi-même. Et quand la voiture** *étant s'approchant de la porte, le concierge, le lift* **arrivait près des degrés de la porte, le concierge, les grooms, le lift, empressés, naïfs, vaguement inquiets, massés sur les degrés à nous attendre, c'était** *ces êtres* **hostiles, puis familiers, comme les choses, ces êtres qui changent tant de fois au cours de notre vie, comme nous changeons nous-même, mais dans lesquels au moment où ils sont pour un temps le miroir de nos habitudes, nous trouvons tant de douceur à nous sentir fidèlement et amicalement reflétés. Nous les préférons à des amis**

comme la localité suivante,[13] mais qu'on n'atteindra pas ce soir, que de fois,[14] *le bonheur d'*être assis[15] en face de Madame de Villeparisis, *de* croiser[16] *une dame en voiture dont elle disait, c'est* la Princesse de Luxembourg *et de*, rentrer dîner[17] *à Cricquebec*, ne m'est-il pas apparu comme un de ces bonheurs ineffables que l'avenir ne peut pas[18] nous rendre et qu'on ne goûte qu'une fois dans la vie.

Madame de Villeparisis avait souvent un mot juste pour définir le charme de ces paysages[19]*, semblait s'excuser de savoir si bien parler sur ce qu'un des châteaux de son père était dans une région qui*

256/650

voudrait employer et qu'on ne retrouve jamais deux fois dans la vie. Nous *arrivions en vue de* l'hôtel.[1] Et les globes **lumineux**[2] du hall, ces ennemis **fascinants** du premier soir *étaient* maintenant **c'était** pour moi la lumière amie du foyer,[3] C'était rentrer chez moi, retrouver[4] *dans ma* chambre *et dans l'attachement de tous ces serviteurs qui nous connaissaient jusque dans le lift même beaucoup de*

que nous n'avons pas vus depuis longtemps car ils contiennent plus de notre *présent* actuel nous-même.

5. [INT, MD] **descendions de voiture, aidés par beaucoup plus de serviteurs qu'il n'était nécessaire mais ils sentaient l'importance de la scène et se croyaient obligés d'y jouer un rôle, j'étais harassé, affamé.**

6. ***le dîner***

7. **avant de nous mettre à table et**

8. **en filant les sons,**

9. **vieille dame**

10. **sa crainte était au contraire**

11. **ce** pli **professionnel dans la personne du faubourg St Germain voyant toujours**

1. **certains jours,**

2. **elle peut,**

3. **avec eux prendre l'avance d'un solde**

4. **dîner**

5. *laissant*

6. **de bains de mer**

moi. Nous[5] *rentrions, j'étais fatigué, affamé, content, chacun de nous avait peur que les autres n'eussent eu froid pendant le retour.* Souvent pour ne pas trop retarder le moment de dîner, nous ne remontions pas *avant*[6] dans nos chambres *et*[7] nous attendions tous ensemble dans le hall le maître d'hôtel qui viendrait nous dire que nous étions servis. C'était encore l'occasion pour nous d'écouter Madame de Villeparisis. "Mais nous vous dérangeons; nous abusons de vous," disait ma grand'-mère. "Mais comment, je suis ravie, cela m'enchante" disait Madame de Villeparisis avec un sourire câlin,[8] sur un ton mélodieux, qui contrastaient [*sic*] avec sa simplicité coutumière de *bourgeoise*[9] un peu bougonne. C'est qu'en effet dans ces moments-là elle n'était pas naturelle, elle se souvenait de son éducation, des façons aristocratiques avec lesquelles une grande dame doit montrer à des bourgeois qu'elle est heureuse d'être avec eux, qu'elle est sans morgue. Et le seul manque de véritable politesse qu'il y eût en elle était **dans** l'excès de ses politesses. En ce qui nous concernait personnellement, Madame de Villeparisis avait certainement le désir de continuer avec nous dans son salon de Paris **des relations** auxquelles *elle craignait seulement*[10] que ma grand'mère ne mît fin en quittant **B**ricquebec. Mais elle avait pris une fois pour toutes[11] *le* pli *de la grande dame qui voyant* toujours

257/651

dans certains bourgeois, les mécontents qu'elle est destinée à faire[1] profiter avidement de toutes les occasions où *avec eux elle part*[2] dans le livre de compte de son amabilité[3] *arrive à un solde d'avance* créditeur, qui lui permettra prochainement d'inscrire à son déficit le *garden party*[4] ou le raout où elle ne les invitera pas. **Ainsi** le génie de sa caste, **agissant**[5] une fois pour toutes **et** ignorant *et* que les circonstances étaient autres, les personnes différentes et qu'à Paris Madame de Villeparisis nous inviterait sans cesse, la poussait cependant avec une ardeur fiévreuse et comme si le temps qui lui était concédé pour être aimable était court, à multiplier dans ses relations[6] avec nous, les envois de

7. **et les effusions verbales.**

8. *Némones*

9. *bel*

10. **cela, vous savez ces**

11. [MG, MI] ***qui sont si légèrement tressées, comme nouées aussi légèrement que des rubans*** **si souples que l'ébéniste parfois** ***les nouait comme un ruban*** **leur faisait former [<** ***faire*****] des petites coques, et des fleurs, comme des rubans qui nouent un bouquet**

12. disait-*il*

1. ***ajoutait-elle en se tournant vers ma grand'mère***

2. **à ma grand'mère**

3. ***d'avant la Révolution*** **qui venaient d'un autre temps et que déjà je ne comprenais pas**

4. < ***Choiseul*** < *Praslin*

5. [MG] **Et par le fait, ajoutait Mme de Villeparisis oubliant qu'elle** ***venait de*** **ne comprenait pas ce genre de nuances, n'eût-elle [été] que Madame de Choiseul que sa prétention aurait pu [<** ***pouvait parfaitement*****] se soutenir. Les Choiseul sont tout ce qu'il y a de plus grande maison, ils sortent d'une sœur du roi Louis le Gros, ils étaient vrais souverains de Bassigny. J'admets que nous l'emportions par les alliances et les illustrations, l'ancienneté est presque la même.**

6. **de cette question de préséance**

raisins, de roses et de melons, les prêts de livres *et* les promenades en voiture[7]. "Mais non, au contraire, **je suis charmée, restez, finissons** ensemble cette bonne journée. Donnez vos manteaux pour qu'on les remonte." Ma grand'mère les passait au directeur qui murmurait en les emportant qu'il n'était pas un domestique. "Je crois que ce Monsieur est froissé", disait Madame de Villeparisis. Il se croit probablement trop grand seigneur pour prendre votre manteau. Je vois encore le Duc de **Nemours**[8] quand j'étais encore bien petite entrant *dans son bel habit bleu* chez mon père qui habitait le dernier étage de l'hôtel Bouillon, avec un gros paquet sous le bras, des lettres et des journaux. Je crois voir le Prince dans son **joli**[9] habit bleu sous l'encadrement de notre porte qui avait de jolies boiseries, je crois que c'est Bagard qui faisait[10] *ces* fines baguettes[11] *comme des fuseaux, vous savez*. "Tenez, Cyrus, disait **le Prince**[12] à mon père, voilà ce que votre concierge m'a donné pour vous. Il m'a dit: Puisque vous allez chez M. le Comte ce n'est pas la peine que je monte les étages, mais prenez garde de ne pas gâter la ficelle.

258/652

J'espère que je n'ai rien abîmé, disait le Prince riant." Maintenant que vous avez donné vos affaires[1] asseyez-vous, tenez, mettez-vous là, disait-elle[2] en lui prenant la main." "Oh! si cela vous est égal *disait ma grand'mère*, pas dans ce fauteuil! Il est trop petit pour deux, **mais** trop grand pour moi seule, j'y serais mal."—"Vous me faites penser, car c'était tout à fait le même, **à** un fauteuil que j'ai eu longtemps mais que j'ai fini de ne pas pouvoir garder parce qu'il avait été donné à ma mère par la malheureuse duchesse de Praslin. Ma mère qui était pourtant la personne la plus simple du monde, mais qui avait **encore** des idées[3] *que je ne comprends pas* très bien, n'avait pas **d'abord** voulu se laisser présenter *d'abord* à Madame de **Praslin**[4] qui n'était que Melle Sebastiani, tandis que celle-ci parce qu'elle était duchesse trouvait que ce n'était pas à elle à se faire présenter.[5] Il *en* était résulté[6] des incidents comiques comme un déjeuner qui fut servi

7. **du genre de celui-ci et**
8. ***qui venait de la campagne***
9. *Elle*
10. à
11. **avait la bonne habitude de les prendre. Elle les avait souvent vu naître. C'est comme cela qu'on a de braves gens. Et c'est le premier des luxes.**

1. **ne serait**
2. **à M. de Larochefoucauld** [*sic*]
3. **à** ***sa femme*** **la Duchesse**
4. **aperçu sa femme qui était dans une baie du fond.**

en retard de plus d'une **grande** heure que mit l'une de ces dames à se résigner au premier pas. Elles étaient malgré cela devenues de grandes amies et elle avait donné à ma mère un fauteuil *de ce genre*[7] où, comme vous venez de faire, chacun refusait de s'asseoir. Un jour ma mère entend une calèche dans la cour de son hôtel. Elle demande à un petit domestique[8] qui c'est. "C'est Madame la Duchesse de La Rochefoucauld, Madame la Comtesse."—"Ah! bien je la recevrai." Au bout d'un quart d'heure personne. "**Hé bien** Madame la Duchesse de la Rochefoucauld? où est-elle donc?" "**Alle** [*sic*][9] est dans l'escalier, **A**[10] souffle, Madame la Comtesse", répond le petit domestique qui arriv**ait** depuis peu de la campagne où ma mère[11] *les prenait tous.* En effet la Duchesse de la Rochefoucauld

259/653

montait difficilement, était énorme, si énorme que quand elle entra ma mère eut un instant d'inquiétude en se demandant où elle pourrait prendre place. A ce moment le meuble donné par Madame de Praslin frappa ses yeux; Prenez donc la peine de vous asseoir dit ma mère en le lui avançant. Et la duchesse le remplit jusqu'aux bords. Elle était malgré cette, comment dire, cette . . . . importance, restée assez agréable. "Elle fait encore un certain effet quand elle entre" disait un de nos amis. "Elle en fait surtout quand elle sort" répondit ma mère qui avait le mot plus leste qu'il n'*est*[1] de mise aujourd'hui. Chez Madame de la Rochefoucauld même, on ne se gênait pas pour plaisanter, **devant** elle qui en riait la première, ses amples proportions. "Mais est-ce que vous êtes seul" demanda un jour[2] ma mère qui venait *lui* faire visite[3] et **qui** reçue à l'entrée par le mari, n'avait pas[4] *au premier moment aperçu la femme qui était assise dans un fauteuil.* "Est-ce que Madame de la Rochefoucauld n'est pas là, je ne la vois pas."—"Comme vous êtes aimable! répondit le Duc qui avec un des jugements les plus faux que j'aie jamais connus ne manquait pas d'un certain esprit.

Après le dîner, dans la chambre de ma grand'mère, en causant

5. **d'après les siennes**
6. **ma grand'mère**
7. *les*
8. **avoir** [< ***garder*** < ***avoir*** < *posséder*] ***de lui dans ses*** sur lui **dans des archives**

1. **Madame de Villeparisis**
2. **même par le nervosisme**, par **mon** penchant **maladif** à la tristesse
3. faisai**ent** ***mettre au-dessus*** **donner le premier rang aux** qualités **de pondération et de jugement particulières à** une société
4. où **l'on voit** fleuri**r** **l'**esprit **d'un** Doudan, **d'une** Mme de Sévigné,—***qualités*** **et** qui met**tent** plus de bonheur
5. **ont conduit**

avec elle, je contrôlais *auprès d'elle*[5] la justesse de mes impressions **si** favorables à Madame de Villeparisis. Et *elle*[6] m'approuvait pleinement. Mais aussitôt je lui soumettais mes doutes, mes scrupules. Madame de Villeparisis était-**elle** si intelligente que cela, étions-nous bien sincères au moment où nous l'admirions. Je lui rappelais ce qu'elle avait dit sur **de**[7] grands écrivains et **je** lui avouais que cela me faisait me demander non seulement si avoir connu un artiste, *posséder*[8] sur lui des documents inédits,

260/654

aide à le mieux comprendre, mais même si des qualités de mesure, de tact, de finesse, de modestie comme *elle*[1] avait, conduisaient à rien de bien précieux puisque ceux qui les possédèrent au plus haut degré ne furent que des Molé et des Vitrolles, et si leur absence qui peut rendre les relations quotidiennes désagréables, est bien grave, puisqu'elle n'a pas empêché de devenir Chateaubriand, Vigny, Hugo, Balzac, *à* des vaniteux qui n'avaient pas de jugement, qu'il était facile de railler, comme Bloch . . . Mais au nom de Bloch ma grand'mère se récriait. Elle profitait du contraste désagréable qu'il faisait avec Madame de Villeparisis pour reprendre l'éloge de celle-ci, d'abord parce qu'elle avait une sincère admiration pour elle. Ensuite parce que comme on dit que c'est l'intérêt de l'espèce qui guide en amour les préférences de chacun, et pour que l'enfant soit constitué de la façon la plus normale fait rechercher les femmes maigres aux hommes gras et les grasses aux maigres, de même c'était obscurément les exigences de mon bonheur[2] *qui risquait d'être compromis* par *un* penchant à la tristesse *ou névrosisme*, à l'isolement, qui lui faisait[3] *préférer les* qualités *de pondération et du jugement, les agréments d'*une société où je pourrais trouver une distraction, un apaisement, ***et** qui fut l'atmosphère **propice*** où fleurit *cet* esprit *dans* Doudan, Mme de Rémusat, voire de Mme de Sévigné qui met plus de bonheur, plus de dignité dans la vie que les raffinements opposés qui *conduisent*[5] un Beaudelaire [*sic*], un Poë à des souffrances, à une

6. **elle rappelait**

1. **telle phrase que Madame de Villeparisis avait dite et**
2. **elle** me l'avait **indiqué**
3. **trait spirituel**
4. [MG] **Je ne me plaisais avec les** ***autres personnes*** **gens** ***qu'elle ne connaissait pas*** **qu'en pensant que je pourrais les lui peindre dans ces [<** ***nos*****] causeries du soir où** ***je venais poser à ses pieds les remarques que j'avais faites à toute la journée et qui n'avaient pour moi d'autre prix que de*** **pour permettre à ma pensée d'entrer en contact avec la sienne et d'en connaître de nouveaux aspects,** ***car les images que j'avais prises de l'un ou de l'autre afin de les évoquer pour son divertissement et le mien où je lui montrais pour la divertir les images que j'avais pris[es] de l'un ou de l'autre de ces êtres*** **je venais lui apporter et lui soumettre les croquis que j'avais pris dans la journée d'après tous les êtres inexistants qui n'étaient pas elle. Car ma grand'mère**
5. **favorable**
6. **suprême, l'être**
7. **dont** je **n'avais qu'une connaissance** [< ***vue***] seconde
8. elle m'en dirait.
9. ***du soir***

déconsidération dont elle ne voulait pas pour son petit-fils. Elle redisait les jolis mots,[6] les gentilles attentions qu'avait eu[es] Madame de Villeparisis dans la journée. Je l'interrompais pour

261/**655** [< *654* [erreur] < *655*]

l'embrasser et lui demandais si elle avait remarqué[1] *tel trait particulier* et dans **la**quel[le] se marquait la femme qui tenait plus à sa naissance qu'elle ne l'avouait. **Ainsi** *lui* soumettai-je **à ma grand'mère** mes souvenirs de la journée car je ne savais jamais le degré d'estime et de goût que je devrais avoir pour quelqu'un que quand *ma grand'mère* me l'avait *assigné*[2]

Et **L**e plaisir d'un *joli mot*[3], ou d'un geste gentil, *ou d'un trait risible* je ne le goûtais que longtemps après les avoir remarqués quand je pouvais, entre deux baisers, les apprendre ou les rappeler à ma grand'mère.[4] *Et même elle* était pour moi plus qu'une cour suprême qui fixait une jurisprudence, plus que le milieu de culture *personnelle*[5] où des observations purement intellectuelles que j'avais faites, devenaient du bonheur. Elle était *pour moi* l'être[6] réel *par rapport* auquel toutes les personnes que nous fréquentions s'opposaient comme de falotes silhouettes[7] *que* je *ne voyais que d'une façon* seconde, à travers elle, qui n'existaient pour moi que parce qu'elle*s* m'en disai*ent*[8], *et qui ne pouvaient me donner du plaisir que celui que j'aurais à les lui peindre dans nos causeries*[9] *avec elle*. Souvent je lui disais: "Sans toi je ne pourrai pas vivre". *Ou si elle me demandait si j'aimais telle personne: "Je ne me plais avec elle que pour pouvoir en parler avec toi." Mais je n'avais pas besoin de le lui dire, elle pouvait le voir à la façon dont je lui parlais des autres: je mettais à ses pieds ces observations que j'avais faites le soir pour qu'elle la mît au point, et qui n'avaient d'autre prix que de permettre à ma pensée d'entrer en contact avec la sienne et d'en connaître de nouveaux aspects, toutes ces images des autres que j'avais évoquées pour notre divertissement évanouies dans l'univers extérieur devenu irréel. "Je ne pouvais vivre sans toi lui*

1. **me répondit-elle d'une voix troublée. Il faut nous faire un cœur plus dur que cela.**
2. ***au contraire que si je partais en voyage je pourrais***
3. **la *pensée***
4. [MG, MI] **grand'mère sortit un instant de la chambre. *Et le soir* Mais le *soir je* lendemain je *parlai* me mis à parler de *certains* philosophie sujet sur lequel ma** [blanc] **je dis que pour la plus récente et après les questions essentielles** [< ***Et quand je l'eus assurée qu'il avait du génie, qu'il détenait sur***] [texte très confus] **tout ce qu'on pouvait savoir de vérité, alors je lui dis que ce philosophe et avec lui les plus grands savants. *Sujet* Matière sur laquelle ma grand'mère s'en rapportait beaucoup à moi. Et je dis sur le ton le plus indifférent que je pus, et en m'arrangeant pour que ma grand'mère fît attention à mes paroles, que c'était curieux, qu'après les dernières découvertes de la science le matérialisme semblait ruiné et que le plus probable était encore l'éternité des âmes et leur réunion. alinéa.**
5. **se prendre**
6. **je serais son meilleur** ami; **et quand, avant son arrivée, sa tante avait**
7. **malheureusement**
8. **comme j'étais persuadé que ce genre d'amours finissait fatalement par la folie, le crime et le suicide, pensant au temps si court qui était réservé à notre amitié, déjà si grande dans mon cœur sans que je l'eusse encore vu, je pleurai sur elle et sur les malheurs qui l'attendaient comme sur un être cher dont un médecin vient de vous apprendre qu'il est** [< ***était***] **gravement atteint et que ses jours sont comptés.**
9. **jaunissait**

262/65**6** [< 655]

disais-je". Elle en semblait alarmée. "Mais il ne faut pas *dire cela.*[1] *Si je partais en voyage j'espère*[2] *que tu serais au contraire très raisonnable et très heureux.* ***J'espère*** **Sans cela que deviendrais-tu si je partais en voyage. J'espère au contraire que tu serais très raisonnable et très heureux."—"Je saurais être raisonnable si tu partais pour quelques jours mais je compterais les heures."—"Mais si je partais pour des mois . . . (A cette seule idée mon cœur se serrait) pour des années . . . . pour . . . ." Nous nous taisions tous les deux. Nous n'osions pas nous regarder. Pourtant le sentiment[3] de son angoisse fut plus fort que la mienne. Je m'approchai de la fenêtre *mais* et distinctement je lui dis, "Tu sais *que* comme je suis un être d'habitudes. Les premiers jours où je viens d'être séparé des gens que j'aime le plus, je suis malheureux. Mais tout en les aimant toujours autant je m'habitue, ma vie devient calme, douce; je supporterais d'être séparé d'eux, des mois, des années.**["] **Je ne pus pas en dire plus, je regardais par la fenêtre. Ma**[4]

Bientôt Madame de Villeparisis cessa de nous voir aussi souvent. Un jeune neveu récemment entré à St Cyr dont elle attendait la visite pour quelques semaines était arrivé et elle passait beaucoup de son temps avec lui. Elle nous *en* avait parlé **de lui** au cours de nos promenades, vantant son intelligence, surtout son cœur, et déjà je me figurais qu'il allait *avoir*[5] de *la* sympathie pour moi, que[6] *nous serions* amis *pour la vie quand je vis qu'elle avait* laissé entendre à ma grand'mère qu'il était[7] tombé dans les griffes d'une mauvaise femme dont il était fou et qui ne le lâcherait pas,[8] *Déjà je le voyais, devenant fou, se tuant, et je pleurais sur notre amitié vouée à une fin si proche, comme sur un être cher qu'on sait condamné.*

Un jour de grande chaleur j'étais dans la salle à manger de l'hôtel qu'on avait laissée à demi dans l'obscurité pour la protéger du soleil en tirant des rideaux qu'il *blondissait*[9] et qui par leurs

1. **sur personne**
2. **et le beau temps**
3. **son** visage et **ses** cheveux **étaient** d'une blondeur
4. et ses paupières **dans leur mince écartement** laissaient passer
5. **vert**
6. **le comte de Beauvais,**
7. [MD] **Devant lui voltigeait son monocle qu'il semblait poursuivre comme un papillon.**
8. **certains**
9. choisissent **pour leur modèle** un cadre **approprié, pelouse**
10. [MG] **de polo, de golf, champ de courses, entreport** [*sic*] **de yacht,**
11. équivalent moderne de ce**s** ***tableaux*** **toiles** ***des*** **où les** primitifs ***qui*** faisaient
12. **et tandis que son monocle, un moment posé et captif, reprenait sur la route ensoleillée ses ébats lumineux et ailés, avec** ***la maîtrise qu'*** **l'élégance et la maîtrise qu'**
13. **le neveu de Mme de Villeparisis décacheta**
14. **de l'hôtel**
15. **et prenant les guides que** ***le cocher*** **lui passa le cocher, s'assit à côté de lui et**

263/657

interstices laissaient passer le clignotement bleu de la mer, quand je vis passer · dans le hall *attenant à la salle à manger et* qui, traversait toute la largeur de l'hôtel, allant de la plage à la route, un *grand* jeune homme, habillé d'une étoffe grise presque blanche comme je n'en avais jamais vue[1] *à aucun jeune homme, et,* comme je n'aurais jamais cru qu'aucun **homme** osât en porter, dont la fraîcheur évidente évoquait autant que **celle** de la salle à manger la chaleur[2] du dehors, *d'un* visage et *de* cheveux d'une blondeur[3] qui semblait dû[e] à l'absorption, comme dans le raisin ou le miel, à l'absorption des rayons du soleil et *qui par l'écart* des paupières laissaient passer[4] un œil *bleu*[5] et bougeant de la couleur de la mer. C'était le neveu de Madame de Villeparisis,[6] qui était arrivé le matin.[7] *Comme* **I**l venait de la plage et la mer qui remplissait jusqu'à mi-hauteur le vitrage du hall, lui faisait un fond sur lequel il se détachait en pied, comme dans *ces*[8] portraits d'aujourd'hui *où* **d**es peintres intelligents prétendent sans **tricher** en rien sur l'observation la plus exacte de la vie actuelle mais en choisissent un cadre *opposé,*[9, 10] donner un équivalent moderne de ce *que faisaient les* primitifs, *quand ils* faisaient[11] apparaître la figure humaine au premier plan d'un paysage. Une voiture à deux chevaux l'attendait devant la porte;[12] *avec la sûreté avec laquelle* un grand pianiste trouve le moyen de montrer dans le trait le plus simple, où on n'aurait pas pu croire qu'il saurait se montrer **supérieur** à un exécutant de deuxième ordre, *il prit*[13] une lettre que le directeur[14] lui donna, *monta sur le siège et*[15] fit partir les bêtes *pendant qu'un petit groom se tenait derrière la voiture; Madame de Villeparisis nous avait pendant nos promenades parlé de son intelligence, de son cœur. Je m'étais*

264/658

figuré qu'il avait une profonde sympathie pour moi, et quand à son arrivée sa tante avait laissé entendre à ma grand'mère qu'il était malheureusement tombé dans les griffes d'une mauvaise femme et qui ne le lâcherait pas, supposant qu'il en perdrait la raison, commettrait des crimes et finirait par se tuer, et pensant au temps si court qui était offert

1. Quelle déception j'éprouvai **les jours suivants quand**, chaque fois que je le rencontrai **dehors**,
2. **autour de son monocle fugitif et dansant qui semblait**
3. [INT] **en voyant** [< *de voir*] **qu'il ne cherchait pas à se rapprocher de nous et ne nous saluait pas quoique il** [*sic*] **ne pût ignorer que nous étions les amis de sa tante. Et me rappelant l'amabilité que m'avaient témoignée Madame de Villeparisis et avant elle M. de Montfort je pensais que peut'être ils n'étaient que des nobles pour rire et qu'un article secret des lois qui gouvernent l'aristocratie y permettait peut'être aux femmes et aux marquis de manquer dans leurs rapports avec les roturiers, et pour une raison qui m'échappait, à la morgue que devaient au contraire pratiquer impitoyablement les jeunes Comtes. Cette morgue que je devinais chez M. de Beauvais, son mépris** ***à notre*** **pour nous et tout ce qu'il supposait de dureté naturelle, se trouva vérifié chaque jour par son attitude** ***à notre égard.*** **Chaque fois que nous passions à côté de lui dans l'hôtel ou dehors il posait sur nous un regard impassible, implacable, dépouillé de ce vague respect pour les droits d'une autre existence qu'on a en face d'une créature humaine, ne la connaît-on pas, et comme s'il ne nous distinguait pas des meubles du hall ou des pierres du chemin. Et cette preuve que ces regards,**
4. ***du chemin.***
5. [MG, MI] ***Me rappelant l'amabilité que m'avaient montrée Mme de Villeparisis et M. de Monfort, je pensais qu'ils occupaient—même la tante par rapport à son neveu—un rang inférieur dans l'aristocratie et que peut'être un article secret des lois qui la gouvernent y permettait aux femmes d'y frayer avec les roturiers mais le défendait aux hommes ou du moins aux marquis à qui la morgue avait été réservée en apanage et auxquels aucun comte n'adressait jamais la parole.***
6. *que* ***le Comte de Beauvais***

à notre amitié que dans mon imagination et sans que je l'eusse jamais vu, avait déjà fait de grands progrès et se trouvait vouée à tant de malheurs, je pleurai sur elle, comme sur un être cher qu'on sait condamné. Mais quelle déception, j'éprouvai chaque fois que je le rencontrai *sur un chemin*[1], ou dans l'hôtel ne nous saluant pas, équilibrant perpétuellement les mouvements de ses **membres**[2] *et comme s'il eût été* leur centre de gravité—*autour d'un monocle voltigeant qu'il laissait tomber et ratrappait sans cesse,*[3] *je vis que non seulement il ne nous saluait pas, mais qu'il fixait sur nous un regard impassible, presque impalpable comme s'il ne nous avait pas distingué*[s] *des meubles du hall ou des arbres de la route.*[4, 5] *Je pensais que peut-être un article secret de la loi qui gouverne l'aristocratie y permettait à une femme mais y défendait à un jeune homme de frayer avec les roturiers ou que ceux-ci pourraient connaître des marquis mais qu'un comte ne leur adresserait jamais la parole. Mais ce regard impassible qu'il*[6] *avait devant nous,*

7. *quelle profonde bonté était la sienne*
8. *me dis que*
9. *attribue au*
10. *ses qualités de cœur*
11. *légitime et honorable*

1. [MS, MG] **cette attitude venaient apporter ainsi à mon hypothèse sur sa nature insensible, orgueilleuse et méchante, en avaient fait une certitude morale si absolue que quand Mme de Villeparisis sans doute pour tâcher d'effacer la mauvaise impression que devait nous causer cette attitude dont elle était sans doute elle-même gênée, nous parla de l'inépuisable bonté**[< ***du cœur si généreux, si bon***] **de son neveu, j'admirai comme dans le monde** ***on attribue*** **au mépris de toute vérité et sans doute pour donner une apparence honorable et légitime au goût qu'on a pour eux,** ***à des*** **on attribue des qualités de cœur à des êtres qui sont peut'être aimables avec des gens brillants comme eux mais qui font penser à l'égard du reste de l'humanité d'une sécheresse affreuse. D'ailleurs devant Madame de Villeparisis même il ajouta une confirmation nouvelle à la loi d'ailleurs déjà bien établie par moi, de sa nature. Car un jour où**
2. ***peut'être***
3. **avec sa tante** [< ***Madame de Villeparisis***]
4. **où elle ne put faire autrement que**
5. **tandis que mécaniquement**
6. *vis*
7. *restés* les même*s*
8. **d'où était absente la virtualité de toute**

impliquait plus que la pratique de ces rites, une insolence, une méchanceté naturelles. Et quand j'entendais Madame de Villeparisis nous dire ensuite, sans doute pour excuser son attitude, quel[7] *cœur il avait, quelle charmante bonté, je pensais*[8] *combien dans le monde on fait*[9] *un mépris de toute la vérité, on donne la qualité*[10] *de bonté—sans doute pour donner une apparence vertueuse*[11] *à l'attrait qu'on éprouve pour eux à des*

265/659

[1] *êtres qui peuvent être aimables*[2] *avec les gens brillants qui* **montrent** *envers le reste de l'humanité une dureté implacable. Et quand un jour* je le rencontrai[3] dans un chemin étroit[4] *Madame de Villeparisis qui était avec lui, Elle fut obligée* de me présenter, *Son visage, son regard restèrent aussi insensibles que s'il n'avait pas entendu ce que disait sa tante, et tandis que mécaniquement*[5] il jetait en avant sa main que je **pris**[6], son visage dont aucun muscle ne bougea **resta** le même[7] que s'il n'avait pas entendu que sa tante me nommait et *dans* ses yeux où ne se forma aucun regard, *l'absence d'aucune*[8]

9. **ne se contentèrent *même* plus de garder l'insensibilité [< *l'indifférence*] qu'ils auraient eue *s'ils avaient eu en face d'eux un objet inanimé ou s'ils n'avaient été qu'un eux-mêmes* d'un miroir sans vie; *Cette insensibilité* ils *la poussèrent à un degré où la créature vivante se révélait avec un* l'outrèrent [< *accentuèrent* < *outrèrent*] à un degré où la créature vivante se révélait derrière la prunelle morte par**

10. **qui ne connaissait pas les objets inanimés,**

11. **des yeux**

12. devant **eux** une **personne pensante non loin** de qui

13. **alinéa**

14. **il se trouva que cette attitude qui confirmait [< *corroborait*] si bien *la suppos* les sentiments que je lui avais prêtés était**

15. le **résultat**

16. une **habitude [< *un usage*] mondaine—particulière d'ailleurs à sa famille sous cette forme extrême—et à laquelle on avait plié *son corps dès son enfance, de même qu'il fallait*** [illis.] ***encore une habitude du même genre dans la rapidité fébrile avec* son corps dès son enfance; comme celle qu'il avait prise aussi [< comme *à cette autre encore*]**

17. **de notre rencontre**

18. *avait* été

1. *corps*

2. **avait d'estime et de curiosité que pour les choses de l'esprit, surtout pour**

3. imbu*e* ***d'ailleurs*** **d'autre part**

4. **rempli du**

5. **comme en toutes choses. Or**

6. **sans doute**

sympathie possible,[9] *qu'il aurait eu s'il avait eu devant lui un tas de cailloux ou une brouette, il le garda en face de moi ou plutôt il l'accentua légèrement. Son œil avait pris quelque chose ou plus que l'insensibilité d'un miroir. La créature vivante s'y révélait par* une *légère* exagération dans l'inanimé de l'apparence,[10] par la trace d'**un** effort pour expulser *du regard*[11] la notion qu'il pouvait y avoir devant *lui* une *pensée humaine près* de qui[12] sa main avait été projetée par l'avant-bras, et non tendue par **l**a volonté.[13]

Or *c'était*[14] tout simplement l'*effet* d'une *habitude*[16] *à laquelle on avait plié son corps dès son enfance, de même que la rapidité fébrile avec laquelle me voyant le lendemain à côté de ma grand'mère il me demanda: comme celle* de se faire présenter immédiatement aux parents de quelqu'un qu'il connaissait, et qui était devenue chez lui si instinctive que me voyant le lendemain[17] il fonça sur moi et sans me dire bonjour me demanda de le nommer à ma grand'mère qui était auprès de moi, avec la même rapidité fébrile que si cette requête **eût** été[18] quelque réflexe défensif, comme le geste de parer un

266/660

coup[1] ou de fermer les yeux devant un jet d'eau bouillante et sans le préservatif duquel il y eût un péril à demeurer une seconde de plus. Mais ces formalités remplies je vis que ce jeunc homme qui avait l'air d'un aristocrate et d'un sportsman dédaigneux n'*était envieux de*[2] ces manifestations modernistes de la littérature et de l'art qui semblaient si ridicules à sa tante, imbu[3] de ce qu'elle appelait les déclamations socialistes, *avait le*[4] plus profond mépris pour sa caste et passa**n**t des heures à étudier Proudhon. Dès le premier jour il fit la conquête de ma grand'mère non seulement par la bonté incessante qu'il s'ingéniait à nous témoigner à tous deux mais par le naturel qu'il *y* mettait[5] le naturel *qui était de toutes les qualités celle qu'elle prisait le plus en toutes choses*[6] parce qu**e** *elle, elle y laissait,* sous l'art de

7. **il** [< *elle*] **laissa**
8. **était la qualité que ma grand'mère préférait à toutes, tant**
9. **ne voulait** pas
10. **particulière**
11. *presque*
12. Elle **le prisait** davantage **encore**
13. **que ce jeune homme *avait* riche avait**
14. **en même temps que**
15. **physiologiques de**
16. **> *la plus légère* > une**

1. *expressif*
2. [MG] **une grimace de plaisir s'emparait *de son visage* aussi irrésistiblement de son visage que font certains éternuements ou certains fou-rires** [*sic*]
3. ***une grimace de plaisir qu'on***
4. **et ma grand'mère était infiniment sensible à cette**
5. [MG] ***et dont l'incarnat était aussi charmant qu'est celui de la pudeur;***
6. **et cet incarnat passager de la franchise** [< ***véracité*** < ***simplicité***] **et de l'innocence et qui chez lui d'ailleurs ne trompait pas. Mais chez bien d'autres sa sincérité physiologique n'exclut nullement la duplicité morale; bien souvent il**
7. *son pouvoir*
8. **Mais *n'étant sans* où ma grand'mère adorait surtout le naturel de Beauvais c'était dans sa façon d'avouer sans aucun détour la sympathie qu'il avait pour moi, et *qu'il exprimait* pour l'expression de laquelle il avait** [< ***trouvait***] **de ces mots comme *elle n'eût pas pour elle* ma grand'mère n'eût pas pu en trouver disait-elle de plus justes et vraiment aimants et qu'eussent contresignés "Sévigné et Charlus".**

l'homme,[7] sentir la nature—[8]dans les jardins où elle n'aimait pas qu'il y eût comme dans celui de Combray des plates-bandes trop régulières, **qu'**en cuisine où elle détestait ces "pièces" montées dans lesquelles on reconnaît à peine les aliments qui ont servi à le**s** faire, **ou** dans l'interprétation pianistique qu'elle n'*aimait* pas[9] trop fignolée, trop léchée, ayant même pour les notes accrochées de Rubinstein une complaisance *excessive*[10]—. **C**e naturel elle le goûtait **jusque**[11] dans les vêtements de Montargis d'une élégance souple sans rien de "gommeux" ni de "compassé", sans raideur et sans empois. Elle l'appréciait davantage[12] dans **l**a façon négligente et libre[13] d'user du luxe *et aussi de*, **sans "sentir** l'argent," sans en être gonflé, *ni* sans airs importants; elle en retrouvait **même** le charme dans l'incapacité qu'il avait gardée et qui généralement disparaît avec l'enfance *et avec*[14] certaines particularités *à*[15] cet âge—d'empêcher son visage de refléter *une*[16] émotion. Quelque chose qu'il désirait par exemple et sur quoi il n'avait

267/661

pas compté, ne fût-ce qu'un compliment, faisait se dégager en lui un plaisir si brusque et brûlant, si volatile, si **expansif**[1], qu'il lui était impossible de le contenir et de le cacher;[2] *son visage ne pouvait* ***pas plus réprimer***[3] *certains éternuements ou certains fous-rires*, la peau trop fine de ses joues laissait **transparaître** une vive rougeur; ses yeux reflétaient la confusion et la joie;[4] gracieuse apparence *de la sincérité et l'innocence qui chez lui ne trompait pas*[5] *mais qui souvent*[6] prouve simplement la vivacité avec laquelle ressentant le plaisir jusqu'à être dés**armées** devant lui et à être forcées de **le** confesser **aux autres**[7], des natures capables d'ailleurs des fourberies les plus viles pour l'obtenir. *et plus que tout dans la simplicité avec laquelle il avouait une sympathie qu'il exprimait par de ces mots justes et vraiment aimants où son cœur clairvoyant de grand'mère ne se trompait pas;*[8] *et aussi disait Sévigné et Charlus*, **il** ne se gênait pas **pour** plaisanter mes défauts—qu'il avait démêlés avec une finesse dont elle était

9. mais *de* les plaisanter

10. les réserves **et** l**a** froideur **grâce aux**quelles

11. **se donner**

12. **montrait**

13. m'en **fusse** aperç**u**

14. **le soir**

15. **triste ou**

16. **du pont de vue de**

17. ***trouvant presque* ma grand'mère trouvait presque excessive, mais qui comme *marq* preuve d'**

1. *facilement*

2. **et** il **disait**

3. comme **s'il eût parlé** de quelque chose **d'important**

4. **eût** existé

5. qu'**il m'était possible de ressentir**

6. **parlais**

7. **mon esprit faisait volte-face,**

8. qu'**il** dirigeait **ses** pensée**s et quand elles suivaient ce sens inverse elles** ne me donnai**ent** aucun **plaisir**.

9. [MG, MI] **Une fois que je l'avais quitté je *tâchais de reconnaître donnais des* mettais à l'aide de mots de l'ordre dans les minutes confuses que j'avais passées avec lui; je me disais que j'avais un bon ami, qu'un bon ami est une chose rare et je goûtais ce plaisir de me sentir *des biens* entouré de biens difficiles à acquérir qui était justement l'opposé du plaisir qui m'était naturel, le plaisir d'avoir extrait de moi-même et amené à la lumière quelque chose qui y était caché dans le pénombre. Si j'avais passé deux ou trois heures à causer avec Montargis et qu'il eût admiré ce que je lui disais, j'éprouvais une sorte de remords, de regret, de fatigue de ne pas être resté seul et de m'être enfin mis à travailler. Mais je me disais qu'on**

amusée, mais les plaisant**ait**[9] comme elle-même avait fait avec tendresse, exalta**nt au contraire** mes qualités avec une chaleur, un abandon qui ne connaissait pas les réserves de sa froideur *par les*quelles[10] les jeunes gens de son âge croient généralement prendre[11] de l'importance. Et il avait[12] à prévenir mes moindres malaises, à remettre des couvertures sur mes jambes si le temps fraîchissait sans que je m'en aperço*ive*[13], à s'arranger sans le dire à rester plus tard, *à dîner*[14] avec moi s'il me sentait[15] mal disposé, une vigilance que,[16] *ma grand'mère trouvait presque excessive. L'intérêt de* ma santé pour laquelle plus d'endurcissement eût peut-être été préférable,[17] *mais qui comme marque de son* affection pour moi la touchait profondément.

268/662

Il fut bien vite convenu **tacitement**[1] entre nous que nous étions devenus **de** grands amis pour toujours, *qu'*il *me parlait de*[2] "notre amitié" comme *de* quelque chose d*e grand*[3] et de délicieux qui exist*ait*[4] en dehors de nous-mêmes et qu'il appela bientôt—en mettant à part son amour pour sa maîtresse—la meilleure joie de sa vie. **C**es paroles me causaient une sorte de tristesse, et j'étais embarrassé pour y répondre, car je n'éprouvais à me trouver, à causer avec lui—et sans doute c'eût été de même avec tout autre—rien de cette joie qu*e je pouvais avoir*[5] quand j'étais seul. Alors **quelqucfois**, jc sentais *quelquefois* affluer du fond de moi quelqu'une de ces impressions qui me donnaient un bien-être délicieux. Mais dès que j'étais avec Montargis, que je *causais*[6] avec quelqu'un,[7] c'était vers cet interlocuteur et non vers moi-même[8] qu*e se* dirigeait *ma* pensée *laquelle quand elle suivait cette direction inverse* ne me donnait aucun*e joie.*[9] *S'il avait l'air d'admirer ce que je disais, si une conversation avait paru lui faire*

n'est pas intelligent que pour soi-même, que les plus grands désirent être appréciés, que je ne pouvais pas considérer comme perdues les heures où j'avais bâti une grande idée de moi dans l'esprit de mon ami et si je n'éprouvais rien de la joie [< du *plaisir*] que j'avais eu[e] à éclaircir la plus petite pensée de moi, du moins je me

10. [INT, MD] **facilement que je devais être heureux et je souhaitais d'autant plus vivement que ce bonheur ne me fût jamais enlevé que je ne l'avais pas ressenti. On craint plus que de tous les autres la disparition des biens qui n'existent en dehors de nous que parce que notre cœur ne** ***les*** **s'en est pas** ***passé de*** **emparé.** ***Je me sentais***

11. **la** joie

12. **la joie de**

13. **en Beauvais**

1. **dont j'avais compris l'harmonie.**

2. **cherchait à** approfondir

3. [MD] **à retrouver toujours en lui le noble—antérieur à la propre naissance de Beauvais et quoiqu'il** ***eût*** **aspirait** [*sic*] **lui-même à être tout autre chose,—**

4. **intime et**

5. ***de Beauvais***

6. **Dans l'agilité**

7. < ***la simplicité aisée*** < *l'aisance*

8. à **ma** grand'**mère**

9. **et l'y faisait monter, dans son adresse et à sa simplicité à sauter du siège**

10. ***musculaire***

11. > ***malgré*** le goût > **à côté du** goût

12. **avait d'elle rien que pour pouvoir mieux faire fête à ses amis,** ***la lui faisait***

13. à **leurs** pieds

14. ***et*** grâce à **quoi**

15. **à Beauvais**

plaisir, je me persuadais[10] *aisément que j'en devais être heureux, mais je n'en éprouvais aucun plaisir.* Je me sentais capable d'exercer les vertus de l'amitié mieux que beaucoup, parce que je ferais toujours passer le bien de mes amis avant ces intérêts personnels auxquels *tant* d'autres sont attachés et qui ne comptaient pas pour moi. Mais je me sentais incapable de connaître *les* joies[11] par tout sentiment qui au lieu d'accroître les différences qu'il y avait entre mon âme et celles des autres—comme il y en a entre les âmes de chacun de nous—les aplanirait, et notamment *les joies de*[12] l'amitié. En revanche par moments *en Montargis* ma pensée démêlait[13] un être plus général que lui-même

269/663

"le noble", qui comme un esprit **intérieur** mouvait ses membres, ordonnait *harmonieusement* ses gestes et ses actions, alors à ces moments-là quoique près de lui j'étais seul comme je l'eusse été devant un paysage[1]. **Il** n'était plus qu'un objet que ma rêverie *essayait d'*approfondir.[2] J'éprouvais de la joie[3] mais c'était une joie *intérieure et*[4] solitaire et non pas une joie d'amitié. *Je sentais le noble—antérieur à **l**a propre naissance*[5] *et quoiqu'il aspirât à être tout autre chose—dans l'égalité*[6] morale et physique qui donnait tant de grâce à son amabilité, dans **l'aisance**[7] avec laquelle il offrait à *un* grand[8] sa voiture[9] *ou sautait du siège*, quand il avait peur que j'eusse froid, pour jeter son propre manteau sur mes épaules, je ne sentais pas seulement la souplesse[10] héréditaire des grands chasseurs qu'avaient été depuis des générations les ancêtres de ce jeune homme qui ne prétendait qu'à l'intellectualité, leur dédain de la richesse qui subsista**n**t chez lui *avec le* goût[11] qu'il[12] *en avait*, lui faisait mettre si négligemment son luxe aux pieds[13] *de ses amis et seulement pour leur mieux faire fête*; j'y sentais surtout la certitude ou l'illusion qu'avaient eu[es] ces grands seigneurs d'être "plus que les autres" grâce à *laquelle*[14] ils n'avaient pu *lui* léguer[15] ce désir de montrer qu'on est "autant qu'eux", cette peur de paraître trop empressé, qui lui était en

16. **enhardit de**
17. **plus sincère**
18. **le jeu de**
19. **comme** harmonieusement **réglées**

1. **ces qualités** [< ***valeurs***] **personnelles**, et intellectuelle*s* **et morale** à **la**quelle*s* [*sic*]
2. *Mais cependant*
3. **mentale**
4. **froisser**
5. **commettait une erreur mondaine, *ou***
6. ***préventivement***
7. **comme si ç'avait été lui le coupable,**

effet vraiment inconnu et qui *mettait*[16] tant de raideur et de gaucherie *dans* la *meilleure*[17] amabilité plébéienne. **Quelquefois** je me reprochais *quelquefois* de prendre **ainsi** plaisir à *le* considérer **mon ami** comme une œuvre d'art, c'est-à-dire à regarder[18] toutes les parties de son être *réglées* harmonieusement[19] par une idée générale à laquelle elles étaient suspendues mais qu'il ne connaissait pas et qui par conséquent n'ajoutait pas à ces

270/664

qualités morales et intellectuelles auxquelles[1] il attachait *seul* du prix. **Et pourtant**[2] elle était dans une certaine mesure leur condition. C'est parce qu'il était un gentilhomme que cette activité *intellectuelle*[3], ces aspirations socialistes, qui lui faisaient rechercher de jeunes étudiants prétentieux et mal mis et notamment Bloch à qui il me demanda de rappeler qu'il l'avait rencontré dans une université populaire, avai[en]t chez lui quelque chose de vraiment pur et désintéressé qu'elle[s] n'avai[en]t pas chez eux. Se croyant l'héritier d'une caste ignorante et égoïste il cherchait sincèrement à se faire pardonner par eux cette origine aristocratique qui exerçait **sur eux** au contraire *sur eux* une séduction qu'ils dissimulaient sous de la froideur et de l'insolence, et à cause de laquelle ils le recherchaient. Et les opinions qu'il professait n'étaient pas dictées chez lui comme elles l'étaient chez eux sans qu'ils se l'avouassent, par le désir de faire une brillante carrière. Tout au plus souriai-je parfois de retrouver chez lui les leçons des jésuites dans la gêne que la peur de *blesser*[4] faisait naître en lui, chaque fois que quelqu'un de ses amis intellectuels[5] faisait une chose ridicule, à laquelle lui, Montargis n'attachait aucune importance, mais dont **il sentait que l'autre** aurait pu rougir si l'on s'en était aperçu. Et,[6] c'était Montargis qui[6] rougissait[7]

8. [MI] **qu'il y voyait surtout dans cette faute un manque de savoir-vivre que lui, Montargis, pratiquait à merveille mais méprisait absolument. Mais la peur qu'on ne la révélât un jour à Bloch qui croirait avoir été *ridicule* trouvé par lui ridicule *devrait lui* fit qu'il se trouva** [< ***sentit***] **coupable comme s'il avait** [la suite est illisible]

1. [MS, MG] **la rougeur qui colorerait sans doute les joues de Bloch *quand il le jour* à la découverte de son erreur, il la sentit par anticipation et réversibilité monter aux siennes propres. Car il pensait bien que Bloch attachait bien plus d'importance que lui à cette faute. Ce que Bloch prouva, quelque temps après un jour qu'il m'entendit dire lift en disant: "Ah! on dit lift" et d'un ton sec et hautain: "Cela n'a d'ailleurs aucune espèce d'importance". Phrase-réflèxe *par laquelle nous* qui, identique chez *tous pour* tous les hommes, *pour dénoncer la grande* qui dans les grandes circonstances comme dans les petites dénonce l'importance qu'ils attachent à une chose qui leur manque *que quand devient si lamentable dans* et s'échappe, la première de toutes si lamentable et si navrante, des lèvres de tout homme un peu fier dont** [< ***à qui***] **on vient de tuer la dernière espérance en lui refusant un service: "Cela n'a aucune espèce d'importance, je m'arrangerai autrement"; l'autre arrangement** [< **l'arrangement *nouveau***] **et sans aucune espèce d'importance étant quelquefois le suicide . . .**
2. si **Beauvais** rougit **de l'erreur de Bloch**
3. [MD] **comme Bloch *eût aurait* n'eût pas manqué de rire de lui. Et si *je sentais encore dans* dans cette bienveillance, je sentais encore l'aristocrate *débarrassé des senti* devenir exempt de la timidité et de l'envie que causait** [< ***se cachait***] **souvent son ironie** [< ***la timidité***] ***débarrassée des* méchante des petits bourgeois, là encore en lui**

comme le jour où Bloch lui promit d'aller le voir à l'hôtel ajouta: "Comme je ne peux pas supporter d'attendre parmi le*s* faux chic*s* de ces **grands** caravansérails, et que les tziganes me feraient trouver mal, dites au lift de les faire taire et de vous prévenir de suite." Montargis *n'attachait* quant à lui, trouvait *sans aucune importance* que Bloch ne sût pas prononcer le mot lift,[8] *mais il sentait que Bloch en attacherait peut-être une très grande*

271/665

[1]*à cette erreur s'il la découvrait. Et cette peur fit monter aux joues de Montargis par anticipation et cette rougeur qui aurait sans doute coloré celles de Bloch si on lui avait dit que laift se dit lift*. Mais s'*il en* rougit[2] il n'en rit pas,[3] *car son cœur d'aristocrate était désintéressé de cette habitude de se moquer des autres qui chez plus d'un bourgeois n'est que désir de se donner l'avantage sur eux, que timidité, qu'envie*. Et c'est cette grande pureté *morale* qui ne pouva**n**t se satisfaire

l'aristocratie ***n'était pas sans un étranger à certaines des vertus de Montargis qu'il*** **en maintenant la grande pureté de son atmosphère morale** ***n'était pas étranger à certaines vertus qui y étaient de ces avaient dans son*** **avait favorisé l'éclosion de certaines de ces vertus.**

4. ***ne trouvait pas d'obstacle*** **ne rencontrait pas d'autre part en lui comme elle l'eût rencontrée en moi**

5. ***de la véritable*** amitié.

6. *une*

7. *puissions*

1. ***que cette sorte de préjugé lui avait fait comprendre C'était chez lui un véritable préjugé inverse de celui qui régnait dans son monde***

2. [MS] **L'habitude d'aller dans le monde le plus rarement possible qui avait été pour lui la conséquence de cette sorte de préjugé contre les gens du monde**

3. et **l**es jours **où il y allait,**

4. **de sa** liaison **avec une actrice; liaison qu'ils** accusaient

5. [MG] **notamment d'avoir développé chez lui** ***ce mauvais esprit*** **cet esprit de dénigrement, ce mauvais esprit, de l'avoir "dévoyé," en attendant qu'il se "déclassât" complètement. Car** ***de sa part s'amuser en homme du monde, mais déjà il semblait juger toutes cho*** **il n'était pas le premier qui avait un fil à la patte. Mais les autres s'amusaient en hommes [<** ***gens*****] du monde, c'est-à-dire continuaient à penser en hommes du monde. Mais lui** ***on le trouvait aigri*** **sa famille le trouvait "aigri." Elle ne se**

6. **laissés à eux-mêmes resteraient sans cela**

7. **douceur**

8. **leur** maîtresse qui est **leur** vrai maître et **l**es liaisons **de ce genre**

9. *sont*

entièrement dans un sentiment égoïste **comme** l'amour,[4] *et à laquelle ne venait pas faire échec comme chez moi* l'impossibilité de trouver sa nourriture spirituelle autre part qu'en soi-même, qui le rendait vraiment capable d'amitié.[5] Personne moins que lui n'avait le préjugé des classes. Un jour qu'il s'était emporté contre son cocher et que je lui en avais fait reproche, "Pourquoi affecterais-je de lui parler poliment? N'est-il pas mon égal? n'est-il pas aussi près de moi que mes oncles ou mes cousins? Tu as l'air de trouver que je devrais le traiter avec égards, comme un inférieur! Tu parles comme un aristocrate,["] ajouta-t-il avec dédain. En effet s'il y avait une classe contre laquelle il eût de la prévention et de la partialité, **c'était l'aristocratie, et** jusqu'à croire aussi difficilement à la supériorité d'un homme du monde, qu'il croyait facilement à celle d'un homme du peuple, *c'était l'aristocratie.* Comme je lui parlais de la Princesse de Luxembourg que j'avais rencontrée avec sa tante, "Oh! une carpe me dit-il comme toutes ses pareilles. C'est d'ailleurs un peu **ma**[6] cousine". "Comment est-elle votre cousine?" Il me répondit distraitement et avec ennui. "Oh! je n'en sais rien, je vous dirai que ces questions de généalogie me laissent froid. La vie est courte et il me semble qu'il y a vraiment des choses plus intéressantes dont nous **pouvons**[7] parler

272/666

L'habitude[1] *qu'il avait prise à cause de cela d'aller dans le monde le plus rarement possible,*[2] et ces jours-*là*[3] l'attitude méprisante ou hostile qu'il y gardait le plus souvent, augmentait encore chez tous ses proches parents, leur chagrin *de cette* liaison *qu'ils* accusaient[4] de ne lui avoir fait que du mal, de lui être fatale, **et**[5] *Ils ne se* rendai*e*nt pas compte que pour les jeunes gens du monde—qui[6] *seraient* incultes d'esprit, rudes dans leurs amitiés, sans *délicatesse*[7] et sans goût, c'est bien souvent *la* maîtresse qui est *le* vrai maître et ces liaisons[8] la seule école de morale où ils **soient**[9] initiés à une culture supérieure, où ils apprennent le prix des connaissances désintéressées. Même dans le bas-peuple

10. **respecter** ce qu'elle **respecte**
11. **à fermer**
12. **à ne pas mettre de mousse humide** sur la table

1. **qu'il respectera même quand ce seront d'autres qui lui en parleront.**
2. **lui avait procuré ainsi cet**
3. sa vie de

(qui au point de vue de la grossièreté ressemble si souvent au grand monde), la femme plus sensible, plus fine, plus oisive, a la curiosité de certaines délicatesses, elle respecte certaines beautés de sentiment et d'art que, ne les comprît-elle pas, elle place pourtant au-dessus de ce qui semblait le plus désirable à l'homme, l'argent, la situation. **Or** qu'il s'agisse de la maîtresse d'un jeune clubman comme Montargis ou d'un jeune ouvrier, son amant l'admire trop pour ne pas *admirer* ce qu'elle *admire*[10] et pour lui l'échelle des valeurs s'en trouve renversée. A cause de son sexe même elle est faible, elle a des malaises nerveux, inexplicables, qui chez un homme, et même chez une autre femme, chez une de ses parentes aurait fait rire ce jeune homme robuste. Mais il ne peut voir souffrir celle qu'il aime. Le jeune noble qui comme Montargis a une maîtresse prend l'habitude quand il va dîner avec elle au cabaret d'avoir dans sa poche le valérianate dont elle peut avoir besoin, d'enjoindre au garçon avec force et sans ironie de faire attention *en fermant*[11] les portes sans bruit, *en ne mettant pas*[12] sur la table *de mousse humide*

273/667

afin d' éviter à son amie ces malaises que pour sa part il n'a jamais ressentis, qui composent pour lui un monde occulte à la réalité duquel elle lui a appris à croire *et*, qu'il respecte *même quand ce seront d'autres qui lui en parleront*, maintenant sans avoir besoin pour cela de le connaître,[1] Une actrice comme celle avec qui vivait Montargis,—et une cocotte y eût *déjà* suffi—*avait eu aussi pour*[2] avantage de lui faire trouver ennuyeuse la société des femmes du monde, *de* considérer comme une corvée l'obligation d'aller dans une soirée, elle l'avait guéri du snobisme et de la frivolité. Mais **si** grâce à elle les relations mondaines tenaient moins de place dans **l**a vie d**u**[3] jeune amant, en revanche tandis que s'il avait été un simple homme de salon, la vanité ou l'intérêt auraient dirigé ses amitiés comme la rudesse les aurait empreinte, sa maîtresse lui avait enseigné à y mettre de la noblesse et du raffinement. **A**vec son instinct de femme et

4. qualités **de** sensib**ilité**
5. ***—quand Montargis lui présentait certains de ses amis***
6. ***distinguait toujours vite entre les autres*** **avait toujours vite fait de distinguer entre les autres celui des amis de Montargis** [< ***des amis qu'il lui présentait***]
7. **apprenait**
8. **sans plus avoir besoin, qu'elle l'avertît commença à se soucier**
9. **qui me faisaient mal**
10. **, à son départ**

1. **Sa maîtresse**
2. pouvait **pour** lui
3. ***s'était mise depuis quelque temps à*** **avait commencé par**
4. ***au commencement***
5. ***mais et maintenant***
6. **était, de naissance,**
7. **détruisait**
8. aussi peu **faite pour elle**
9. qu**e son amant**

appréciant plus chez les hommes certaines qualités sensibles[4] que son amant eût peut-être sans elle méconnues ou plaisantées[5] elle[6] *avait vite fait de distinguer entre les autres celui des amis de Montargis* qui avait pour lui une affection vraie, et de le préférer **aux autres**. Elle *apprit*[7] à son amant à éprouver pour celui-là de la reconnaissance, à la lui témoigner, à remarquer les choses qui lui faisaient plaisir, celles qui lui faisaient de la peine. Et bientôt Montargis, *se souciant*[8] de tout cela *sans qu'elle le lui eût dit* et à Bricquebec où elle n'était pas, pour moi qu'elle n'avait pas connu, de lui-même il fermait la fenêtre d'une voiture où j'étais, emporta**i**t les roses[9], et quand[10] il eut à dire adieu à la fois à plusieurs personnes, s'arrangea à les quitter un peu avant moi afin de me garder le dernier et seul, de me traiter autrement que

274/668

les autres. *Elle*[1] avait ouvert son esprit à l'invisible, elle avait mis du sérieux dans sa vie, elle avait ennobli son cœur, mais tout cela échappait à sa famille en larmes qui répétait: "Cette gueuse le tuera, et en attendant elle le déshonore". Il est vrai qu'il avait fini de tirer d'elle tout le bien qu'elle pouvait lui *procurer*[2], et maintenant elle ne faisait plus que le faire souffrir, car elle l'avait pris en horreur. Elle *avait commencé par*[3] le trouver bête et ridicule,[4] parce que les amis qu'elle avait dans sa jeunesse littéraire lui avaient appris qu'il l'était, et[5] elle le répétait à son tour avec cette passion, cette absence de réserves avec l**es**quelle**s** on adopte les opinions ou les usages qu'on ignorait entièrement et qu'on a reçu[s] tout faits d**u** dehors. Elle professait volontiers comme eux qu'entre elle et Montargis le fossé était infranchissable, parce qu'ils étaient d'une autre race, qu'elle était une intellectuelle et lui, quoi qu'il prétendât,[6] un ennemi de l'intelligence. Cette vue lui semblait profonde et elle en cherchait la vérification dans les paroles les plus insignifiantes, les moindres gestes de son amant. Mais ce mépris pour lui était devenu de l'horreur quand les mêmes amis l'avaient convaincue qu'elle *étouffait*[7] dans une compagnie aussi peu *intellectuelle*[8] les grandes espérances qu'elle avait données, qu'*il*[9] finirait par

10. le plus **aigu, le plus** cruel

1. **Mais** quand **elle** était **apparue, un grand lys à la main,** dans **un** costume **copié** de l'**"Ancilla Domini" et**
2. **récitante**
3. **Paris**

déteindre sur elle, qu'elle gâchait son avenir d'artiste. Alors elle ressentit pour Montargis la même haine que s'il s'était obstiné à vouloir lui inoculer une maladie mortelle. Elle le voyait le moins possible tout en hésitant encore à rompre définitivement avec lui. **Cette** période orageuse de leur liaison,—**et** qui était arrivée **maintenant** à son point le plus cruel[10] pour Montargis, car elle lui avait défendu de rester à Paris où elle

275/669

était exaspérée par sa présence et l'avait envoyé seul à Cricquebec—avait commencé à une soirée où Montargis avait obtenu d'une de ses tantes chez qui cette soirée avait lieu que son amie viendrait y réciter des fragments d'un drame symboliste *et décadent* qu'elle avait joué une fois sur une scène d'avant-garde et pour lequel elle lui avait fait partager l'admiration qu'elle éprouvait elle-même. *Ayant obtenu d'une de ses tantes que son amie vînt réciter chez elle quelques pièces symbolistes et décadentes pour lesquelles elle éprouvait une admiration qu'elle faisait partager de confiance à son amant,*[1] quand *celle-ci* était *entrée, tenant à la main un lys* dans *le* costume de l'**"Ancilla Domini" et** qu'elle avait persuadé à Montargis être une véritable "vision d'art", son entrée avait été accueillie dans cette assemblée de clubmen et de duchesses par des sourires que le ton monotone de sa psalmodie, la bizarrerie de certains mots, leur fréquente répétition avait changés en fou[s] rires d'abord étouffés, puis si irrésistibles que la pauvre *artiste*[2] n'avait pu continuer. Le lendemain la tante de Montargis avait été unanimement blâmée d'avoir laissé paraître chez elle une artiste aussi grotesque. Le Duc d'Albon, un des hommes les plus en vue de la société, ne lui cacha pas qu'elle n'avait à s'en prendre qu'à elle-même si elle se faisait critiquer; "Que diable aussi on ne nous sort pas des numéros de cette force-là! Si encore elle avait du talent, mais elle n'en a et n'en aura jamais aucun. Sapristi Paris n'est pas si bête qu'on veut bien le dire. La société n'est pas composée que d'imbéciles. Cette petite demoiselle a évidemment cru étonner *le monde*[3]. Mais *le monde*[3] est *tout de même* plus difficile à étonner

1. **dans les hommes qui étaient là il n'y en avait**
2. **eût**
3. **changé l'antipathie qu'il avait pour les gens du monde en une**
4. **lui faisait endurer**
5. portes
6. quoiqu'**il fût, et elle aussi,** brouillé
7. était **loin d'elle**
8. **à Bricquebec,**
9. **en profitaient pour revenir**
10. ***rentrait***
11. **c'est bien** souvent
12. ***qu'il rentrait*** **que je le voyais rentrer**
13. **porter** ses lettres
14. **passe**

que cela et il y a tout de même des affaires qu'on ne nous fera pas avaler." Quant à l'artiste, elle sortit en disant à Montargis: "Chez

276/670

quelles dindes, chez quelles p..... sans éducation, chez quels goujats m'as-tu fourvoyée? J'aime mieux te le dire *il n'y a*[1] pas un de ces hommes qui ne m'*ait*[2] fait de l'œil, du pied, et c'est parce que j'ai repoussé leurs avances qu'ils ont cherché à se venger." Et ce qu'elle lui avait dit alors avait[3] *excité en lui une* horreur autrement profonde *des gens du monde* et qu**i** *le rongeait*[4] d'incessantes souffrances. Tous ceux de ses cousins, de ses camarades **qu'il lui avait présentés, elle lui avait assuré**— *soit parce que c'était vrai*, soit pour **couper** les po**nts**[5] entre lui et des jeunes gens qui peut-être avaient pris le parti de ses parents **et** avaient dit à la jeune femme la peine que cette liaison leur faisait et tâché de lui faire accepter l'idée d'une rupture, soit pour exciter sa jalousie, soit pour expliquer l'insuccès qu'elle avait eu quand elle était allée réciter chez sa tante, soit tout simplement parce que c'était vrai, elle lui avait avoué qu'ils avaient tous essayé de coucher avec elle et même de la prendre de force. Et Montargis quoique brouillé[6] avec eux pensait que peut-être quand il *n'*était *pas là*[7] comme en ce moment[8] ceux-là ou d'autres *revenaient*[9] à la charge. *Il revenait*[10] *bien* souvent[11] les mains vides et le front soucieux[12] de la poste *de Cricquebec* où seul de tout l'hôtel avec Françoise, lui par impatience d'amant **comme** elle par méfiance de domestique, il allait chercher et *mettre* des lettres[13] lui-même. Et quand il parlait d'un de ces viveurs qui trompent leurs amis, cherchent à corrompre les femmes, tâchent de les faire venir dans des maisons de *jeux*[14] *sans* son visage respirait la douleur et la haine. "Je les tuerais avec moins de remords qu'un chien qui est du moins une bête gentille, loyale et fidèle. En voilà qui méritent la guillotine, plus que des

1. **et qui était devenu un restaurant de sous-officiers de la garnison voisine, des employés**

2. **louant une barque** [< un *canot*]

3. **on**

4. [MD] **Il ne le croyait pas; d'ailleurs je trouvai plus simple de rester avec lui et je me contentai de la regarder en mangeant ma truite, au gazouillement de l'eau, sous les feuillages pleins d'oiseaux. Et je lui posai des questions sur la vertu de telle ou telle femme; personnellement il s'en désintéressait, car**

5. **coûtait peu**

6. **étant**

7. **et qui l'apaisait beaucoup**

8. **je ne lui causais pas en l'interrogeant sur la légèreté certaine ou possible d'une femme ou d'une autre le même malaise insupportable que si je lui avais** parlé d'hommes débauchés parce que **eux** sans s'en rendre compte **c'était toujours sa maîtresse qu'il les imaginait en train de** [< *prêts à*] **désirer. Il m'assura que les jeunes filles** ***du monde*** **étaient souvent moins farouches que je ne croyais. "Pour Mlle de Silaria que je connais un peu, me dit-il, je n'ai presque aucun doute. Je regrette de ne pas avoir été là, je vous aurais abouchés." J'en profitai pour lui parler d'une grande jeune fille,** ***déjà d'environ vingt*** **à qui il m'avait présenté devant l'hôtel, une de ses cousines, en villégiature** ***pour quelques jours*** **chez la Princesse de Parme.**

[pap. MI] **Il me semblait impossible de confondre avec aucune autre cette majestueuse et souple** [< ***grande***] **nymphe de Jean Goujon ou du Primatrice avec son haut diadème de cheveux blonds, son** [< *ce*] **front prolongé par un nez pur, cette beauté radieuse,** ***et*** **grecque dans la mesure où le sont les déesses de cour, affinées et hautaines que croyait emprunter à l'antiquité l'école de Fontainebleau. Et pourtant si Montargis ne m'eût pas dit qu'elle était une de ses parentes**

277/671

malheureux qui ont été conduits au crime par la misère et par la cruauté des riches.

Comme ma grand'mère approuvait que je fusse le plus possible avec Montargis elle permit même que nous sortissions ensemble le soir. Nous avions commencé par ne pas revenir dîner un jour que nous étions allés ensemble à un **ancien** moulin *devenu restaurant*, situé à quelques kilomètres de **B**ricquebec,[1] *et où des militaires, des employés* venaient se reposer de la sécheresse de leurs occupations quotidiennes, de la chaleur et de la poussière de la ville, en *faisant du canotage*[2], et en dînant au bord de l'eau. Montargis m'avait dit: "ta grand'mère est si bonne, elle ne te grondera pas si nous ne rentrions qu'à neuf heures", nous avions commandé des truites, et Montargis *louant une barque* m'avait promené sur l'eau que frappait le soleil oblique jusqu'à ce que la servante nous eût fait signe que le dîner était prêt. Je lui demandais s'il croyait qu'on pourrait facilement faire monter la servante dans la petite chambre qu'*il*[3] louait en haut.[4] **il** gardait loin de sa maîtresse une chasteté qui lui *était facile*[5], *car* les autres femmes lui *étaient*[6] devenues indifférentes[7] *ce qui calmait un peu sa jalousie* parce que par sa propre fidélité il cherchait à se prouver qu'elle n'est pas une vertu impossible et à se persuader que peut-être sa maîtresse la mettait en pratique comme lui. Mais[8] *s'il ne pouvait supporter qu'on lui* parlât d'hommes débauchés parce que sans s'en rendre compte *il les imaginait toujours désirant sa maîtresse, en revanche il n'avait aucun bonheur à parler de la légèreté certaine ou possible de toutes les autres femmes qu'elle. Il ne paraissait pas ainsi [sic] certain que moi de celle de la servante. D'ailleurs je trouvais plus simple de rester avec lui et je me*

j'aurais cru la reconnaître, *pour* l'avoir rencontrée plusieurs fois [< *souvent*] dehors dans mon quartier à Paris. Elle m'y avait frappé par quelque chose—que je ne voyais jamais aux bourgeoises comme il faut—de trop élégant et de trop négligé à la fois dans la mise—d'oisif, d'inconscient d'une foule ambiante et affinée, dans la démarche,—qui *lui* donnait rétrospectivement dans mon souvenir [< *ma pensée*] à la promeneuse de Paris l'air de s'y *croire* trouver comme sur une promenade [< une *digue de Cricquebec*] sortant de la villa d'une amie, *et* en toilette de plage. Or à Paris cette belle fille [< *la jeune personne à Paris*] en m'apercevant, *et une autre fois en croisant un autre jeune homme,* s'était arrêtée net, m'avait regardé dans les yeux, souriante, les lèvres tendues, avec une impudence que n'aurait pas eue une cocotte. Et je l'avais vue faire de même devant un autre jeune homme. J'interrogeai donc Montargis sur sa cousine. Elle était au contraire d'une

[*texte à suivre*]

1. [MS, MG] vertu revêche, *avait cherché à causer de graves ennuis à un ami de Montargis, M. de Monpré qui lui avait adressé une déclaration.* ["]Elle est odieuse, me dit-il, si elle n'est pas encore mariée c'est qu'elle ne veut qu'une altesse [< *il lui faut* une altesse] ou au moins le chef d'une grande maison ducale. Mais je t'assure! c'est à peine si elle dit bonjour à ma tante Villeparisis. C'est un comble! Elle n'a pour elle que d'être belle comme un antique et d'*être la vertu même* être austère. *Cela lui* On ne peut pas refuser cela à Claremonde. Mais elle croit que cela lui donne le droit d'être le dédain même." *Et* en effet elle n'avait même pas fait un signe de tête quand Montargis m'avait présenté. *Et pourtant quelques jours après* alinéa.

J'appris aussi qu'il ne pouvait y avoir rien de commun entre cette jeune fille et mon inconnue [< ma *rencontre*] de Paris. Je fus effrayé de penser *à la difficulté d'* aux risques qu'il y a d'identifier une image *à une autre quand l'autre* qui n'est plus que dans notre mémoire toujours incertaine et où nous *ne* pouvons ne pas apercevoir la petite différence qui eût suffi à nous détromper. *Si j'avais pu avoir là près de moi mon inconnue de Paris, sans doute mon erreur m'eût semblé grossière.* Et par une bizarre coïncidence qui *eût pu* ne me rejeta pas dans des perplexités parce que les renseignements fournis par Montargis m'avaient démontré mon erreur et donné une certitude [< m'avaient *fourni la certitude que je m'étais trompé*],—étant allé quelques jours après me promener seul sur la digue *plage* jusqu'à son extrémité, là où il n'y a presque pas de maisons, là où commencent les dunes du pays avoisinant où je croisai [< j'*aperçus*] Mlle Claremonde qui se retourna [< se *promenait*] trois ou quatre fois et s'arrêta même, et fit même un signe, sans que j'eusse pu apercevoir les amis qu'elle avait sans doute aperçus et qui arrêtaient son attention.

2. je fis à quelque distance de Cricquebec chez le [< *j'allai faire assez loin de Cricquebec à ce moment-là*]

278/672

[1]*contentai de la regarder en mangeant ma truite sur la terrasse, au gazouillement de l'eau, des oiseaux et des feuillages.*

Montargis ne put m'accompagner dans une visite que[2] *je fis au*

3. Olstir **dont nous avions fait tous deux connaissance.**
4. **Attendant pour ce jour-là** un de ses oncles
5. ***—sans être il comptait et ne sachant pas et croyant qu'il arriverait ce jour-là et croyant, sans en être sûr que le jour de son***
6. *devait* ***faire route*** *en partie à pied* ***depuis le*** *château*
7. **Montargis avait préféré**
8. [MD] **Mais** ***il n'était pas tout à fait certain cependant du jour. Son oncle ne s'ét*** **ce n'était pas d'une façon tout à fait certaine que son oncle s'était annoncé pour ce jour-là, car très adonné aux exercices physiques, surtout à la marche c'était en partie à pied, en couchant dans les fermes qu'il devait faire la plus grande partie de la route depuis le château où il était en villégiature ce qui laissait assez incertain le moment où il serait à Bricquebec.**
9. **Sicile**
10. **Et** plus tard **quand je retrouvais** dans **m**es lectures **historiques,** [< *j'ai eu plaisir* dans **m**es lectures **historiques** ***à retrouver***]
11. **semblable**
12. **celui-là même, belle**
13. [MG] jusqu'à **l'oncle de mon ami, j'éprouvais le plaisir réservé à ceux qui ne pouvant**
14. **camées**
15. **font** [< ***peuvent***] s'ils **ont**
16. **faire** [< ***pensent*** **faire**]
17. de **vieux** noms [< de prénoms ***anciens***]

peintre **E**lstir.[3] *Il s'*attendait ***un peu*** *pour ce jour-là à l'arrivée d'*un de ses oncles[4] qui devait venir **passer** deux ou trois jours auprès de Madame de Villeparisis[5] *et on ne savait pas exactement quand, (car cet oncle très adonné aux exercices physiques et notamment à la marche devait venir en partie à pied du château*[6] *où il était en villégiature), et préférait*[7] puisque je ne serais pas là lui consacrer cette première après-midi pour être plus facilement excusé de passer les autres avec moi.[8] Cet oncle s'appelait Palamède, d'un prénom qu'il avait hérité des princes de *la maison d'Anjou*[9] dont il descendait. **E**t plus tard *j'ai eu plaisir* dans les lectures *dans l'histoire*[10], appartenant à tel podestat ou tel pape, *à retrouver* non pas un prénom *identique*[11], mais *celui-là*[12] médaille de la Renaissance,—d'aucuns disaient véritable **A**ntique,—*et*, toujours restée dans la famille, ayant glissé de descendant en descendant depuis le cabinet du Vatican jusqu'*aux mains de l'oncle de mon ami.*[13] *Ceux qui ne peuvent* pas faire de collection de statues ou de *monnaies*[14], s'ils, *avaient*[15] de l'imagination *ils feraient*[16] des collections de *pré*noms[17]—*ou de* noms de localités dans lesquels

18. < ***coutume*** < ***usage*** < *visage*

19. [MG] **documentaires et pittoresques comme une carte ancienne, même cavalière, une enseigne ou un couturier**

20. **vieux prénoms** ***où l'*** **dans les belles finales françaises desquels,** ***consacrée depuis par la règle*** **résonne et s'entend même comme un défaut de langue** ***ethniquement manière fautive un mot latin*** l'intonation

21. **d'une vulgarité** ***auguste*** **ethnique, la faute de prononciation** ***auguste,*** **législatrice et grammairienne,**

22. **faisaient subir aux mots latins ou saxons des mutilations augustes et durables,** ***s'entendre encore aujourd'hui et*** **font en un mot** ***des collections de sonorités anciennes.***

1. ***comme d'autres font des collections d'instruments anciens,*** **des collections de ces sonorités anciennes avec lesquelles je me donnais à moi-même**

2. **comme certains** ***avec des*** **qui recherchent les**

3. Gaule [!]

4. **dans la société** aristocrati**que la plus difficile d'accès, la plus fermée,** son oncle

5. **difficile d'accès, dédaigneux, entiché de sa noblesse,**

6. **le cercle**

7. **Là** même

8. [MG] **il était arrivé que des personnes qui désiraient le connaître avaient essuyé un refus de la part de son frère même. "Non ne me demandez pas de vous présenter à**

9. **lui et quelques** amis

10. **Paris**

11. *avait*

survit l'état ancien d'un **usage**[18] ou d'une région *survit*[19]—[20]*ou même simplement de sonorités anciennes où on entend encore devenu[e] régulière par l'usage, la faute de prononciation*, l'intonation,[21] *dont la vulgarité obéit à des lois* avec laquelle nos ancêtres villageois[22] *prononçaient les noms étrangers et qui résonne encore comme un défaut de langue dans les belles finales françaises et dont on ferait pour soi-même à certains mo-*

279/673

ments des expositions et donneraient[1] des concerts, *aussi bien que ceux qui recherchent les*[2] violes de Ga**mbe**[3], **et l**es violes d'amour *et* jouent de la musique d'autrefois sur des instruments anciens. Montargis me dit que même[4] *parmi l'*aristocratie *la plus difficile*, son oncle Palamède se distinguait encore comme particulièrement *aristocrate et dédaigneux*[5] formant avec la femme de son frère et quelques autres personnes choisies ce qu'on appelait *la société*[6] des Phénix. *Dans laquelle* même[7] il était si redouté pour ses insolences qu'autrefois[8] *quand son frère avait du monde chez lui, il croyait devoir avertir; "Ne me demandez pas à connaître* mon frère Palamède. Ma femme, nous tous, nous nous attellerions nous ne pourrions pas. Ou bien vous risqueriez qu'il ne soit pas aimable et je ne le voudrais pas." Au jockey, *avec ses* amis[9] il avait désigné 200 membres qu'ils ne se laisseraient jamais présenter. Et chez le Comte de *Châteaubriand* [10] il est connu sous le sobriquet du "Prince" à cause **de son élégance et** de sa fierté." Cet orgueil aristocratique, bien atténué paraît-il par la dévotion et les années, **aurait**[11] dû particulièrement déplaire à Montargis. Mais il m'assurait que malgré ce qu'il appelait "des idées de l'autre monde", *son oncle*

12. **personne n'**était **aussi** intelligent, **ni** doué pour tous les arts.

13. [MG, INT] **que son oncle Palamède, lequel vivait** [< *émergeait*] **dans ce milieu isolé, lointain, ravissant comme un rocher de corail dans les mers australes, apparaissait à mon esprit, non avec les disparités et l'opacité d'un homme réel mais avec la translucide homogénéité d'un personnage légendaire. Il me donnait l'idée d'une puissance, non pas** ***celle des rois qui n'étaient que la multiplication de la nôtre*** **seulement plus grande que celle des autres hommes comme est celle des rois, mais d'une puissance autre, particulière au Noble** [< *Seigneur*] **Palamède et qui** ***à la fois*** **ajoutait quelque chose de si flatteur pour la vanité aux images que son nom éveillait, mais en même temps restait tellement sous leur dépendance, que sous le plaisir d'imaginer ce grand seigneur, se cachait, inaperçue à mes yeux, l'ambition de le connaître, laquelle par contre ne se trouverait nullement satisfaite s'il ne ressemblait pas au personnage que je m'étais figuré** [< **j'*****avais imaginé***].

14. [MI] ***que quand son oncle était plus jeune, il donnait le ton et faisait la loi à toute la société. Avait-il eu soif dans la loge qu'il occupait au théâtre et s'était-il fait apporter à boire, bientôt tout le monde faisait venir des rafraîchissements pendant la représentation. Trouvait-il que pour une pièce où il était nécessaire de voir toute l'étendue de la scène descendait abandonnait-il sa loge et se plaçait-il aux fauteuils*** [> ***à l'orchestre***] ***il devenait à la mode les fauteuils devenaient à la mode et les loges étaient***

1. [MS] **Montargis me parla de la jeunesse de son oncle.** *Lui et deux* **Il amenait tous les jours des femmes dans une garçonnière qu'il avait avec deux de ses amis, tous deux beaux comme lui, ce qui faisait qu'on les appelait "les trois Grâces."**

était *très* intelligent, doué pour tous les arts.[12, 13] *"Ah! je crois qu'il ne s'est pas ennuyé dans la vie, il en a eu des femmes celui-là, je ne sais pas exactement lesquelles, parce qu'il est très discret, mais il a dû bien tromper ma pauvre tante. Ça n'empêche pas qu'il était délicieux avec elle, qu'elle l'adorait, et qu'il l'a pleurée pendant des années." Il me raconta*[14] *des anecdotes sur la jeunesse de son oncle*

280/674

[1] —Un jour un des hommes qui est aujourd'hui des plus en vue dans le faubourg St Germain, mais qui dans sa jeunesse avait

2. des goûts **bizarres**
3. **le coupable**
4. **d'homme**
5. [INT, MI] ***Tu ne peux t'imaginer comme il était*** **Il paraît qu'on ne peut s'imaginer comme il donnait le ton, comme il faisait la loi à toute la société dans sa jeunesse. Pour lui en toute circonstance il faisait ce qui lui paraissait le plus agréable, le plus commode, mais aussitôt c'était imité par tous les snobs. S'il avait eu soif au théâtre et s'était fait apporter à boire dans le fond de sa loge, les petits salons qu'il y avait derrière chacune se remplissaient de rafraîchissements. Si pour une pièce pour laquelle il était utile de voir toute la scène, il quittait sa loge et descendait à l'orchestre, c'était les fauteuils qui devenaient les places recherchées. Un été très pluvieux où il avait un peu de rhumatisme il s'était commandé un pardessus dans une vigogne**

des *sales* goûts[2] avait demandé à mon oncle de venir *un soir* dans cette garçonnière. Mais voilà qu'il ne fut pas aux femmes mais à mon oncle qu'il **se mit à faire** une déclaration. Mon oncle fit semblant de ne pas comprendre, emmena sous un prétexte ses deux amis, ils revinrent, prirent l'*intrus*[3], le déshabillèrent, le frappèrent jusqu'au sang, et le jetèrent à coups de pieds dehors où il fut trouvé à demi mort, si bien que la justice fit une enquête à laquelle le malheureux *battu* eut toute la peine du monde à la faire renoncer. Naturellement il ne ferait plus cela aujourd'hui quoiqu'il déteste ce genre *de gens*[4] Mais il est au contraire très bon et tu n'imagines pas le nombre de gens du peuple qu'il prend en affection, qu'il protège, quitte à être payé d'ingratitude. Ce sera un domestique qui l'aura servi dans un hôtel et qu'il placera à Paris ou un paysan à qui il fera apprendre un métier. Il n'est pas si méchant qu'il en a l'air.[5] *Ainsi Montargis me contait-il des anecdotes sur son oncle, tandis qu'il m'accompagnait à la gare d'où je partais pour aller voir Elstir, et où il espérait un peu trouver son oncle, bien qu'il*

1. [MS, MG, MI] **souple mais chaude qui ne sert guère que pour faire des couvertures de voyage et dont il avait respecté les jolies rayures bleues et oranges** [*sic*]. **Les grands tailleurs se virent commander aussitôt par leurs clients** [< ***reçurent aussitôt de*** **leurs clients** ***la commande***] **des pardessus bleus et orangés, à longs poils. Si par exemple pour une raison quelconque il désirait ôter tout caractère de solennité à un dîner** ***à la campagne chez des*** **dans un château où il passait une journée, et pour marquer cette nuance n'avait pas apporté d'habit et s'était mis à table avec le veston de l'après-midi, la mode devenait de dîner à la campagne** ***sans*** **en veston. Si pour manger un gâteau il demandait une fourchette au lieu de sa cuiller, on commandait à un orfèvre un couvert de son invention, ou se servait de ses doigts, il n'était plus permis de faire autrement. Il avait eu envie de réentendre certains quatuors de Beethoven et avaient** [*sic*] **fait venir des artistes pour les jouer chaque semaine, pour lui et quelques amis. La grande élégance fut cette année-là de donner des réunions peu nombreuses où on entendait de la musique de chambre. Ah! je crois qu'il ne s'est pas ennuyé dans la vie. Beau comme il a été il a dû en avoir des femmes, je ne sais d'ailleurs pas exactement lesquelles parce qu'il est très discret. Mais je sais qu'il a bien trompé ma pauvre Tante. Ce qui n'empêche pas qu'il était délicieux avec elle, qu'elle l'adorait, et qu'il l'a pleurée pendant des années. Ainsi Montargis, tout en m'accompagnant à la gare où j'allais prendre le train pour aller chez Elstir me parlait de cet oncle** ***qu'il croyait voir ce jour-là qu'il pensait devoir*** **dont il escomptait** [< ***attendait***] **l'arrivée. Mais il attendit en vain. Le soir quand je revins de chez Elstir, l'oncle Palamède n'était toujours pas arrivé. alinéa.**

2. **tout en frappant nerveusement avec une badine son pantalon de toile blanche,**

281/675

[1]*fût possible que celui-ci très amateur d'exercices physiques et surtout de marche fût venu en partie à pied, par grandes étapes du château où il était en villégiature. son arrivée était retardée et on ne on ne [sic] le vit pas ce jour-là. Montargis en profiterait pour lire un magazine à Elstir, et que j'avais trouvé et lu dont le numéro était consacré précisément sur la table de l'hôtel de Cricquebec où au hasard des services que de nouvelles publications faisaient à la direction ou des revues publiées par un voyageur de passage, je trouvais parfois une chose intéressante qui probablement si je n'étais venu à Cricquebec ne fût jamais tombé sous mes yeux.*

Le lendemain matin comme je passai devant le casino en rentrant à l'hôtel j'eus la sensation d'être regardé par quelqu'un qui n'était pas loin de moi. Je tournai la tête et j'aperçus un homme d'une quarantaine d'années, très grand et assez gros avec des moustaches très noires et qui,[2] fixait sur moi des yeux dilatés par l'attention, *tout en frappant nerveusement avec une badine*

3. [MD] **Par moments des regards d'une extrême activité les parcouraient en tous sens comme en ont seuls** [< **seul*ement***] **devant une personne qu'ils ne connaissent pas des hommes à qui pour une raison quelconque elle*s* inspire*nt* des pensées que n'auraient pas les autres, par exemple un fou ou un espion.**
4. **prenant soudain un air distant et hautain,**
5. **il se tourna vers une affiche** dans la lecture **de laquelle il s'absorba,**
6. *et* tira*nt*
7. **titre**
8. **annoncé car c'était dimanche et il y avait grande matinée**

1. comme ***on fait*** pour voir *si quelqu'un* ***qu'on attend*** [< ***s'il n'apercevait***]
2. fit **avec la main** le geste **mécontent**
3. < ***laisser voir*** < *signifier*
4. **exhala le souffle bruyant des personnes qui ont non pas** trop chaud mais **le désir de montrer** qu'**elles ont** trop chaud.
5. **pendant qu'il m'épiait**
6. **pour me donner le change il cherchait maintenant par sa nouvelle**
7. **dû avoir**
8. *courbait*
9. *insultant*
10. me **le fais**ait prendre tantôt pour un voleur, **et tantôt** pour un fou.

son pantalon de toile blanche.[3] Il lança sur moi un dernier regard à la fois hardi, prudent, rapide et profond, comme un dernier coup que l'on tire au moment de prendre la fuite, et après avoir jeté un coup d'œil tout autour de lui, *Et quand*[4] par un brusque revirement de toute sa personne[5] *il prit un air distant et s'absorbait* dans la lecture *d'une affiche* en fredonnant un air et en arrangeant la rose mousseuse qui pendait à sa boutonnière. **Il** tira[6] de sa poche un calepin sur lequel il eut l'air de prendre en note le *nom*[7] du spectacle[8] *qu'elle an-*

282/676

nonçait, tira deux ou trois fois sa montre, abaissa sur ses yeux un canotier de paille noire dont il prolongea le rebord avec sa main mise en visière, comme pour voir si quelqu'un n'arrivait pas[1], et fit le geste[2] par lequel on croit **faire voir**[3] qu'on a assez d'attendre, **mais** qu'on ne fait jamais quand on attend réellement puis rejetant en arrière son chapeau et laissant voir une brosse coupée ras qui admettait cependant de chaque côté d'assez longues ailes de pigeon ondulées, il[4] *respira bruyamment comme on fait non pas quand on a* trop chaud mais *quand on veut montrer* qu'on *a* trop chaud. J'eus l'idée d'un escroc d'hôtel qui nous ayant peut-être déjà remarqués les jours précédents ma grand'mère et moi **et** prépara**n**t quelque mauvais coup *et* vena**i**t de s'apercevoir que je l'avais surpris *en espionnant*[5];[6] *pourtant son* attitude *cherchait* à exprimer l'indifférence et le détachement, mais **c'était** avec une exagération si agressive que son but semblait au moins autant que de dissiper les soupçons que j'avais *eus*[7], de venger une humiliation qu'à mon insu je lui aurais infligée—de me donner l'idée non pas tant qu'il ne m'avait pas vu, que celle que j'étais un objet de trop petite importance pour attirer son attention. Il **cambrait**[8] sa taille d'un air de **bravade**, pinçait les lèvres, relevait ses moustaches et dans son regard **ajustait**[9] quelque chose d'indifférent, de dur, de presque insultant. Si bien que la singularité de son expression *qui*[10] me l'avait *fait* prendre pour un voleur, *me le fit ensuite prendre* pour un fou. Pourtant sa mise *était* extrêmement soignée ét**ait**

11. **et beaucoup plus simple** que **celle de** [< que ***n'était à Cricquebec celle de***] tous les **baigneurs que je voyais à Cricquebec, *beaucoup plus* rassurante pour mon *sombre* veston si souvent humilié par la blancheur** [< ***éblouissant mes yeux et humiliant mon veston par la* blancheur**] **éclatante et banale de leurs** costumes de plage.

1. **une heure** [< ***demi-heure***] **après**
2. **devant le casino**
3. [MD] **ses yeux, un peu bas, émoussé, comme le regard neutre qui *ne voit rien au dehors ni* feint de ne rien voir au dehors et n'est capable de rien lire au dedans, le regard qui n'exprime que la satisfaction de sentir autour de lui les cils qu'il écarte de sa rondeur béate, le regard dévot et confit qu'ont certains hypocrites *dévots* et le regard fat qu'ont certains sots.**
4. [MG] **et sans doute c'est que la véritable élégance intimide moins, est moins loin de la simplicité que la fausse; mais ce n'était pas que cela; d'un peu près on sentait**
5. **de ces vêtements**
6. parce que **pour une raison quelconque** il se l'interdisait.
7. **qu'ils** laissai**ent** paraître
8. **du manque**
9. **vert sombre**
10. la **vivacité d'**un goût **maté ailleurs**
11. **donner à** son amabilité **quelque chose** de forcé, **et repliant** [< ***rentrant***] le petit doigt, **l'annulaire** et le pouce, me **tendait**
12. **levé**

beaucoup plus grave[11] que *celle que portaient* tous les *hommes que je voyais à Cricquebec et qui portaient des* costumes de plage. Mais ma grand'mère venait à ma rencontre, nous fîmes un tour en-

283/677

semble et je l'attend**ais**[1] devant l'hôtel où elle était allée chercher quelque chose, **quand** je vis sortir Madame de Villeparisis avec Montargis et l'inconnu qui m'avait regardé si fixement *une heure avant.*[2] Avec la rapidité d'un éclair son regard me traversa comme au moment où je l'avais aperçu et revint comme s'il ne m'avait pas vu se ranger devant[3] *lui, d'un air confit.* Je vis qu'il avait changé de costume. *Et* **C**elui qu'il portait était encore plus sombre;[4] *mais de plus près on sentait* que si la couleur était presque entièrement absente[5] ce n'était pas parce que celui qui l'en avait bannie était indifférent, mais plutôt parce qu'il se l'interdisait.[6] Et la sobriété *que* laissait paraître *cette toilette*[7] semblait de celles qui viennent de l'obéissance à un régime, plutôt que *le défaut*[8] de gourmandise. Un filet de *violet*[9] au pantalon s'harmonisait à la rayure des chaussettes avec un raffinement qui décelait[10] la *délicatesse et* un goût *mêlé à elles* et à qui cette seule concession avait été faite par tolérance tandis qu'une tache de rouge sur la cravate était imperceptible comme unc liberté qu'on n'ose prendre.

"Comment allez-vous, je vous présente mon neveu, le Baron de Guermantes, ["] me dit Madame de Villeparisis, pendant que l'inconnu sans me regarder, *rentrant le petit doigt et le pouce tout en* grommelant un vague "charmé" qu'il fit suivre de: **heue, heue, heue** pour[11] *montrer ce que* son amabilité *avait* de forcé, *et retirant* le petit doigt *l'index* et le pouce, me *tendit* le troisième doigt et l'annulaire que je m'empressai de serrer sous son gant de suède; puis sans avoir *tourné*[12] les yeux sur moi, se détourna vers Madame de Villeparisis. "Mon Dieu, est-ce que je perds la tête, dit celle-ci

1. **L'oncle de Montargis ne**
2. ***policier***
3. profond **regard en** coup d**e foudre**
4. *instruction*
5. **à aucun moment,**
6. **tient ses amis en dehors**
7. **Les laissant, ma grand'mère, Madame de Villeparisis et lui** causer **je retins** Montargis
8. [MG] **mon oncle qui est plus héraldique que moi te répondrait que notre cri, notre cri de guerre était même Combraysis—dit-il en riant pour ne pas avoir l'air de tirer vanité de cette prérogative du cri, qu'avaient seules les maisons quasi souveraines, les grands chefs de bandes—. Il est le frère**
9. [MD] **, ou vous connaissiez peut'être les Gilbert de Guermantes, ma tante Guermantes-La Trémoïlle qui l'habitait avant[?"], me dit-il, soit que trouvant tout naturel qu'on connût les mêmes gens que lui *il ne se rendait compte quoique je fusse* il ne se rendait pas compte que j'étais d'un autre milieu ou par politesse faisait semblant de ne pas s'en rendre compte.**
10. **voire** de son préjugé **hostile à tout ce qui** concernait la noblesse.
11. **superbe**
12. ***votre amie***

284/678

voilà que je t'appelle le Baron de Guermantes. Après tout l'erreur **n'est pas** si grande, ajouta-t-elle en riant, tu es bien un Guermantes, tout de même." **C**ependant ma grand'mère sortait *et*, nous fîmes route ensemble. *Il ne*[1] m'honora non seulement **pas** d'une parole mais même d'un regard. S'il dévisageait les gens qu'il ne connaissait pas—(et pendant cette courte promenade il lança deux ou trois fois *comme un espion*[2] *en mission secrète*, son terrible et profond coup d'*œil*[3] des gens insignifiants et de la plus modeste **extraction**[4] qui passaient), en revanche il ne regardait *jamais*[5] si j'en jugeais par moi, les personnes qu'il connaissait, comme un policier en mission secrète mais qui *fait excepter ses amis*[6] de la surveillance professionnelle. [7]*Je le laissai* causer *retenant* Montargis en arrière: "Dis-moi, ai-je bien entendu, Madame de Villeparisis a dit à ton oncle qu'il était un Guermantes." "Mais oui, naturellement, il est Palamède de Guermantes." "Mais des mêmes Guermantes qui ont le château près de Combray, qui descendent de Geneviève de Brabant[?]" "Mais absolument;[8] *il est même le frère* du possesseur actuel du château. Comment connaissez-vous **donc** ce château? Vous l'avez visité,[9] [?"] "Non . . . mais . . . . j'*en* ai entendu parler **de ce château**. Il y a là tous les bustes des anciens seigneurs de Guermantes, **n'est-ce pas?**" "Oui c'est un beau spectacle, dit ironiquement Montargis, moitié par modestie, puisqu'il était à mon grand étonnement parent des Guermantes, moitié à cause de son indifférence sincère, de son préjugé concernant la noblesse.[10] Il y a ce qui est un peu plus intéressant! un *beau*[11] portrait de ma tante par Carolus Duran et de magnifiques dessins de Delacroix. Ma tante est la nièce de[12]

284bis/679

Madame de Villeparisis, elle a été élevée par elle, et a épousé son cousin qui était neveu aussi de ma tante, le Duc de Guermantes actuel." "Et alors qu'est-*ce que c'est que* ton oncle?" "Il porte le titre de Baron de Fleurus. Régulièrement quand mon grand-oncle est mort et mon oncle Palamède aurait dû prendre le titre

1. Prince de Saunes
2. des **duchés** italiens, **grandesses** espagnoles et **jusqu'à des titres** ***de princes*** **du pape**
3. quatre ou cinq **titres de prince** il a gardé le **nom**
4. [MG] **Il vous prouvera du reste qu'il n'y a pas de titre plus ancien, et qu'il est bien antérieur à celui des Montmorency qui se disaient faussement les premiers barons de France.**
5. **Je n'osai lui répondre que j'aurais** causé

1. **fut**
2. **sans rien de** cette sévérité **où il y a souvent une secrète envie et l'irritation**
3. **d'avantages qu'on voudrait et qu'on ne peut**
4. [INT, MG, MI] **Comme au contraire ma grand'mère qui était contente de son sort et ne regrettait nullement de ne pas vivre dans une société plus brillante, ne se servait pour observer** [< ***indiquer*** < ***juger***] **les travers de M. de Fleurus ma gd mère ne se servait que de son intelligence** ***que elle n'intéressait en rien*** **que dans le jugement qu'elle portait sur eux, son caractère ne l'intéressait pas, qu'il en restait** [< ***était***] **entièrement détaché, elle parlait de l'oncle de Montargis avec cette absence de mauvaise humeur, cette bienveillance souriante** [< ***amusée***] **presque sympathique avec laquelle nous récompensons l'objet de notre observation désintéressée du plaisir que celle-ci nous procure, d'autant plus que cette fois l'objet était un personnage dont elle trouvait les prétentions** ***dans une certaine mesure*** **sinon légitimes,** ***du moins en tous cas*** **du moins** ***inoffensives et*** **pittoresques** ***et composait un*** **et qui était amusant pour elle par la façon dont il tranchait sur les personnes qu'elle avait** [< ***voyait***] **habituellement l'occasion de voir**
5. ***portait au contraire sur les*** *travers* ***de M. de Fleurus*** *un* ***jugement purement intellectuel***

de Prince des **L**aunes[1] qui était celui de son frère avant qu'il devînt Duc de Guermantes, car dans cette famille-là ils changent de nom comme de chemise. Mais mon oncle a sur la noblesse des idées particulières. Et comme il trouve qu'on abuse un peu dans la famille des *principautés* italiennes, espagnoles et *de tout genre*[2], bien qu'il eût le choix entre quatre ou cinq il a gardé le *titre*[3] de Baron de Fleurus, par protestation et avec une apparente simplicité où il y a beaucoup d'orgueil. Aujourd'hui, dit-il, tout le monde est prince, il faut pourtant bien avoir quelque chose qui vous distingue; je prendrai un titre de prince quand je voudrai voyager incognito.[4] Mais ajouta Montargis vous n'allez pas me faire parler généalogie. Il n'y a rien qui m'assomme autant." Je reconnaissais maintenant dans le regard qui m'avait fait retourner tout à l'heure près du casino celui que j'avais vu fixé sur moi à la Frapelière au moment où Madame Swann avait appelé Gilberte. "Mais est-ce que votre oncle ne passe pas pour avoir été l'amant d'une Madame Swann[?]" "Oh! pas du tout! C'est-à-dire qu'il est un grand ami de Swann et l'a toujours beaucoup soutenu. Mais on n'a jamais dit qu'il fût l'amant de sa femme. Vous laisseriez beaucoup d'étonnement dans le monde si vous aviez l'air de croire cela." J'*aurais* causé[5] bien plus d'étonnement à Combray si j'avais eu l'air de ne pas le croire.

285/680

Ma grand'mère *avait été*[1] enchantée de M. de Fleurus. Sans doute elle avait remarqué l'importance qu'avaient pour lui les questions de naissance et de situation mondaine, mais précisément parce qu'elle n'**y** attachait **elle-même** aucune, elle **l**'avait remarqué *de*[2] cette sévérité *habituelle à tous ceux qui s'irritent* de voir **un autre** se réjouir[3] *du bien qu'ils seraient eux-mêmes si heureux de* posséder. [4]*ma grand'mère au contraire qui n'avait aucun regret de vivre dans un monde médiocre, n'éprouvait aucune mauvaise humeur contre ceux qui étaient fiers d'appartenir à un monde brillant. Elle*[5] *jugeait leurs travers d'une façon purement intellectuelle absolument détachée, n'intéressant en rien son caractère, son avantage personnel avec un sourire indulgent, presque sympathique et amusé de*

6. de*s* ***qualités de vive*** intelligence [< de ***la vive*** intelligence]
7. de **la** sensibilité qu'**on** [< ***elle***] **sentait en lui, qu'elle lui**
8. **à M. de Fleurus un**
9. **qui d'ailleurs** chez **lui** [< ***M. de Fleurus***] **ne s'opposait pas à elles, comme chez** ces nobles
10. **que pourtant comme Montargis avait fait il ne les avait pas non plus sacrifiées mais plutôt** conciliées avec **elles** [< lui].

1. **pouvant dire justement qu'il** "visit**ait** un musée et **une incomparable** bibliothèque, rien qu'en **parcourant ses** souvenirs **de famille"**
2. [MG, MI] **il avait à cause de tout ce qu'elles ont de précieux pour l'imagination replacé au rang d'où son neveu l'avait déchu l'héritage de l'aristocratie française. Peut'être aussi moins idéologue que son neveu, se payant moins de mots, plus réaliste observateur des hommes, ne voulait-il pas négliger un élément essentiel de prestige sur eux et qui s'il donnait à son imagination des jouissances désintéressées pouvait être souvent pour son action utilitaire un mobile puissant. Le débat reste éternellement ouvert entre les hommes** [< ***ceux***] **de cette sorte et ceux qui obéissent à l'idéal intérieur qui les pousse à renoncer à leurs propres avantages pour chercher à le réaliser, artistes qui renoncent leur virtuosité, peuples artistes qui se modernisent, ou peuples guerriers qui rêvent de désarmement, gouvernements qui se font démocratiques ou législateurs plus humains de même** ***que la réalité employée à leur rêve*** **que la** ***même du point de vue esthétique si le goût de M. de Fleurus était étroit*** **réalité employée à leur rêve en faisant perdre aux uns leur talent, aux autres leur prestige séculaire, en multipliant les guerres, les crimes, les tyrannies. Même du point de vue esthétique si le goût de M. de Fleurus était étroit, s'il**

voir dans ses particularités qu'elle jugeait après tout légitimes, et en tous cas pittoresques, un personnage différent de ceux qui composaient son intimité. Mais c'était surtout en faveur de son intelligence[6] et de *sa fine* sensibilité qu'*elle lui*[7] avait aisément pardonné[8] *son* préjugé aristocratique. [9]*Aussi bien le préjugé lui-même n'était pas* chez *lui comme chez* ces nobles que raillait Montargis,[10] *en opposition avec l'intelligence et la sensibilité. Au lieu de lui avoir préféré celles-ci comme Montargis et les avait* conciliées avec lui *et semblait avoir à cause de tout ce qu'elles ont de précieux pour l'imagination, remises au rang d'où son neveu l'avait déchu, tout l'héritage de la haute aristocratie française.* Possédant comme descendant des ducs de Nemours, des princes de Lamballe, des La Trémoïlle et des Choiseul, des archives, des meubles, des tapisseries, des portraits

286/681

faits pour ses aïeux par Raphaël, par Velasquez, par Boucher,[1] *il disait "je* visite un musée et *je compulse une* bibliothèque, rien qu'en *étudiant mes* souvenirs.["][2] *Sans doute* il semblait fermé à l'art moderne que depuis **le romantisme** il considérait comme

3. ***, à vouloir juger sur les résultats*** **il était permis de trouver** [< ***juger***] **cette étroitesse plus avisée que**
4. **, si l'on en jugeait**
5. ***et on comprenait*** **l'hôtel où M. de Fleurus** ***orné par lui*** **avait transporté une grande partie des**
6. **pour celles qu'il avait possédées**
7. les **aïeules** avaient été **deux** ***ou trois*** **siècles plus tôt** mêlées à toute **la** gloire et à toute l'élégance
8. *distraction*
9. **leur avait vouée**
10. de **nombreuses**
11. **une ode** [< *des* ***odes***]
12. **laisseraient**
13. de **ces femmes**

1. [MD] **par conséquent nous rappelle** ***ce que nous savons*** **des connaissances que nous avons acquises** [< ***possédons***] **, leur donne une nouvelle utilité, augmente le sentiment de la richesse des possessions de notre mémoire, de notre érudition. M. de Fleurus**
2. **les quelques grandes dames**
3. *XIIIème* siècle
4. ***insinuant***
5. ***allait jusqu'à envier***

en décadence *mais si on avait voulu juger de la valeur de*[3] l'effort de l'émancipation qu'avait fait Montargis *seulement*[4] sur les résultats extérieurs,[5] *peut-être aurait-on trouvé que son oncle avait été sage de garder ses* admirables boiseries de l'hôtel Guermantes, *ses tapisseries, ses portraits de famille* au lieu de les échanger comme avait fait son neveu[6] contre un mobilier moderne style et des statues polychromes de Gérôme. A quelques femmes de grande beauté et de rare culture dont[7] le *nom* avait été *jadis* mêlé à toute*s* l*es* gloire*s* et à toute*s* l*es* élégance*s* de l'ancien régime, il trouvait une **distinction**[8] qui le faisait pouvoir se plaire seulement avec elles et sans doute l'admiration qu'il *éprouvait pour elles*[9] était sincère, mais *comme dans celle d'un érudit pour des vers d'Horace peut-être inférieurs à des poésies de nos jours qui le laisseront indifférent*,—d'*innombrables* réminiscences[10] d'histoire et d'art évoquées leurs noms y entraient pour une grande part, comme **d**es souvenirs de l'antiquité sont une des raisons du plaisir qu'un lettré trouve à lire *des vers*[11] d'Horace peut-être inférieurs **à des poèmes** de nos jours qui le *laisseront*[12] indifférent. Chacune d'*elles*[13] à côté d'une jolie bourgeoise était pour lui ce qu'est à une toile contemporaine représentant une route ou une noce, ces tableaux anciens dont on sait l'histoire, depuis le Pape ou le Roi qui les commandèrent, en passant par tels personnages auprès de qui leur présence, par don, achat, prise ou héritage **nous** rappelle quelque événement ou tout au moins

287/682

quelque alliance d'un intérêt historique[1]. *Il* se félicitait qu'un préjugé analogue au sien en *les* empêchant[2] de payer avec les femmes d'un sang moins noble, les offrait intactes à son admiration, dans leur noblesse inaltérée, comme telle façade du **XVIIIe siècle**[3] soutenue par ses colonnes plates de marbre rose et à laquelle les temps nouveaux n'ont rien changé. *Par cet*[4] *ambigu d'aristocratie et d'art il séduisait aisément ma grand'mère qui était sans défense dès que quelque chose se présentait à elle sous les dehors d'une grande supériorité spirituelle et qui enviait*[5], *par-dessus tous les hommes, les princes, parce qu'ils pouvaient avoir un Labruyère*

6. **M. de Fleurus célébrait la véritable noblesse d'esprit et de cœur de ces femmes**

7. **par une équivoque qui le trompait lui-même, *célébrait la noblesse d'esprit et de cœur de ces femmes,***

8. **bâtarde, de cet ambigu d'aristocratie, de générosité et d'art**

9. ***séduisant***

10. *pour* qui

11. [MG, MI] **et particulièrement pour ma grand'mère toujours sans défense dès que quelque chose se présentait sous les dehors d'une supériorité spirituelle, au point qu'elle trouvait enviables, par-dessus tous les hommes, les princes, parce qu'ils peuvent avoir un Labruyère** [*sic*] **, un Fénelon comme précepteurs. Madame de Villeparisis emmena son neveu faire une petite promenade. Quoique ce fût dimanche, il n'y avait presque pas** [< **plus** ***autant***] **de fiacres devant l'hôtel qu'au** [*sic*] **commencement de la saison. *Plusieurs personnes* La femme du notaire en particulier trouvait que c'était faire bien des frais que de louer chaque fois une voiture pour ne pas aller chez les Chemisey, et elle se contentait de rester dans sa chambre. ["]Est-ce que Madame Bruland est souffrante demandait-on au notaire, on ne l'a pas vue aujourd'hui?["] ["]Elle a un peu mal à la tête, la chaleur, cet orage. Il lui suffit d'un rien. Mais je crois que vous la verrez ce soir. Je lui ai persuadé de descendre. Cela ne peut lui faire que du bien." Quand Madame de Villeparisis en rentrant de sa promenade nous**

12. **M. de Fleurus**

13. que **s'étant** peut-être **aperçue de** l'impolitesse

14. **dans le petit salon de son appartement où elle nous reçut** je voulus **saluer M. de Charlus**

[*sic*] *comme précepteur.* Enfin[6] *il célébrait la noblesse véritable d'esprit et de cœur de ces femmes,* jouant ainsi sur **le** mot ***de noblesse***[7]*, avec une ambiguïté qui le trompait lui-même* et où résidait le mensonge de cette conception[8], mais aussi sa séduction dangereuse, —*parce qu'elle se parait* ***ainsi*** *d'un attrait intellectuel,*[9] *même* pour des êtres **à** qui[10] le préjugé plus grossier mais plus innocent d'un noble qui ne regarde qu'aux quartiers et ne se soucie pas du reste, eussent [*sic*] semblé trop ridicule,[11]

Quand Madame de Villeparisis nous fit demander à la fin de la journée de **venir** prendre le thé avec *lui*[12], je pensai qu'*ayant* peut-être *remarqué* l'impolitesse[13] qu'il avait marquée à mon égard elle avait voulu lui donner l'occasion de la réparer. Mais quand[14] je voulus *le saluer* j'eus beau tourner autour de lui qui faisait un récit d'une voix aiguë à Madame de Villeparisis, je ne

15. ***m'incliner < m'approcher de lui***
16. lui di**re bonjour et assez fort**
17. qu'**aucun mot** ne fût

1. [MG, MI] **Sans doute** *le visage et le* **s'il n'y avait pas eu ces yeux, le visage et le corps de M. de Fleurus étaient semblables au visage et au corps de beaucoup de beaux hommes** *comme j'en nous les connaissions quelques mois* **et même je m'imaginais un "grand seigneur" comme un être si différent des autres que j'avais été** *à ce point* **déçu de voir M. de Fleurus avoir une taille élancée, un profil régulier et de** *grandes* **fines** [< *fortes*] **moustaches de la même façon que beaucoup d'autres gens que j'avais vus ou que je connaissais. Je pensais que seul ce grand seigneur faisait exception parmi les autres en revêtant le corps d'un homme quelconque. Et quand Montargis en me parlant d'autres Guermantes me dit** ["]**Dame ils n'ont pas cet air de race de grand seigneur jusqu'àu bout des ongles qu'a mon oncle Palamède**["], **en confirmant que l'air de race et la distinction aristocratiques n'étaient rien de mystérieux et de nouveau, mais consistaient en des éléments que j'avais reconnus sans** *peine et* **difficulté et sans éprouver d'impression particulière, je sentis s'envoler une de mes illusions. Mais ce visage semblable à d'autres,** *M. de Fleurus avait beau* **auquel une légère couche de poudre donnait un peu l'aspect d'un visage de** *comédien* **théâtre M. de Fleurus avait beau en fermer hermétiquement l'expression,**
2. **du reflet** [< *des feux*] **de quelque engin**
3. **semblait en équilibre instable et**
4. *en équilibre instable*
5. **le portait en soi, à l'état d'équilibre instable et toujours sur le point d'**
6. **et inquiète**

pus pas attraper son regard; je me décidai à *le saluer*[15] *en*[16] lui disant *assez fort "bonsoir Monsieur"*, pour l'avertir de ma présence, mais je compris qu'il l'avait remarquée, car avant même qu*e ces mots* ne fus*sent*[17] sorti*s* de mes lèvres, au moment où je m'inclinais je vis ses deux

288/683

doigts tendus pour que je les serrasse, sans qu'il eût tourné les yeux ou interrompu la conversation. Il m'avait évidemment vu sans le laisser paraître, et je m'aperçus alors que ses yeux en effet qui n'étaient jamais fixés sur l'interlocuteur, se promenaient perpétuellement dans toutes les directions, comme ceux de certains animaux effrayés, ou ceux de ces marchands en plein air qui tandis qu'ils débitent leur boniment et montrent leur marchandise illicite scrutent sans cependant tourner la tête les différents points de l'horizon par où pourrait venir la police.[1] *Il avait beau d'ailleurs fermer hermétiquement l'expression de son visage auquel une légère couche de poudre donnait plus encore l'aspect d'un visage artificiel de théâtre,* ces yeux étaient comme une lézarde, comme une meurtrière que seule il n'avait pu boucher **et** par laquelle *qui était en lui comme en équilibre instable qui semblait toujours sur le point d'éclater et dont alors* **selon** les mouvements qu'il faisait, ou le point où on se plaçait, on se sentait brusquement croisé[2] *du reflet* d'*un éclair* intérieur qui[3] n'avait rien de rassurant, même pour celui qui *lui semblait porter en lui-même un engin*[4] *dont il n'était pas* **sans en être** absolument maître,[5] *et qui pouvait à tout moment* éclater; et l'expression *inquiète*, circonspecte, incessante *et tragique*[6] de ces yeux, avec

7. **jusqu'à un cerne très bas descendu**
8. ce secret **que ne portaient pas en eux l**es autres hommes

1. **, avec ce que j'entendais de sa conversation,**
2. **d'une manière générale autant il**
3. femmes, **a**utant [à la suite de ce changement, Proust a indiqué que les deux phrases qui commencent par "autant" doivent être interverties.]
4. **pour les** femmes
5. de **la** famille ou de l'intimité **de Montargis**
6. **cita par hasard le nom**
7. **froideur**
8. [MG] **Mais qui n'eût pas semblé efféminé, jugé d'après la vie qu'il voulait que menât un homme et qu'il ne trouvait jamais assez énergique et virile? (lui-même racontait que dans ses voyages à pied, *il se baignait dans des rivières glacées* après des heures de marche, il se jetait brûlant dans des rivières glacées.**
9. m'**avait tendu**
10. **pour** ma grand'mère **un** château

toute la fatigue qui autour d'eux[7] en résultait pour le visage, si bien composé et arrangé qu'il fût, faisait penser à quelque incognito, à quelque déguisement d'un homme puissant ou **seulement** dangereux, mais tragique. J'aurais voulu deviner quel était ce secret *différent de celui* des autres hommes[8] et qui m'avait déjà rendu son regard si

289/684

énigmatique quand je l'avais vu **le matin** près du casino. Mais **avec** ce que je savais **maintenant** de sa parenté *et à ce que j'entendais de sa conversation*, je ne pouvais plus croire ni que ce fût celui d'un voleur,[1] ni que ce fût celui d'un fou. S'il était si froid avec moi, alors qu'il était si aimable avec ma grand'mère, cela ne tenait peut-être pas à une antipathie personnelle **contre moi**, car *il*[2] avait à l'égard des hommes, et particulièrement des jeunes gens une haine d'une violence qui rappelait celle de certains misogynes pour les femmes. Autant[3] il était bienveillant quand il parlait des femmes[4], des défauts de qui il parlait sans jamais se départir d'une grande indulgence, *mais qui n'eût pas semblé efféminé auprès de la vie qu'il voulait pour un homme et qui n'était jamais selon lui assez énergique et assez virile—lui-même racontait qu'il faisait une partie de ses voyages à pied, se baignant dans une rivière glacée après des heures de marche*. De deux ou trois qui étaient de *leur* famille ou de l*eur* intimité[5] et dont Montargis *parla*[6] il dit avec une expression presque féroce qui tranchait sur sa *bienveillance*[7] habituelle; "Ce sont de petites canailles." Je compris que ce qu'il reprochait surtout aux jeunes gens d'aujourd'hui, c'était d'être trop efféminés. "Ce sont de vraies femmes" disait-il avec mépris.[8] Il n'admettait même pas qu'un homme portât de bagues. Et je remarquai que même autour de cet annulaire qu'il m*e tendait*[9] il n'y en avait aucune. Mais ce parti pris de virilité ne l'empêchait pas d'avoir des qualités de sensibilité **d**es plus fines. A Madame de Villeparisis qui le priait de décrire *à* ma grand'mère *le* château[10] où avait séjourné Madame de Sévigné ajoutant qu'elle voyait un peu de littérature dans ce désespoir d'être séparée

1. L'habitude de **Monomopata** [*sic*] de Lafontaine [*sic*]
2. **trouvant que le plus grand des maux est**
3. Labruyère
4. **ajouta M. de Fleurus d'une voix** [< **d'un** ***ton***] **mélancolique; et**
5. Elle a en somme **passé** [< ***vécu***]
6. **ce**
7. **reprit-il d'un ton** [< **d'un*e voix***] **plus péremptoire et presque tranchant**

290/685

de cette ennuyeuse Madame de Grignan, "Rien au contraire répondit-il ne me semble plus vrai, c'est par là que les lettres de Madame de Sévigné sont vraiment profondes, humaines. C'était du reste une époque où ces sentiments-là étaient bien compris. L'habitant du Monomotapa de La Fontaine[1] courant chez son ami qui lui est apparu un peu triste pendant son sommeil, le pigeon *ne pouvant supporter*[2] l'absence de l'autre pigeon, vous semblent peut-être, ma tante, aussi exagérés que Madame de Sévigné ne pouvant pas attendre le moment où elle sera seule avec sa fille". "Mais une fois seule avec elle, elle n'avait probablement rien à lui dire." "Certainement si; fût-ce de ce qu'elle appelait "choses si légères qu'il n'y a que vous et moi qui les remarquons." Et même si elle n'avait rien à lui dire elle était du moins près d'elle. Et La Bruyère[3] nous dit que c'est tout: "Etre près des gens qu'on aime, leur parler, ne leur parler point, tout est égal." Il a raison; c'est le seul bonheur.[4] *Et* ce bonheur-là, hélas, la vie est si mal arrangée qu'on le goûte bien rarement; Madame de Sévigné a été en somme moins à plaindre que d'autres. Elle a *eu* en somme[5] une grande partie de sa vie auprès de *ceux*[6] qu'elle aimait." "Tu oublies que ce n'était pas de l'amour c'était de sa fille qu'il s'agissait." "Mais l'important dans la vie n'est pas ce qu'on aime,[7] c'est d'aimer. Ce que ressentait Madame de Sévigné pour sa fille peut prétendre beaucoup plus justement à ressembler à la passion que Racine a dépeinte dans Andromaque ou dans Phèdre, que les banales relations que le jeune Sévigné avait avec ses maîtresses. De même l'amour de tel mystique pour son Dieu. Ses démarcations trop étroites que nous traçons autour de l'amour viennent seulement de notre grande ignorance de la vie.["]

1. **certaines** œuvres
2. **paraître une** *finesse* **délicatesse** ***morale*** **de pensée**
3. **en qui**
4. **où il parlait de ces sentiments si fiers** [< ***manières*** **si fières**]
5. **imprévue**
6. **d'abriter** ainsi **dans sa voix**
7. **causait**
8. **auquel tu fais allusion**
9. **probablement**
10. **trouvé sans inconvénient d'arborer**

1. **dont il venait d'apercevoir que le**

291/686

Ces réflexions sur la tristesse qu'il y a à vivre loin de ce qu'on aime (qui devaient le même soir amener ma grand'mère à me dire que M. de Fleurus comprenait autrement bien *les* œuvres *d'art*[1] que Madame de Villeparisis, et surtout avait quelque chose qui le mettait bien au-dessus de la plupart des gens de club *des nobles de son milieu*, souvent grossiers, et lui donnait des intuitions presque féminines)—il n'y laissait pas seulement[2] *en vue la délicatesse de pensée* que montrent en effet rarement les hommes; sa voix elle-même, pareille à certaines voix de contralto *dont*[3] on n'a pas assez cultivé le médium **et** dont le chant semble le duo alterné d'un jeune homme et d'une femme, se posait à *ces* moments-*là*,[4] sur des notes hautes, prenait une douceur[5] et semblait contenir des chœurs de sœurs, de mères, de fiancées, qui répandaient leur tendresse. Mais la nichée de jeunes filles que M. de Fleurus, avec son horreur de tout efféminement, aurait été si navré d'avoir l'air d'*abriter*.[6] Ainsi *et dans son cœur* ne s'**y** bornait pas à l'interprétation, à la modulation des morceaux de sentiment. Souvent tandis que *parlait*[7] M. de Fleurus, on entendait leur rire aigu et frais de pensionnaires ou de coquettes **ajuster leur prochain avec des malices de bonnes langues et de fines mouches.** ["]Mon Dieu, j'aurais pu vous faire aller dans ce château qui vous intéresse, dit-il à ma grand'mère, quand il y avait encore des Montmorency, mais leur famille est éteinte." "Tu es aimable pour ton cousin le Duc de Montmorency dit Montargis *en riant*." "Ah! permets, je parlais des Montmorency, des membres de la famille de Montmorency. Le charmant homme *dont tu parles*[8] ne sachant[9] pas quel nom prendre et réfléchissant qu'il n'y avait plus de Montmorency a pris[10] le nom de cette station de la ligne du Nord. Il avait

292/687

peut-être une maison de ce côté-là, on ne sait jamais! ajouta-t-il en rentrant pudiquement dans sa poche un mouchoir brodé[1] *d'un* liséré de couleur *qui en* dépassait, avec la mine effarouchée d'une

2. **point** innocente, cach**ant**
3. **dont vous me parliez**
4. qu**e ce** so**it des gens**
5. [MG] **En tous cas je ne veux plus rien savoir d'une demeure sotte et infidèle qui s'est laissée vendre à de tels gens et défigurer par eux. Je ne veux pas plus avoir rien de commun avec elle qu'avec ma belle cousine Avaray qui a mal tourné et qui n'est plus belle. Mais je garde le portrait de la maison comme celui de la cousine, et je regarde souvent ces beaux traits qui ignorent encore la trahison. Je ne vais pas jusqu'à le porter sur moi mais je pourrai vous en faire donner communication. La photographie acquiert un peu de la dignité qui lui manque quand elle nous montre des choses qui n'existent plus.**
6. Ge*ltern*
7. **ce que**
8. **tableau de**

1. *souvenir*
2. qui **avait dû trouver cela bien peu** viril

femme pudibonde, mais *fort* innocente *qui* cacherait[2] des appâts *qu'elle jugerait* que par excès de **scrupules** elle jugerait indécents. "Toujours est-il, ajouta-t-il en se tournant vers ma grand'mère que les propriétaires de ce château *qui vous intéresse*[3] montrent en ce moment combien ils étaient peu dignes de le posséder, car ils vont le vendre, et malheureusement il est à craindre qu'*en* sont[4] plus indignes encore *ceux* qui vont l'acheter.[5]" Il raconta qu'une demeure qui avait appartenu à sa famille, où Marie-Antoinette avait passé, dont le jardin était de Lenôtre, appartenait maintenant aux riches financiers Ge**bzeltern**[6] qui l'avaient achetée. "Avoir été la demeure des Guermantes et appartenir aux **Gebzeltern**!! s'écria-t-il. Cela fait penser à cette chambre du château de Blois où le gardien qui le faisait visiter me dit: "C'est ici que Marie Stuart faisait sa prière; et c'est là maintenant où[7] je mets mes balais." Ces gens ont commencé par détruire le jardin et le remplacer par un jardin anglais. Une personne qui détruit **un** jardin de Lenôtre est aussi coupable que celle qui lacère un[8] Poussin. Pour cela, ces Ge**bze**ltern devraient être en prison. Il est vrai, ajouta-t-il en souriant après un moment de silence qu'il y a **sans doute** tant d'autres choses pour lesquelles ils devraient y être! En tous cas vous vous imaginez l'effet que produit devant ces architectures un jardin anglais." "Mais la maison est du style du Trianon, dit Madame de Villeparisis, et Marie-Antoinette y a bien fait faire un jardin anglais." "Qui dépare entièrement la façade de Gabriel, dit M. de Fleurus. Evidemment ce serait maintenant une

293/688

sauvagerie que de détruire le Hameau. Mais quel que soit l'esprit du jour, je doute tout de même qu'à cet égard une fantaisie de Madame Gebzeltern ait le même **prestige**[1] que le souvenir de la Reine.["]

Cependant ma grand'mère m'avait fait signe de monter me coucher, malgré les prières de Montargis qui, à ma grande honte avait fait allusion devant M. de Fleurus—[2]*à* qui *les jeunes gens ne*

3. [MD] **un peu après, ayant entendu frapper à ma porte et ayant demandé qui était là,**
4. **disait**
5. **ennuyé**
6. **d'autre part** que
7. **content**
8. **au contraire eu peur** [< ***redouté***]
9. **mon malaise à**
10. *autres*

1. **cruelles**
2. [MG] **Il marchait de long en large dans la chambre, *soulevant un objet, en* regardant un objet, en soulevant un autre. J'avais l'impression qu'il avait quelque chose à m'annoncer et ne trouvait pas en quels termes le faire. Quelques minutes se passèrent ainsi, puis, de sa voix redevenue**

semblaient jamais assez virils—à la tristesse que j'éprouvais **souvent** le soir avant de m'endormir. Je tardai encore un peu, puis m'en allai, et je fus bien étonné quand[3] j'entendis la voix de M. de Fleurus qui disait sur un ton sec: C'est Fleurus. Puis-je entrer, Monsieur? "Monsieur me dit-il, du même ton, mon neveu *a fait allusion*[4] tout à l'heure que vous étiez un peu *triste*[5] avant de vous endormir, et *à ce* que[6] vous admiriez les livres de Bergotte. Comme j'en ai un dans ma malle que vous ne connaissez probablement pas, je vous l'apporte pour vous aider à passer ces moments où vous ne vous sentez pas *heureux*[7]." Je *le* remerciai **M. de Fleurus** avec émotion et lui dis que j'avais *craint*[8] que ce que Montargis **lui** avait dit de *moi devant*[9] l'approche de la nuit, *ne* m'eût fait paraître à ses yeux, plus stupide encore que je n'étais. "Mais non, répondit-il d'un ton plus doux. Vous n'avez peut-être pas de mérite personnel, si peu d'**êtres**[10] en ont! Mais pour un temps du moins vous avez la jeunesse et c'est toujours une séduction. D'ailleurs, Monsieur, la plus grande des sottises c'est de trouver ridicules ou blâmables les sentiments qu'on n'éprouve pas. J'aime la nuit et vous me dites que vous la redoutez; j'aime sentir les roses et j'ai un ami à qui leur

294/689

odeur donne la fièvre. Croyez-vous que je pense pour cela qu'il vaut moins que moi[?] Je m'efforce de tout comprendre et je me garde de rien condamner. En somme ne vous plaignez pas trop, je ne dirai pas que ces tristesses ne sont pas *excessives*[1], je sais ce qu'on peut souffrir pour des choses que les autres ne comprendraient pas. Mais du moins vous avez bien placé votre affection, dans votre grand'mère. Vous la voyez beaucoup. Et puis c'est une tendresse permise, je veux dire une tendresse payée de retour. Il y en a tant dont on ne peut pas dire cela."[2] *Et reprenant sa voix* cinglante il me jeta: "Bonsoir, Monsieur" et partit. **Aussi** après tous les sentiments élevés que je lui avais entendu exprimer fus-je bien étonné le lendemain matin qui était le jour de son départ, sur la plage, au moment où

3. **en s'éloignant d'un pas et avec**
4. **pris cette précaution à l'instant**
5. **à tort et à travers**

1. **sur laquelle** mes initiales **étaient entourées d'**une branche
2. avais **fait** rapporte**r**
3. **qu'il quittât Cricquebec**
4. **qui m'étonnait tellement de sa part.**

j'allais prendre mon bain, comme M. de Fleurus s'était approché de moi pour m'avertir que ma grand'mère m'attendait aussitôt que je serais sorti de l'eau, de l'entendre me dire, en **me** pinçant le cou, avec une familiarité et un rire vulgaires: "Mais on s'en fiche bien de sa vieille grand'mère, hein? petite fripouille." "*Mais* **C**omment, Monsieur, *ce que vous dites est abominable,* je l'adore, je n'aime rien autant qu'elle au monde . . ." "Monsieur, me dit-il[3] *d'*un air glacial, vous êtes encore jeune, vous devriez en profiter pour apprendre deux choses, la première c'est de vous abstenir d'exprimer des sentiments trop naturels pour n'être pas sous-entendus; la seconde c'est de ne pas partir en guerre pour répondre aux choses qu'on vous dit avant d'avoir pénétré leur signification. **S**i vous l'aviez *fait en ce moment*[4] vous vous seriez évité d'avoir l'air de parler *tout seul*[5] comme un sourd et d'ajouter par là un second ridicule à celui d'avoir des

295/690

ancres brodées sur votre costume de bain. Vous me faites apercevoir que je vous ai parlé trop tôt hier soir des séductions de la jeunesse, je vous aurais rendu meilleur service en vous signalant *son outrecuidance,* son étourderie, ses inconséquences et son incompréhension. J'espère, Monsieur, que cette petite douche ne vous sera pas moins salutaire que votre bain. Mais ne restez pas aussi immobile car vous pourriez prendre froid. Bonsoir, Monsieur." Sans doute eut-il regret de ces paroles, car quelque temps après je reçus, dans une reliure[1] *autour de* mes initiales *gravées,* une branche de myosotis, le livre de Bergotte qu'il m'avait prêté et que je lui avais rapporté[2] au moment de son départ.

Quand quelques jours après le départ de M. de Fleurus ma grand'mère me dit d'un air joyeux que Montargis venait de lui demander si avant *de partir*[3] elle ne voulait pas qu'il la photographiât, et quand je vis qu'elle avait mis pour cela sa plus belle toilette et hésitait entre diverses coiffures je me sentis un peu irrité de cet enfantillage, de cette coquetterie[4] J'en arrivais même à me demander si je ne m'étais pas trompé sur ma grand'mère, si

5. **elle**

6. [MG] **qui,** ***pendant tout le temps que j'étais loin d'elle avec Montargis*** **ayant** ***passé la soirée*** **dîné dehors avec Montargis, pensais tout le temps que durait le trajet du retour à la joie que j'allais avoir à**

7. retrouvais

8. ***avais tant de joie à***

9. [MI] cette **semaine-là je n'avais pas pu** [< **ne** ***pus*** **pas**] ***plus*** **avoir** ***ma grand'mère*** **à moi ma grand'mère le jour que le soir. Si je rentrais dans l'après-midi pour être un peu seul avec elle, on me disait qu'elle n'était pas là, ou bien elle s'enfermait**

1. **l'avoir à moi** [< ***causer avec elle***] **le jour** que le **soir**

2. **Malheureusement je laissai apercevoir**

3. **puérile**

4. **façon** [< ***voix***] **sentimentale et attendrie, l'accent apitoyé qu'elle prit pour me parler, et auxquels par agacement dont elle me parla et à** [le texte est confus]

5. *ne* mettra

6. **sa vieille Françoise lui a** arrangé

7. me **convainquis**

8. **en me rappelant que**

9. **en souriaient elles-mêmes** aussi.

10. **je l'assurai** que

11. **de finesse**

12. qu'**elle**

13. *content*

14. [MD] ***plutôt*** **comme la manifestation de travers mesquins que nous détestons et cherchons à détruire** ***plutôt que*** **plutôt que**

je ne la plaçais pas trop haut, si elle était aussi détachée que j'avais toujours cru de ce qui la concernait personnellement. Le point de départ de ma mauvaise humeur venait **surtout** de ce que depuis quelques jours quand je rentrais le soir *ma grand'mère*[5] ne frappait pas au mur pour m'appeler, et moi,[6] *qui tout en étant sorti avec Montargis m'étais promi tant de joie au moment où je* la retrouv**er**[7] et *pourrais*[8] l'embrasser, je lui en voulais un peu de m'en priver, **ainsi** d'autant plus que toute cette[9]

296/691

semaine-là, je ne pus pas plus[1] *la voir le soir* que le *jour.* Si je rentrais pour être un peu seul avec elle, on me disait qu'elle n'était pas là; ou bien elle s'enfermait avec Françoise pour de longs conciliabules qu'il ne m'était pas permis de troubler. *Naturellement*[2] le mécontentement que me causa le projet de photographie et surtout la satisfaction[3] que ma grand'mère paraissait **en** ressentir, *parut assez* pour que Françoise le remarquât et s'empressât involontairement de l'accroître par la *façon sensible à*[4] laquelle je ne voulus pas avoir l'air d'adhérer *dont elle me parla*: "**Oh! Monsieur,** cette pauvre Madame qui sera si heureuse qu'on tire son portrait, et qu'elle **va même** mettre[5] le chapeau que[6] *je lui* arrange *moi-même*, il faut la laisser faire, Monsieur." Je m'*assurai*[7] que je n'étais pas cruel de me moquer de la sensibilité de Françoise, *car*[8] ma mère et ma grand'mère, mes modèles en tout[9] *s'en moquaient* aussi, *je m'en souviens.* **Mais** ma grand'mère s'aperçut aussi que j'avais l'air ennuyé, si bien qu'elle me dit que si cela pouvait me contrarier elle renoncerait à ce projet. Je ne le voulus pas *et lui dis* que[10] je n'**y** voyais aucun inconvénient et la laissai se faire belle, mais crus faire preuve d'*habileté*[11] et de puissance en ajoutant quelques paroles désagréables destinées à neutraliser le plaisir qu*e ma grand'mère*[12] semblait trouver à être photographiée de sorte que si je fus **contraint**[13] de voir son magnifique chapeau je réussis du moins à faire disparaître de son visage cette expression joyeuse qui aurait dû me rendre heureux et qui comme il arrive trop souvent tant que sont encore en vie les êtres que nous aimons le mieux *ne* nous apparaît[14] *pas* comme

15. [MI] **Le point de départ de ma mauvaise humeur venait surtout de ce que cette semaine-là ma grand'mère avait paru me fuire et que je n'avais pas pu l'avoir un instant à moi. Quand je rentrais dans l'après-midi pour être un peu seul avec elle on me disait qu'elle n'était pas là; ou bien elle s'enfermait** [c'est la troisième parution de ce texte, dont l'emplacement semble incertain]

1. [MS, MG] **avec Françoise pour de longs conciliabules qu'il ne m'était pas permis de troubler. Et quand ayant passé la soirée dehors avec Montargis je songeais pendant tout le trajet du retour au moment où** [< ***à la joie que***] **j'allais avoir à retrouver et à embrasser ma grand'-mère, j'avais beau attendre qu'elle frappât contre la cloison** [< ***au mur***] **les petits coups qui me diraient** [< ***pour me dire que je pouvais***] **d'entrer lui dire bonsoir je n'entendais rien et finissais par me coucher en larmes, désolé et lui en voulant un peu de cette indifférence nouvelle avec laquelle elle me privait ainsi d'une joie dont j'avais tant besoin, sur laquelle j'avais tant compté, et je m'endormais dans les larmes. Alinéa.**

   Si je rentrais ainsi assez tard à Cricquebec, c'est que depuis quelque temps ma grand'mère qui *approuvait tous les projets* ne désapprouvait guère pour moi de projets, s'ils devaient être réalisés de concert avec Montargis dont elle estimait que l'influence sur moi était salutaire, avait permis que j'allasse une ou deux fois par semaine dîner avec lui [< ***passer la soirée avec lui dans telle ou telle plage de la côte où il y avait plus de divertissements qu'à Cricquebec***].

2. *c'était*
3. **les autres jours j'étais déjà à table *avec ma grand' à Cricquebec***
4. **fort *tard* loin de Cricquebec au Restaurant de Rivebelle**
5. Rivelack [*sic*]
6. **à la mode alors**

la forme précieuse du bonheur que nous voudrions tant leur procurer *mais comme la manifestation des travers mesquins que nous donne*[15]

297/692

[1]*Ma grand'mère me l'ayant permis, une fois ou deux par semaine.* **Et**[2] à l'heure où[3] *je me mettais habituellement à table, que* Montargis qui avait fait atteler m'emmenait dîner[4] *à Rive***belle**[5] *assez loin de Cricquebec, à un restaurant* où se réunissaient à certains jours toutes les élégances de cette côte *où il y en avait alors* beaucoup plus[6] qu'aujourd'hui et où des spéculateurs audacieux avaient ouvert des lieux d'attraction et de plaisirs *plus luxueux qu'il*

7. **qui sont aujourd'hui désertés.**
8. **contre mon habitude** je rentre
9. **avant de partir avec Montargis**
10. **maintenant**
11. **ne restait pas silencieux comme autrefois *me parlait* pendant**
12. **dans l'ascenseur**
13. **qui se déplaçait**
14. **restait sans** recev**oir**
15. **et** qui déplo**yait**
16. **degrés**
17. **qu'elle convertissait en**
18. *reflétait*
19. *amorçait*

1. **à cette heure-là**
2. **de l'étage**
3. **regardait**
4. **mais ne les laissait jamais voir car ses vitres, d'un verre opaque, étaient le plus souvent** fermées
5. **que pour une fois elle découvrait**
6. **d'où sous** une brume précoce **qui la** gazait déjà s'échappait

n'existe aujourd'hui.[7] Ces jours-là *seulement* ma grand'mère exigeait que[8] je rentr**asse** *avant de partir* me reposer une heure sur mon lit[9] et dès six heures et demie je rentrais à l'hôtel, sonnant[10] sans timidité et sans tristesse le lift qui[11] *me parlait maintenant. Tandis* que je m'élevai**s** à côté de lui[12], comme dans une sorte de cage thoracique mobile[13] le long de la colonne montante, et **qui**, cherchant parce qu'il avait un engagement dans une plage plus méridionale pour la fin de la saison *cherchait* à faire fermer l'hôtel le plus tôt possible, me répétait: "Cela commence à devenir vide, on s'en va, les jours baissent". Et c'était lui qui *ne* recevait *pas*[14] de réponse au cours de la courte traversée dont il filait les nœuds, à travers l'hôtel, évidé comme un jouet qui déploie*rait*[15] autour de nous, étage par étage, ses ramifications de couloirs dans les profondeurs desquels la lumière se veloutait, se dégradait, amincissait les portes de communication ou les *marches*[16] des escaliers intérieurs *en*[17] cette ambre dorée, inconsistante et mystérieuse comme un crépuscule, où Rembrandt découpe tantôt l'appui d'une fenêtre ou la manivelle d'un puits. Et à chaque étage une lueur d'or **reflétée**[18] sur le tapis **annonçait**[19] le coucher

298/693

du soleil et la fenêtre des cabinets. Arrivé au dernier étage je quittai l'ascenseur. Mais au lieu d'entrer chez moi je m'engageai plus avant dans le couloir, car *alors*[1] le valet de chambre[2] quoiqu'il craignît les courants d'air avait ouvert la fenêtre du bout qui *donnait sur*[3] le côté de la colline et **de** la vallée[4] *dont le verre opaque ne les laissait pas voir quand elle était et comme toujours* fermée**s**. Je m'arrêtai devant elle en une courte station et le temps de faire mes dévotions à la "vue,"[5] et qui,—au delà de la colline à laquelle *sur le côté* était adossé l'hôtel et[6] *dont* une brume précoce gazait déjà *la verdure d'où* s'échappait par saccades un bruit secret d'infiltration ou de source,—ne contenait qu'une maison posée à quelque distance mais à laquelle la perspective et la lumière du soir en lui conservant son volume donnait *comme* une ciselure précieuse et un écrin de velours comme à une de ces

7. **d'**orfèvrerie et **d'**émaux
8. **comme ceux d'une châsse**
9. **dans ma fenêtre. D'abord il**
10. **dans** le verre glauque et **qu'elle** boursoufl**ait de** ses vagues **rondes,**
11. *et elle louchait*

1. **et parfois sur la** mer
2. bleus
3. **et hâtif,**
4. la **plage** [< ***grève***] **tachée** çà et là **de reflets pareils sur le sable à de** petit**s** morceau**x** de papier rouge déchiré**s**

petites architectures en miniature, petit temple ou petite chapelle *en* orfèvrerie et *en* émaux[7] qui servent de reliquaires et qu'on n'expose qu'à de rares jours à la vénération des fidèles. Mais cet instant d'adoration avait déjà trop duré, car le valet de chambre qui tenait d'une main un trousseau de clefs et de l'autre me saluait en touchant sa calotte de sacristain mais sans la soulever à cause de l'air pur et frais du soir, venait refermer[8] les deux battants de la croisée *comme ceux d'une châsse* et dérobait à mon adoration le monument réduit et la relique d'or. J'entrai**s** dans ma chambre. Au fur et à mesure que la saison s'avança, **changea** le tableau *changea* que j'y trouvais[9] *qu'il* faisait grand jour, et sombre, seulement s'il faisait mauvais temps: alors,[10] le verre glauque et boursouflé par ses vagues, **la mer, sertie** entre les montants de fer de ma croisée comme dans les plombs d'un vitrail **effilochait**[11] sur toute la profonde bordure rocheuse de la baie des triangles **empennés**

299/694

d'une immobile écume, **linéamentée** avec la délicatesse d'une plume ou d'un duvet dessinés par Pisanello, et fixés par cet émail blanc, inaltérable et crémeux qui figure une couche de neige dans les verreries de Gallé. Mais le plus souvent il faisait beau[1]. *La* mer *était* calme *comme un lac où parfois* des mouettes éparpillées *y* flottaient comme des nymphéas que selon l'heure je voyais bl**ancs**[2], jaunes ou quand le soleil était couché roses. Elles semblaient offrir un but si inerte aux **petits** flots qui les ballotaient que ceux-ci par contraste semblaient dans leur poursuite avoir une intention, prendre de la vie. Puis tout d'un coup s'échappant comme d'un déguisement de leur incognito de fleurs, les mouettes montaient toutes ensemble vers le soleil, tandis que de l'extrémité la plus éloignée de la côte, ne daignant pas voir leurs yeux, un grand oiseau solitaire[3] fouettant l'air du mouvement régulier de ses ailes, passait à toute vitesse au-dessus de[4] la *plage* où çà et là *un reflet brillant sur le sable comme un* petit morceau de papier rouge déchiré, et la traversait dans toute sa longueur, sans ralentir son allure, sans détourner son attention,

5. **au** moment où **je poussais ma porte, en entrant, celle-ci**
6. **qui remplissait la chambre et changeait**
7. **en**
8. [MG] **elle émanait du ciel violet, qui stigmatisé par la figure raide, géométrique, passagère et fulgurante du soleil pareille à la représentation de quelque signe miraculeux, de quelque apparition mystique, s'inclinait vers la mer sur la charnière de l'horizon comme un tableau religieux au-dessus du maître-autel**
9. **du couchant**
10. d**es bibliothèques basses en acajou** qui courai[en]t **le long des murs**
11. **peinture**
12. **une**

1. **prédelles du retable**
2. **Pareille à**
3. **de promenade** et **m'apprêtais à** descend**re**
4. **une bande de ciel rouge**
5. **de viande**
6. du **même rose qu'**un
7. **tout près du rivage,**
8. vagues
9. soie
10. **d'une pesanteur visible, si bien**
11. *pendaient*
12. **et jusqu'en dehors du centre de gravité**
13. **entraîner**
14. du **ciel et de le précipiter**
15. > **wagon**
16. d'**être affranchi**

sans dévier de son chemin, comme un émissaire, qui va porter bien loin de là un ordre urgent et capital. Bientôt les jours diminuèrent et[5] *dès ce* moment où ***j'entrais*** dans *la chambre la porte que je poussais* faisait refluer une lumière rose,[6] les rideaux de mousseline blanche *avaient l'air d'un*[7] lampas aurore;[8] tandis que les parties différentes *de la mer*[9] exposées dans les glaces [10]du

qui courait *autour de ma chambre* et que je rapportais par la pensée à la merveilleuse *relique*[11] dont elles étaient détachées, semblaient comme ces scènes différentes que quelque maître ancien exécuta jadis pour *quelque*[12] confrérie sur une châsse et dont on exhibe à côté les uns des autres dans

300/695

une salle **de musée** les volets séparés que l'imagination seule **du visiteur** *de suite* remet à leur place sur les[1] *différentes de l'autel invisible.* Quelques semaines plus tard, quand je remontais, le soleil était déjà couché. *Une bande de ciel rouge comme*[2] celle que je voyais à Combray au-dessus du **C**alvaire quand je rentrais[3], et descendais avant le dîner à la cuisine,[4] au-dessus de la mer compacte, et compacte comme de la gelée[5] puis bientôt sur la mer déjà froide et bleue comme le poisson appelé mulet, le ciel du *ton d'*un[6] de ces **saumons** que nous nous ferions servir tout à l'heure à Rivebelle ravivaient le plaisir que j'allais avoir à me mettre en habit pour partir dîner. *Tout près* **S**ur la mer,[7] essayaient de s'élever, les unes par-dessus les autres, à étages de plus en plus larges, *une pesanteur visible* des va**peurs**[8] d'un noir de s**ui**e[9] mais aussi d'un poli, d'une consistance d'agate, *si*[10] que les plus élevécs **penchaient**[11] au-dessus *de la ligne de gravité,* de la tige déformée[12] de celles qui les avaient soutenues jusqu'ici, semblaient sur le point d'*ébranler*[13] cet échafaudage déjà à demi-hauteur de *la*[14] dans la mer. La vue d'un vaisseau qui s'éloignait comme un voyageur de nuit me donnait cette même impression que j'avais eue, en voyage[15], de *m'affranchir*[16] **d**es nécessités du sommeil et de la claustration *des*

17. **dans une** chambre.
18. **où j'étais** [< **où** ***je me trouvais***]
19. **lentement**

1. **ma pensée, habitant à ces moments-là**
2. **l'intervalle de**
3. sill**ages**
4. **arbitrairement**
5. **paraissait**
6. **ainsi que**
7. **ce coucher de soleil** [< ***tel effet***]

chambres[17]. D'ailleurs je ne me sentais pas emprisonné dans celle-*ci*[18] puisque dans une heure j'allais la quitter pour monter en voiture. Je me jetais sur mon lit et, comme si j'avais été sur la couchette d'un des bateaux que je voyais assez près de moi et que *toute* la nuit on s'étonnerait de voir se déplacer *autant*[19] dans l'obscurité, **comme** *Comme* des cygnes assombris et silencieux mais qui ne dorment pas,

301/696

j'étais de tous côtés entouré des images de la mer. Mais bien souvent ce n'était en effet que des images, tant *mon esprit*[1] la surface de mon corps que j'allais habiller pour tâcher de paraître le plus plaisant possible aux regards féminins qui me dévisageraient *aux lumières* dans le Restaurant **illuminé** de Rivebelle, était incapable de mettre **de** la profondeur derrière la couleur des choses, et si, sous ma fenêtre le vol inlassable et doux des martinets et des hirondelles, n'avait pas monté comme *dans* un jet d'eau, comme un feu d'artifice de vie, unissant[2] ses hautes fusées par la filée immobile et blanche de longs sillons[3] horizontaux, sans le miracle charmant de ce phénomène naturel et local qui rattachait à la réalité les paysages que j'avais devant les yeux, j'aurais pu croire qu'ils n'étaient qu'un choix, chaque jour renouvelé de peinture**s** qu'on montrait *entièrement*[4] dans l'endroit où je me trouvais et sans qu'elles eussent de rapport nécessaire avec lui. Une fois c'était une exposition d'estampes japonaises: à côté **de** la mince découpure du soleil rouge comme la lune un nuage jaune *était comme*[5] un lac contre lequel des **glaives** noirs se profilaient *comme*[6] les arbres de sa rive, une barre d'un rose tendre que je n'avais jamais **re**vu depuis ma première boîte de couleurs s'enflait comme un fleuve sur les deux côtés duquel des bateaux semblaient attendre à sec que pour les mettre à flot on vînt les tirer jusqu'à son lit. Et avec le regard dédaigneux, ennuyé et frivole d'un amateur ou d'une femme du monde **entrée**, entre deux visites, dans une galerie, je me disais: “c'est curieux,[7] c'est différent, mais enfin j'en ai déjà vus de

1. **d'aussi délicats, *de plus raffinés,* d'aussi étonnants** que **celui-ci**
2. **soirs**
3. **apparaissait**
4. **lui, ainsi que**
5. **, et les cordages en lesquels elle s'était amincie et filigranée**
6. < ***la plus grande partie*** < *tout le reste*
7. **présenter**
8. **nuages**
9. **diversement colorés par la**
10. **d'un**
11. pris **toujours** à **des** heures différente**s**
12. l'*autre*
13. être ***toutes*** **vues**

1. **Le rose même disparaissait, il**
2. **mettais debout un instant**
3. m'**étendre de nouveau**
4. la raie d**e clarté qui y restait encore**

302/697

plus jolis que *ceux-ci*[1]." J'avais plus de plaisir les *jours*[2] où un navire *par l'horizon* absorbé et fluidifié **par l'horizon** *était*[3] tellement de la même couleur que[4] *le carme* [*sic*] dans une toile impressionniste qu'il semblait aussi de la même matière, comme si on n'eût fait que découper sa coque[5] *amincie et filigranée en cordages*, dans le bleu vaporeux du ciel. Parfois la mer emplissait presque toute ma fenêtre, surélevée qu'elle était par une bande d**e** ciel bordée en haut seulement d'une ligne qui était du même bleu que celui de la mer, mais qu'à cause de cela je croyais être entre les deux de la mer encore et ne devant sa couleur différente qu'à un effet d'éclairage. Un autre jour la mer n'était peinte que dans la partie basse de la fenêtre dont **tout le reste**[6] était rempli **de** tant de nuages poussés les uns contre les autres par bandes horizontales, qu'elle avait l'air par une préméditation ou une spécialité de l'artiste de *consister en*[7] une "étude de nuages", *exécutée*, cependant que **l**es différentes vitrines de la bibliothèque *basse*, montrant des *images*[8] semblables mais dans une autre partie de l'horizon et *sous une*[9] lumière *différente et diverse*, semblaient comme la répétition, chère à certains maîtres contemporains, *de ce*[10] seul et même effet, *et*[11] puis à *une* heure différente mais qui maintenant dans l'immobilité de l'**art**[12] pouvaient être **tous vus**[13] ensemble dans une même pièce, exécutés au pastel et mis sous verre. Et parfois sur le ciel et la mer uniformément gris un peu de rose s'ajoutait avec un raffinement exquis, cependant qu'un petit papillon qui s'était endormi au bas de la fenêtre semblait apposer **avec ses ailes** au bas de cette "harmonie gris et rose" dans le goût de celles de Whistler la signature

303/698

favorite du maître de Chelsea. *Il*[1] n'y avait plus rien à voir. Je me *levais tirer les rideaux*[2] et avant de me *recoucher*[3] je fermais les **grands** rideaux. Au-dessus **d'eux**, je voyais de mon lit la raie du *jour*[4] s'assombrissant, s'amincissant progressivement, mais c'est sans m'attrister que je laissais ainsi mourir *le jour aussi* au

5. **d'habitude j'étais à table**
6. ce **jour-là**
7. **que les autres,**
8. **je me levais,**
9. **et je trouvais du charme**
10. **à Rivebelle,**
11. [MD] **c'est avec joie que je me rendais plus complet par tous ces appâts pour me donner entier et dispos à**
12. **où j'**appuy**erais**
13. **< toutes les *espèces*** [**< toutes les *faunes* < tous les *règnes*] *de la nature mangeables***

1. **clair**
2. **la chaleur du jour**
3. *venait du* rose
4. qu'**à** la nuit
5. **si le temps était** [mauvais]
6. *avions*
7. **ces jours-là c'est sans tristesse que j'entendais** le vent
8. *sans* ***éteindre ma joie***
9. **réclusion**

haut des rideaux et sans lui donner de regrets l'heure où *les autres jours je dînais*[5], car je savais que *celui-ci*[6] était d'une autre sorte[7] plus long comme ceux **du** pôle que la nuit interrompt seulement quelques minutes; je savais que de la chrysalide de ce crépuscule se préparait à sortir, par une radieuse métamorphose, la lumière éclatante du restaurant de Rivebelle. Je me disais: il est temps, je m'étirais sur le lit,[8] j'achevais ma toilette;[9] à ces instants inutiles, allégés de tout fardeau matériel, où tandis qu'en bas les autres dînaient, je n'employais les forces accumulées pendant l'inactivité de cette fin de journée qu'à sécher mon corps, à passer un smoking, à attacher ma cravate, à faire tous ces gestes que guidait déjà le plaisir attendu de revoir telle femme que j'avais remarquée la dernière fois[10] qui avait paru me regarder, n'était peut-être sortie un instant de table que dans l'espoir que je la suivrais;[11] toute une vie nouvelle, libre, sans souci, appuyant[12] mes hésitations au calme de Montargis, *mangeant de tous les plats inusités que choisirait ma fantaisie et qu'il commanderait aussitôt* **et choisirais entre les spécimens de tous les genres de l'histoire naturelle[13] et les provenances de tous les pays, les plats inusités, aussitôt commandés par Montargis, qui tenteraient ma gourmandise ou mon imagination.**

304/699

Les premiers temps quand nous arrivions le soleil venait de se coucher, mais il faisait encore *jour*[1]; dans le jardin du Restaurant dont les lumières n'étaient pas encore allumées,[2] tombait, déposait, comme au fond d'un vase le long des parois duquel la gelée transparente et sombre de l'air semblait si consistante qu'un grand rosier appliqué au mur obscurci qu'il **veinait de** rose[3] avait l'air d'une arborisation *rose* qu'on voit au fond d'une pierre d'onyx ou d'agate. Bientôt ce ne fut qu*e* la nuit[4] que nous descendions de voiture à Rivebelle, souvent même **que** nous y montions à Cricquebec s'*il faisait mauvais temps*[5] ***et*** et que nous **eussions**[6] retardé le moment de partir, dans l'espoir d'une accalmie. Mais[7] *j'écoutais* le vent *souffler sans tristesse*[8], je savais qu'il ne signifiait pas abandon de nos projets, *claustration*[9] dans

10. **triompheraient** aisément **de** l'obscurité et **du**
11. **prétendais**
12. **plus tard**
13. **qu'on a eu** [à] **l'écrire**
14. **d'une belle page**
15. qui s'**y surajoute**

1. **défaut**
2. **, ayant trouvé plus prudent de m'avertir des graves risques** auxquels **pouvait m'exposer** mon état **de santé**
3. tous **les** plaisirs **au but**
4. **depuis que j'étais à Cricquebec un** contrôle **minutieux et constant, faisant** toujours **attention à l'**état de **chaleur,**
5. **manger**
6. **avant de boire combien j'avais déjà pris de bière pour rester**
7. **nécessaire pour ne pas être fatigué le lendemain.**
8. [MG] **comme s'il ne devait plus jamais y avoir de lendemain, ni de fins élevées à réaliser,**
9. **précis de prudente hygiène qui fonctionnait pour les sauvegarder.**

ma chambre que, dans la grande salle à manger du restaurant où nous entrerions au son de la musique des Tziganes, les innombrables lampes *vaincraient* aisément l'obscurité et *le* froid[10] en leur appliquant leurs larges cautères d'or, et je montais gaiement à côté de Montargis dans le coupé qui nous attendait tout attelé sous l'averse. Depuis quelque temps, les paroles de Bergotte, se disant convaincu que malgré ce que je *lui assurais*[11], j'étais fait pour goûter surtout les plaisirs de l'intelligence, m'avaient rendu au sujet de ce que je pourrais faire *un jour*[12], une espérance que décevait chaque jour l'ennui que j'éprouvais à me mettre devant une table, à commencer une étude critique ou un roman. "Après tout, me disais-je, peut-être le plaisir[13] n'est-il pas le critérium infaillible de la valeur *de ce qu'on écrit*[14]; peut-être n'est-il qu'un état accessoire qui *va se rajouter*[15]

305/700

souvent *à la production d'une belle page*, mais dont le *manque*[1] ne peut *rien* préjuger contre elle. Peut-être des chefs-d'œuvre ont-ils été écrits en bâillant. Ma grand'mère apaisait mes doutes en me disant que je travaillerais bien et avec joie si je me portais bien. Et,—comme un médecin[2] *de Cricquebec m'avertissait des risques* auxquels *m'exposait* mon état *morbide*, m'avait tracé toutes les précautions d'hygiène à suivre pour éviter un accident—, subordonnant tout plaisir *à ce but*[3] que je jugeais infiniment plus important **qu'eux**, de devenir assez fort pour pouvoir réaliser l'œuvre *originale* que je portais peut-être en moi, *et tous les jours à Cricquebec* j'exerçais sur moi-même[4] *un minutieux* contrôle, *sachant* toujours *exactement dans quel* état de *calorique*, d'appétit, de fatigue **où** je me trouvais pour savoir si je pouvais ôter un manteau, *reprendre*[5] d'un plat, faire un tour, me rappelant exactement[6] *combien de bière je pouvais prendre pour rester* un peu au-dessous de l'unique verre qu'en dehors des **périodes de** crises je ne devais pas dépasser. On ne m'aurait pas fait toucher à la tasse de café qui m'eût privé du sommeil *nécessaire* de la nuit[7]. Mais nous arrivions à Rivebelle, et aussitôt[8] disparaissait ce *minutieux et clair* mécanisme[9] *de ma vie*

10. **tu ferais peut'être mieux de le garder,**
11. **répondais**
12. **en tous cas j'avais oublié la** peur
13. **nous entrions**
14. d**e quelque** marche

1. **imprimée** à notre corps **par** les rythmes
2. **qu'à Cricquebec**
3. **alors pourtant qu'à** ma conscience **calme et** lucide
4. **sans même le goûter,**
5. **en vue d'**un achat
6. *verres neufs* [!]
7. **qui peuvent en donner**
8. **occasionnais**
9. **me faire éprouver**
10. [MG, INT, MD] **Si,—pareil à ces industries chimiques qui débitent en quantité des corps qui ne se rencontrent accidentellement dans la nature que dans des cas fort rares—le restaurant de Rivebelle réunissait en un même moment plus de femmes au fond desquelles me sollicitaient des perspectives de bonheur, que le hasard des promenades ou des voyages ne m'en eût fait rencontrer en une année, d'autre part cette musique que nous entendions—arrangements de valses, d'opérettes allemandes, de chansons de café-concert—toutes nouvelles pour moi** [< *toutes inconnues de moi*] **— était elle-même comme un lieu de plaisir aérien superposé à l'autre et plus grisant que lui. Car chaque motif, particulier comme une femme ne réservait pas comme elle eût fait, pour quelque privilégié, le secret de la volupté qu'il recélait; il me le proposait, me reluquait, venant à moi d'une allure capricieuse ou canaille, m'accostant, me caressant, comme si j'étais devenu tout d'un coup plus séduisant, plus puissant ou plus riche; je leur**

subordonnée à des fins élevées. Tandis qu'un valet de pied me demandait mon paletot, Montargis me disait: "Tu n'auras pas froid?[10] il ne fait pas très chaud"; je *disais*[11]: "Non, non", et peut-être je ne sentais pas le froid, mais[12] *je ne sentais pas non plus la* peur de tomber malade, la nécessité de ne pas mourir, l'importance de travailler. Je donnais mon paletot *et ma canne;*[13] dans la salle du restaurant, aux sons d'*une* marche[14] guerrière jouée par les Tziganes, nous nous avancions entre les

306/701

rangées des tables servies comme dans un facile chemin de gloire et sentant l'ardeur joyeuse *qu'imprimai[en]t* à notre corps les rythmes[1] de l'orchestre qui nous décernait ces honneurs militaires et ce triomphe immérité, nous la dissimulions sous une mine grave et glacée, sous une démarche pleine de lassitude, pour ne pas imiter ces gommeuses de café-concert **qui,** venant chanter sur un air belliqueux un couplet grivois, entrent en courant sur la scène avec la contenance martial d'un général vainqueur. La dose de bière *que*[2] je n'aurais pas voulu atteindre en une semaine, *et quant*[3] à ma conscience lucide sa saveur représentait un plaisir clairement appréciable et pourtant aisément sacrifié, je l'absorbais,[4] en une heure: **et** je donnais au violoniste qui avait bien joué les deux "louis" que j'avais économisés depuis un mois *pour* un achat[5] que je ne me rappelais même plus. J'entendais le grondement de **mes nerfs**[6] dans lesquels il y avait du plaisir indépendant des objets extérieurs *où on peut en trouver*[7] et que le moindre déplacement que j'*imprimais*[8] à mon corps, à mon attention, suffisait à *produire en moi*[9], comme à un œil fermé une légère compression donne la sensation de la couleur. Tout ce que je demandais c'était à ne pas sortir de cette passivité, je laissais la musique conduire elle-même mon plaisir sur chaque note où elle devait se poser.[10]

trouvais bien, à ces airs, quelque chose de cruel; c'est que tout sentiment désintéressé de la beauté, tout reflet de l'intelligence leur était inconnu; ils sont l'enfer le plus impitoyable, le plus privé d'issue, pour le malheureux jaloux; pour eux le plaisir physique existe seul. Et ils sont l'enfer le plus impitoyable, le plus dépourvu d'issues pour le malheureux jaloux à qui ils présentent ce plaisir, *que la gaieté pour sa* **ce plaisir que la femme aime goûter avec un autre—comme la seule chose qui existe au monde pour celle qui le remplit tout entier.* Mais tandis que je répétais à mi-voix les notes de cet air je lui avais rendu son baiser, cette volupté particulière à lui il me la faisait éprouver, inconnue de moi il y a un instant et maintenant si chère que** *pour suivre* **j'aurais quitté mes parents pour suivre ce motif dans le monde singulier qu'il construisait en lignes tour à tour pleines de langueur et de vivacité.**

* [Variante de ces dernières phrases dans la marge supérieure]: ***A chacun de ces airs toute pensée, tout sentiment désintéressé de la beauté était inconnu. Ils ne nous montrent que*** [< ***ne parlaient que du***] ***le monde absent des plaisirs sensuels. Aussi sont-ils et deviennent*** [< ***présentent-ils***] ***l'image de l'enfer le plus dénué d'espérance, le plus dépourvu de consolation au malheureux jaloux à qui ils parlent de plaisir accueillant impitoyablement de l'image du plaisir*** [texte confus], ***de ce plaisir que goûte avec quelque autre une femme qui jadis frémissait quand elle les écoutait avec lui.*** [Note de Proust: **"ceci après la marge"**]

11. Quoiqu'**un tel plaisir** ne *soit* pas

12. [INT, MI] **quoique,** *dans le jugement que porte sur nous une femme qui passe et à qui nous plaisons* **chaque fois que dans notre vie nous avons déplu à une femme qui nous a aperçus elle ne peut pas savoir si à ce moment-là nous ne possédions cette félicité intérieure et subjective qui** *ne modifierait pas son jugement défavorable* **par conséquent ne changeait rien au jugement qu'elle a porté, les données sur lesquelles elle l'a fondé restant les mêmes malgré la joie nouvelle que nous ressentons,**

Quoiqu'*il* ne *soit* pas[11] d'une sorte qui donne plus de valeur à l'être auquel il s'ajoute, car il n'est perçu que de lui seul, et[12] *quoiqu'au moment où dans la rue des femmes qui ne m'aimaient pas avaient détourné de moi leur regard, elles ne pouvaient pas savoir si à ce moment même je ne possédais pas intérieurement cette félicité*, je me sentais plus puissant, presque irrésistible.

1. un **musicien se détachant** ***hors de l'orchestre*** **et se plaçant devant l'orchestre**
2. ce**tte proposition**)
3. **avait précisément** la **beauté** touchante, la **séduction de cette musique.**
4. [MG] **La mélodie comme un milieu sympathique où nous nous serions rencontrés avait** ***créé*** **établi entre M**lle **de Silaria et moi tant d'intimité que le mot chère adressé à elle me semblait aussi naturel dans ma bouche que l'était l'accent que la phrase musicale lui donnait. Et ne doutant pas que mon projet** [< *ce mot*] **ne lui parût aussi voluptueux que me semblait cette phrase** [< **que** ***la note sur laquelle il me chantait*** **cette phrase**], **mon amour timide et malheureux se sentait soudain consolé par toute la poésie que je sentais se dégager pour M**lle **de Silaria** [< ***émaner de moi-même***] **et par cette nouvelle** ***que j'apprenais*** **qu'en ce moment "par ce soir d'automne" elle était occupée à la tristesse que je ne l'eusse pas "emmenée dans un coin perdu de la terre bretonne."**
5. **d'amis de Montargis**
6. **au casino** d'une **autre plage**
7. **afin** que fussent **moins longs**
8. **avoir l'aide de**
9. **—en faisant machine en arrière et en sortant de la passivité où j'étais pris comme dans un engrenage—,**
10. ***de la côte***
11. **souvent éboulé**
12. qui eût **été nécessaire**
13. l'*ancrer*
14. **qui pour les autres hommes est diluée dans leur**

1. **les soirs où**
2. *tirer*

307/702

Et quand un *chanteur s'avançant*[1] chanta la belle mélodie de Reynaldo Hahn: "Je sais un coin perdu de la grève Bretonne [*sic*] où j'aurais tant aimé pendant les soirs d'automne, chère à vous emmener", il me sembla que mon amour pour Melle de Silariat [*sic*] (à qui j'adressais mentalement ces *paroles*[2] *la grève Bretonne étant Cricquebec*) n'était plus quelque chose de déplaisant et dont elle pourrait sourire, mais[3] *qu'elle me trouverait si je le lui disais* la *même grâce* touchante, la *même poésie profonde que j'empruntais à la musique.*[4] Si par hasard pour finir la soirée avec telle bande[5] que nous avions rencontrée, nous allions[6] *à la salle de jeux* d'un *restaurant assez éloigné*, si *de* Montargis allait avec eux et me mettait seul dans une voiture je recommandais au cocher d'aller à toute vitesse, *pour* que fussent *plus courts*[7] les instants que je passerais sans[8] personne pour me dispenser de fournir moi-même à ma sensibilité[9] ces modifications que depuis mon arrivée à Rivebelle je recevais des autres. Le choc possible avec une voiture venant en sens inverse dans ces sentiers[10] où il n'y avait de place que pour une seule et où il faisait nuit noire, l'instabilité du sol[11] de la falaise, la proximité de son versant à pic sur la mer, rien de tout cela ne trouvait en moi le petit effort qu'*il* eût *fallu*[12] pour l'**amener**[13] jusqu'à ma raison. Ne faisant en somme que concentrer dans une soirée la paresse[14] *dans l'*existence entière *de tous les hommes qui* **où** journellement **ils** affrontent sans nécessité le risque d'un voyage en mer, d'une promenade en aéroplane ou en automobile quand les attend à la maison l'être dont leur mort briserait la vie, ou quand est encore liée à la fragilité de leur cerveau

308/703

l'œuvre dont la prochaine mise au jour est la seule raison d'être de leur vie. Et **de même** dans le restaurant de Rivebelle, ***que***[1] nous y restions, si quelqu'un était venu pour me **tuer**[2], comme je ne voyais plus que dans un lointain sans réalité ma grand'-

3. **mes livres à composer** [< *écrire*], **comme j'adhérais tout entier à**

4. **de la valse qu'on jouait et que *j'étais, parcelle mince et vaine,* j'étais**

5. **dînaient ces soirs-là à Rivebelle**

6. **, certaines pour retrouver leur amant**

7. **passé *au moins une nuit*—lui-même ou tel de ses amis—au moins une nuit avec elles.**

8. **si elles** étaient **avec un homme**

9. [MG, MI, INT, MD] **Et l'une chuchotait "C'est le petit Montargis. Il paraît qu'il aime toujours son actrice. C'est la grande amour. Quel joli garçon. Moi je le trouve épatant et quel chic. Il y a tout de même des femmes qui ont une sacrée veine. Et un chic type en tout. Je l'ai bien connu quand j'étais avec d'Orléans. *Ils étaient inséparables* C'était les deux inséparables. Il en faisait une noce à ce moment-là. Mais maintenant ce n'est plus ça, *il paraît qu'* il ne lui fait pas de queues. Ah! *si* elle peut dire qu'elle en a une chance. Et je ne demande qu'est-ce qu'il peut lui trouver. Elle a des pieds comme des bateaux, des faux sourcils, et des dessous sales! Je crois qu'une petite ouvrière ne voudrait pas de ses pantalons. Regarde-moi un peu quels yeux il a, on se jetterait au feu pour un homme comme ça. Tiens tu vois il m'a reconnue, il rit, oh! il me connaissait bien. On n'a qu'à lui parler de Léa.**["]

10. **ces femmes**

1. **—et comme si elle était cachée par un voile—**

2. **et** qui apparaît **seulement**

3. **une fois qu'il**

mère, ma vie à venir, [3]*mon œuvre à réaliser, si quelqu'un* l'odeur de la femme qui était à la table voisine, à la politesse des maîtres d'hôtel, au contour *de la mélodie*[4] collé à la sensation présente, n'ayant **pas** plus d'extension qu'elle ni d'autre but que de ne pas être séparé d'elle, je serais mort contre elle, je me serais laissé massacrer sans offrir de défense, sans bouger, **abeille** engourdi**e** par la fumée des cigarettes qui n'a plus **le** souci de préserver la provision de ses efforts accumulés et l'espoir de sa ruche.

Montargis avait tellement vécu dans le monde *si* restreint de la noce avant qu'il eût fait la connaissance de sa maîtresse actuelle, que de toutes les femmes qui *se trouvaient là*[5] et dont beaucoup s'y trouvaient par hasard, certaines éta**nt** venues *retrouver leur amant* au bord de la mer[6], d'autres tâcher d'*y* en trouver un, il n'y en avait guère qu'il ne connût *soit* pour avoir[7] *couché avec elles, ou parce qu'elles l'avaient fait avec de ses amis.* Il ne les saluait pas,[8] *comme elles n'*étaient *pas seules*, et elles tout en le regardant plus qu'un autre parce que l'indifférence qu'on lui savait pour toutes les autres femmes que son actrice, lui donnait aux yeux de celles-ci un prestige singulier, elles avaient l'air de ne pas le connaître.[9] Mais pourtant entre elles et lui je surprenais un regard d'intelligence. J'aurais voulu qu'il me présentât à *elles*[10], leur demander un rendez-vous **et** qu'elles me l'accordassent même si je n'avais pas pu m'y rendre. Car sans cela leur visage resterait éternellement incomplet dans ma mémoire, privé *comme si elle était*

309/704

cachée par un voile, de cette partie de lui-même,[1] qui varie avec toutes les femmes *et*, que nous ne pouvons imaginer chez l'une quand nous ne l'**y** avons pas vue, *celle* qui apparaît[2] dans le regard qui[3] nous connaît et s'adresse à nous, dans le sourire qui

4. [phrase remaniée:] Et pourtant même **aussi réduit que je le voyais,** leur visage **était pour moi bien plus que celui** de femmes que j'aurais su vertueuses **et ne me semblait pas comme le leur,** plat, sans dessous, composé d'une pièce unique et sans épaisseur.
5. **ce qu'il devait être pour** Montargis
6. que l'on **eût** adressé **aussi bien à tout autre**
7. un**e** **toile** décent**e**.
8. **en** ***ces*** **telle** ***de ces*** **ou telle de ces femmes**
9. qu'elle suiv**rait** pendant **sa** vie, **ces visages** restaient fermés.
10. de **belles** médailles, **au lieu** d'être **l**es médailles
11. **à Cricquebec**
12. **à mon ami**

1. **sa reconnaissance de**
2. **qu'il avait eues**
3. **avidement**
4. ***page*** **feuille**

acquiesce à notre désir et nous promet qu'il sera satisfait. [4]Et pourtant même *incomplet* leur visage *ne me semblait pas pour moi* plat, sans dessous, composé d'une pièce unique et sans épaisseur, *comme celui* de femmes que j'avais su vertueuses. Sans doute il n'était pas pour moi *comme pour* Montargis[5] qui *comme en ces tableaux licencieux que le peintre recouvre pour les visiteurs ordinaires d'un barbouillage décent,* voyait par la mémoire sous l'indifférence pour lui transparente des traits immobiles qui affectaient de ne pas le connaître ou sous la banalité du **même** salut que l'on adressa*it*[6] *comme à quelqu'un qu'on connaît peu*, se rappelait, voyait, entre des cheveux défaits, une bouche pâmée et des yeux mi-clos, tout un tableau licencieux comme ceux que les peintres pour tromper le gros des visiteurs revêt*ai*ent d'un *barbouillage* décent.[7] Certes pour moi au contraire qui sentais que rien de moi n'*y* avait pénétré[8] et n'y serait emporté dans les routes inconnues[9] qu'elle*s* suiva*ient* pendant *leur* vie, *ils* rest*er*aient fermés. Mais c'était déjà assez de savoir qu'ils s'ouvraient pour qu'ils me semblassent d'un prix que je ne leur aurais pas trouvé s'ils n'avaient été que[10] de*s* médailles, *mais qui leur venait* des médailles sous lesquels se cachaient des souvenirs d'amour.

Puis **l**e séjour de Montargis[11] toucha*it* à sa fin; et comme ma grand'mère était désireuse de témoigner[12] *à Montargis sa reconnaissance*

310/705

à Montargis qui avait eu[1] tant de gentillesses[2] pour elle et pour moi. Je lui dis qu'il était grand admirateur de Proudhon et je lui donnai l'idée de faire venir pour lui de nombreuses lettres autographes de ce philosophe qu'elle avait achetées; Montargis vint en prendre connaissance à l'hôtel, le jour où elles arrivèrent qui était la veille de son départ. Il les lut *avec ferveur*[3], maniant chaque *feuillet*[4] avec respect, tâchant de retenir les phrases, puis, s'éta**n**t levé en s'excusant auprès de ma grand'mère d'être resté aussi longtemps, quand il l'entendit lui répondre: “Mais non, emportez-les, c'est à vous, c'est pour vous les donner que je les

5. pour contenir **la** joie
6. d'**avoir** mal **témoigné sa reconnaissance**
7. **du wagon** [< *au train*] **de l'en excuser auprès d'elle**
8. **où il était en** garnison **et** qui
9. **qui est**
10. Arvi du [Barine]

1. **grossière**

ai fait venir." *et* **Il** fut pris d'une joie dont il ne fut pas plus le maître que d'un état organique qui se produit sans intervention de la volonté. *et* il devint écarlate comme un enfant qu'on vient de punir, et ma grand'mère avait été beaucoup plus touchée de voir tous les efforts qu'il avait fait[s] sans y réussir d'ailleurs pour contenir *le hoquet* de joie[5] qui le secouait, que par tous les remerciements qu'il avait pu proférer. Mais lui craignant[6] d*e* *l'avoir* mal *remerciée et* me priait encore *de l'en excuser auprès d'elle,* le lendemain,[7] *à la gare,* puis le surlendemain dans une lettre **que** je reçus de lui de la *petite* ville[8] *de* garnison qui semblait sur l'enveloppe où la poste en avait timbré le nom, accourir vite vers moi, me dire qu'entre ses murs, dans le quartier de cavalerie Louis XVI, il pensait à moi. Le papier était armorié d'un lion que surmontait une couronne formée par [un] bonnet de pair de France. "Après un voyage qui s'est assez bien effectué me disait-il en lisant un livre acheté à la gare,[9] par Arv**ède**[10]

311/706

Barine (c'est un auteur russe je pense, cela m'a paru remarquablement écrit pour un étranger, mais donnez-moi votre appréciation, car vous devez connaître cela vous puits de science qui avez tout lu) me voici revenu, disait-il, au milieu de cette vie[1] que vous méprisez sans doute et qui n'est pourtant pas sans charme. Tout m'y semble changé depuis que j'en étais parti, car dans l'intervalle une des ères les plus importantes de ma vie, celle d'où date notre amitié, a commencé. J'espère qu'elle ne finira jamais. Je n'ai parlé de notre amitié, de vous, qu'à une seule personne, qu'à mon amie, que j'ai vue à mon passage à Paris. Elle aimerait beaucoup vous connaître et je crois que vous vous accorderiez car elle est aussi extrêmement littéraire. En revanche je me suis isolé de mes camarades excellents garçons mais qui eussent été bien incapables de comprendre pour repenser à nos causeries, pour revivre ces heures que je n'oublierai jamais. J'aurais presque mieux aimé pour le premier jour évoquer leur souvenir pour moi seul et sans vous

2. *altier*, sensitif
3. **à partir de ce moment-là quand on apportait le courrier**
4. ***entre toutes les autres*** **si c'était de lui que venait une lettre**
5. **absents**
6. *leur*
7. la **ligne** du **nez**

1. **Mais nous restâmes**
2. ***dans lequel*** **quand**
3. **entamaient la conversation**
4. **trouver les heures moins longues**
5. **nous enseignaient un jeu**
6. **à combiner ensemble de ces distractions**
7. **>** ***faire*** **>** ***donner du*** **>** ***faire*** **> donner du**
8. **lequel**
9. **n'y pas prétendre mais seulement à aider à**
10. [MS, MG] **Je fis même la connaissance du jeune homme riche, d'un de ses deux amis nobles et de l'actrice** ***et de l'ami*** **qui étaient revenus pour quelques jours;** ***l'autre noble était rentré plus tôt à Paris;*** **Mais la petite société ne se composait plus que de trois personnes, l'autre ami étant rentré plus tôt à Paris.** ***Comme celui qui restait, le Marquis Maurice de Vaudémont était d'une très grande maison*** **Ils m'invitèrent** ***même*** **à venir dîner avec eux dans leur restaurant. Je crois qu'ils furent assez contents que je n'accepte pas. Mais ils avaient fait l'invitation le plus aimablement possible, et bien que ce fût en réalité le jeune homme riche qui m'eût invité puisque les autres personnes n'étaient que ses hôtes, comme l'ami qui l'accompagnait, le Mis Maurice de Vaudémont, était de très grande maison, instinctivement l'actrice en me demandant si je ne voudrais pas**

écrire. Mais j'ai craint que vous, esprit subtil et cœur **ultra-sensitif**[2] ne vous mettiez martel en tête en ne recevant pas de lettres si toutefois vous avez daigné abaisser votre pensée sur le rude cavalier que vous avez fort à faire pour dégrossir et rendre un peu plus intellectuel et digne de vous". Et[3] je reconnaissais tout de suite[4] *les lettres de lui.* **Comme** cet autre visage que nous montrons quand nous sommes *loin*[5] et dans les traits duquel, à savoir les caractères de l'écriture, il n'a aucune raison pour que nous ne croyions pas aussi **bien**[6] saisir une âme individuelle *et* que dans les *traits* du *visage*[7] ou les inflexions de la voix. *Mais nous restâmes*

312/707

[1]peu de temps à Cricquebec après le départ de Montargis dans l'hôtel qui n'allait pas tarder à fermer et n'avait jamais été si agréable, où parfois la pluie nous retenait, le casino était fermé, dans les pièces presque complètement vides comme à fond de **cale** d'un bateau *où*[2] le vent souffle, et où chaque jour, comme au cours d'une traversée, une nouvelle personne d'entre celles près de qui nous avions passé trois mois sans les connaître, le premier Président de Rennes[,] le bâtonnier de Caen, une dame américaine et ses filles, venaient à nous,[3] inventaient quelque manière de *passer le temps*[4], révélaient un talent,[5] nous invitaient à prendre le thé, ou à faire de la musique, à nous réunir à une certaine heure, *passe-temps*[6] qui possèdent le vrai secret de nous *donner du*[7] plaisir *et qui*[8] est de[9] *ne prétendre qu'à* nous *faire* passer le temps de notre ennui, enfin nouaient avec nous sur la fin de notre séjour des amitiés que le lendemain leurs départs successifs venaient interrompre.[10] J'étais désolé de partir. Certes *j'avais reçu bien peu d'impressions de Cricquebec*, surtout depuis que Montargis m'avait fait connaître des plaisirs mondains *que*

dîner, me dit pour me flatter: "Cela fera tant de plaisir à Maurice". Et quand dans le hall je les rencontrai tous trois, ce fut M. de Vaudémont, le jeune homme riche s'effaçant pour laisser plus de prix à l'invitation qui me dit: "Vous ne nous ferez pas le plaisir de venir dîner avec nous?"

11. **Cricquebec m'avait donné bien peu d'impressions mais enfin**

12. **qu'on**

13. sur **une** lettre pour qu'**elle me parvînt, et**

14. **restait du moins près de moi**

15. [MG, MI] **D'ailleurs comme dans ces lettres on me demandait si je ne reviendrais jamais, comment je pouvais rester à Cricquebec quand tout le monde était parti depuis longtemps, je me persuadais par raisonnement, si je ne l'éprouvais pas directement, que par la prolongation de mon séjour j'acquérais une connaissance plus approfondie, *presque une compétence spéciale* de cette côte, *ma connaissance, ma compétence de spéci* et que je prouvais mon amour pour elle. Contre le témoignage opposé de mon ennui, de mon manque d'impressions, j'appelais à mon secours cette opinion que j'avais souvent entendu émettre et qui pouvait être vraie que nous nous sommes souvent mal renseignés par notre sensation intime et mauvais juges pour nous-mêmes, nous trouvant moins bien portants après un traitement qui nous a réussi, étant mécontents de nous même le meilleur** [illis.], **nous croyant plus méchants que nous ne sommes.**

16. Et **comme** [< *le fait*] ma fenêtre donnât [*sic*]

17. au lieu **que ce fût sur une** campagne ou ***sur*** **une** rue

18. **que j'entendais**

même sans recevoir d'impressions de Cricquebec[11] je savais que j'y demeurais effectivement, que c'était le nom *de la ville que Montargis*[12] était obligé de mettre comme adresse sur *ses* lettres pour que *je les reçoive,*[13] je sentais que la possibilité[14] des impressions que je n'avais pas eues *était du moins près de moi.*[15] Et *la conscience que* ma fenêtre donnait[16], au lieu *d'être* campagne ou *d'*une rue,[17] sur les champs **de** la mer, *l'audition,*[18] pendant la

19. [INT] **montagneuse, étendue comme un paysage,** ***accidentant l'obscuri*** **dans les ténèbres qu'elle accidentait et à la résistance de laquelle, j'avais avant de m'endormir, confié** ***mon sommeil*** **comme une barque mon sommeil enchaîné, il me semblait que cette continuité** ***devait matériellement faire paraître en moi*** **avec la mer devait matériellement, à mon insu,**

1. [MS] **faire pénétrer en moi la notion de son charme à la façon de ces leçons qu'on apprend en dormant.**
2. **et des églises**
3. **suivante**
4. *mais seul*
5. **de cet**
6. **qui avait quelques mois plus tôt causé ma** souffrance **quand j'avais dû** quitter **ma chambre de Paris pour** celle **à laquelle je m'étais maintenant habitué,** où j'entrais
7. **se heurter**
8. je **dus** couch**er**
9. j'**eus** quitté
10. **qu'ensuite, chaque fois qu'à** ces images
11. **donner envie**

1. arbitraire*ment* **que celles de l'imagination,** [< ***que n'avait fait l'imagination***]

nuit, *de* sa rumeur[19] *qui s'approchait me semblait devoir faire pénétrer en moi matériellement, à mon insu, quelque chose de son charme, comme ces*

313/708

[1]*leçons qu'on apprend en donnant* [*sic*]. Et je profitais des derniers jours du soleil pour m'exposer à ses rayons marins, comme s'il y avait eu en moi, ignorées de moi, des impressions qu'ils mûriraient nécessairement, comme les raisins d'une vigne. Et le peu de joie que j'avais en somme reçue de la mer, de la campagne[2] normande**s**, *des églises* ne me faisai*en*t pas souhaiter moins, mais au contraire davantage, non seulement de rester plus tard cette année, mais *surtout* de revenir l'année *prochaine*[3]. Car c'est bien moins le plaisir que la déception, qui donne ce désir de la répétition et du recommencement, véritable aveu de l'inachèvement. Et puis mon besoin de savoir que je reviendrais **naissait**[4] aussi *du même*[5] attachement aux choses[6] *à l'ombre desquelles je venais de vivre, que la* souffrance *que j'avais eue à* quitter *pour elles* celle*s qui avaient fait partie de ma vie jusque-là, à cette chambre* où j'entrais *maintenant* sans plus jamais sentir l'odeur **du vetiver**, *cette chambre* **et** dont ma pensée, qui s'y élevait jadis si difficilement *jusqu'au plafond*[7], avait fini par prendre si exactement les dimensions que je fus obligé de lui faire subir un traitement inverse quand je coucha*i*[8] dans ma chambre nouvelle, laquelle était basse de plafond.

Et quand je quittai*s*[9] Cricquebec sans jamais y avoir connu ce dont le désir m'avait fait surmonter maladie et tristesse: des flots soulevés par la tempête qui battaient une église persane, au milieu d'éternels brouillards, tandis qu'au petit jour je buvais du café au lait dans l'auberge, il se trouva *quant à* ces images[10] le souvenir pour me *demander*[11]

314/709

de retourner à Cricquebec substitua les siennes, il ne les choisit pas moins arbitraire**s**[1] elles furent aussi étroites, aussi délimitées

2. **aussi privilégiées,**
3. **me faisait rêver de revenir un jour** [à] Cricquebec [< **me faisait *à tous moments décider que j'allais partir pour*** Cricquebec]
4. > ***temps*** > ***jour*** > **temps**
5. **à travers le grand vitrage azuré de laquelle**
6. l'**ancien** moulin [< le ***vieux*** moulin]
7. **—la même—** [< la même servante ***que l'autre année***]
8. **ailleurs qu'il me fallait** [< ***sur une autre rivière***]
9. **je voulais**
10. l'**ancien** moulin;
11. **transportées dans un autre lieu** la **même** servante
12. **Sans doute**
13. **étaient**
14. **sans altérer son authenticité**
15. ***si je retournais un jour à Cricquebec***

1. **jamais**
2. **quand nous les avons connus**

dans leur cadre, aussi instantanées dans leur durée, aussi exclusives de toute autre,[2] aussi excitantes pour mon désir, aussi impérieuses pour ma volonté, *aussi* , *aussi privilégiées*. Ce qui *me donnait envie* maintenant[3] *de retourner à* Cricquebec, c'était le désir, par un *jour*[4] de soleil et de vent, remontant de la plage avec Madame de Villeparisis qui en passant envoyait un bonjour de la main à la Princesse de Luxembourg et m'annonçait que nous allions avoir des œufs à la crème et des soles frites, d'entrer à midi dans la salle à manger *en vitrage d'où*[5] je verrais des ombres promenées du ciel sur la mer comme par un miroir; ou bien d'être dans une barque arrêtée au fil de l'eau devant le moulin *vieux*[6], sous la lumière abaissée de la fin du jour, pendant que la *même* servante[7] se pencherait pour annoncer que les truites sont prêtes. Ce n'était pas une promenade en barque *ailleurs que je voulais*[8], ni sur une autre rivière les mêmes rayons; *il fallait*[9] que ce fût devant le moulin *vieux*[10]; *seule* la servante[11], les truites n'étaient rien; **mais pourtant** sans la servante *pourtant* **et** sans les truites, la promenade en barque et la lumière ne suffisaient pas. *Ce n'est pas que*[12] certains de ces plaisirs *ne fussent*[13] en eux-mêmes insignifiants. Mais le souvenir les maintenait dans un assemblage, dans un équilibre où il ne m'était pas permis de rien distraire et de rien refuser[14]; *comme si le charme d'une image consistait surtout dans le regret d'un instant.* Or je sentais bien que toutes ces circonstances[15] je ne pourrais les retrouver semblables. La servante *du moulin* aurait peut-

315/710

être changé et peut-être même, une fois à Cricquebec, pris dans l'engrenage d'une vie que je ne pouvais prévoir, je n'irai**s** peut-être *même pas*[1] jusqu'au moulin. L'hôtel pourrait rester le même. Mais Madame de Villeparisis n'y viendrait pas, ou serait **alors** trop âgée pour se promener, la Princesse de Luxembourg ne serait plus là cette année-là. Et dès lors le petit chemin qui nous ramenait de la plage, ne serait plus le même. Car les lieux n'appartiennent pas qu'au monde fixe de l'espace où nous les situons pour plus de commodité. Ils n'étaient[2] qu'une mince tranche au milieu d'impressions

3. qu'**il était**
4. **la pensée**
5. **déjeuner à Cricquebec un jour de vent**
6. **connaître**
7. [MG, MI] **D'ailleurs** ***Quant*** **à l'église de Cricquebec, sa solidarité** ***même*** **avec les différentes parties de la ville que lui donnait dans mon souvenir non seulement cette même lumière qui la baignait comme le Comptoir d'escompte et le café billard, mais la même qualité d'état d'esprit dans lequel je les avais vus—état d'esprit fait de mes dispositions** ***de la journée du voyage*** **et de mes rêveries d'une journée de voyage, auxquelles la ville s'était opposée comme une réalité qui n'avait rien de subjectif et** ***dont*** **à laquelle je ne pouvais rien modifier, cette solidarité qui m'avait gêné ce jour-là assurait au contraire au monument cette vive saveur** ***cette envie mystérieuse*** **d'être d'une certaine ville, d'être unique, que je lui imaginais** ***avait*** **quand je donnais une existence individuelle au nom de Cricquebec. J'aurais voulu revoir ces bons apôtres qui m'avaient reçu** ***au seuil*** **sur le seuil de leur église, j'aurais** ***voulu les revoir*** [La paperole qui donne la suite manque; pour le texte, voir Alden, pp.498-99.]
8. ***Quant aux images*** [< ***Et les images***] ***de l'église persane dans le brouillard immatérielle et la tempête, l'expérience les avait détruites.***

1. des **brumes** éternel**les**
2. De **la** même **façon** renaquit ***en moi*** aussi **en moi**
3. **des vacances de Pâques passées**

contiguës qui étaient notre vie d'alors[,] le souvenir d'une certaine image n'est au fond [que] le regret d'un certain instant, et les maisons, les routes, les plages, sont aussi fugitives que les années. Mais même si à peu de temps de distance j'avais pu artificiellement réunir les éléments de ce souvenir, je me serais aperçu que *c'était*[3] pourtant impossible de l'atteindre. Car il était d'essence spirituelle, *quelque chose qui était* perçu par l'*imagination*[4] et le désir de *revoir Cricquebec ensoleillé*[5] n'était au fond comme jadis le désir de voir Cricquebec dans le brouillard, qu'une forme de ce besoin contradictoire que nous avons de tâcher de *percevoir*[6] par l'expérience de nos sens ce que nous apercevons en nous-mêmes.[7] *dans la matière transparente et toute spirituelle de l'imagination et du désir.*[8] Détruites, non sans les laisser renaître quelquefois. Quand le temps était doux, que j'entendais le vent souffler dans la cheminée, le désir d'aller voir une tempête au bord de l'église persane de Cricquebec, de prendre le beau train d'une heure cinquante, renaissait en moi pareil à ce qu'il était autrefois. Et j'oubliais

316/711

[texte partiellement déchiré, reconstruit d'après 16732]

un instant ce que cette église de Cricquebec je la connaissais, qu'elle n'était pas au bord de la mer, dans des *brouillards* éternels[1], mais éclairée par le même bec de gaz que la succursale du Comptoir d'Escompte dans une ville traversée par un tramway. **alinéa**

De même renaquit aussi[2] le désir de Florence (et non comme **c'était** autrefois le souvenir *de ces jours*[3] à Combray) qui donna pour moi cette année-là et les suivantes sa tonalité et ses images

4. [MG, MI] **La semaine sainte** [< ***de Pâques***] **comme j'avais dû l'année précédente y voir Florence *et Venise* continuant pour moi à l'entourer** [< **l*es* entourer**] **comme si elle avait été son** [< ***leur***] **atmosphère naturelle. Comme cette ville** [< **ces ville*s***], **elle semblait avoir une physionomie spéciale** [< ***particulière***] **en harmonie avec la sienne** [< **la *leur***]. **La semaine sainte, la semaine de Pâques avait quelque chose de toscan, Florence quelque chose de pascal, chacune des deux m'aiderait à pénétrer le secret de l'autre. Je savais cependant bien que les raisons pour lesquelles je n'avais pas trouvé à l'église de Cricquebec le charme qu'elle avait dans mon imagination, ne lui étaient pas plus particulières que ne le sont à l'eau qu'en se penchant d'une barque *au soleil cou* on puise dans le creux de sa main les raisons qui la dépouillaient des reflets dont de loin elle semblait revêtue. A *Cricquebec* Florence quand j'y arriverais, pas plus qu'à Cricquebec, mon imagination ne pourrait se substituer à mes yeux pour regarder. Je le savais. Mais j'avais mis autrefois dans le nom de Florence, dans le nom de Parme, dans le nom de Venise, un monde particulier, sans lien** [. . . . .] **si différents des *autres qui les* villes voisines *qui*** [. . . . .] **individuelle que j'y avais mise et qui s'en** [. . . . .] **dualité que nous prêtons aux jours, il ne me la poss**[. . . . .] **jour de l'An, devant une affiche de théâtre.** [. . . . .] **mais je ne pouvais empêcher que mes souvenirs les fissent différent**[s].

5. ainsi que **sont** quelques-**unes seulement des** maisons

6. **Il gelait** [< ***Déjà le froid était revenu***], **l'hiver semblait recommencer, *on allait être***

7. ce **temps hors de saison**

8. la ville *de* Bretonne

9. certaines **périodes**

aux temps du Carême.[4]

Dans la rangée des jours qui s'étendait devant moi, quelques-uns se détachaient plus clairs, entre les jours contigus, comme s'ils avaient été d'une autre matière, où touchés d'un rayon ainsi que quelques maisons *seulement*[5] d'un village qu'on aperçoit au loin dans un effet d'ombre et de lumière. Comme elles, ils retenaient sur eux tout le soleil, c'était les jours saints.[6] et Françoise, dernière **sectatrice** en qui survivait obscurément la doctrine de ma tante Léonie voyant dans ce *retour du froid à la veille du printemps*[7] une preuve de la colère du bon Dieu. Mais je ne répondais à ces plaintes que par un sourire plein de langueur, car en état de faiblesse analogue à celui de convalescence, quand il n'est pas la cause du goût que nous reprenons aux choses, du réveil de nos désirs de vivre et de voyager, en est l'effet. Comme pour la ville **b**retonne[8] qui ne remonte du fond de la mer qu'à certains *jours*[9] de l'année, les jours étaient venus

10. ***On était à*** **La semaine sainte finit.**

1. **violence**
2. **cela avait eu lieu déjà l'autre année à**
3. *dont*
4. < Porte [*sic*] Vecchio.

où Florence renaissait pour moi. *C'était la veille de Pâques.*[10] Françoise mettait une bûche dans le feu, allumait la lampe, annonçait de la pluie pour le lendemain. Pour moi il ferait certainement beau car **déjà** je me chauffais

317/712 [corrections de 16732]

au Soleil de Fiesole et la *noblesse*[1] de ses rayons me forçait à fermer à demi les yeux et à sourire. Ce n'était pas seulement les cloches qui revenaient d'Italie c'était l'Italie même. Et mes mains fidèles ne manqueraient pas de fleurs pour honorer l'anniversaire du voyage que j'avais dû faire l'an passé, car, depuis qu'à Paris le temps était redevenu froid et sombre, comme déjà *alors*[2] la fin du Carême, **dans**[3] l'air liquide et glacial qui baignait les marronniers de l'avenue et les platanes des boulevards, s'entrouvraient pour [moi] comme dans une coupe d'eau pure, les narcisses, les jonquilles, les anémones, du Po**n**te Vecchio.[4]

RÉSUMÉ

(Pour simplifier, seule la pagination de la Bibliothèque Nationale est donnée.)

Je suis malade à l'idée du voyage à Bricquebec, objet de mes désirs avec son église 'persane' (174–175). Ma grand-mère et moi prendrons le train de 1 h. 22, pendant que maman va à Saint-Cloud (176–177). Méditations sur les mérites du transport routier et ferroviaire; la poésie des gares (178–179). Etre séparé de maman m'effraie: Françoise essaie de me distraire (180–181). A la désapprobation de ma grand-mère, le médecin m'avait recommandé de boire un peu de bière: elle m'aide à profiter du voyage (182–185). L'aube vue du wagon; les tableaux campagnards qui changent sans cesse (186). Une paysanne vend du lait aux voyageurs; son existence idyllique (187). J'essaie de l'attirer dans le wagon, sans succès; elle se rit de moi. Un jour peut-être je partagerai une partie de son existence (187–189).

J'arrive à Bricquebec [ici, Cricquebec]; l'église persane ne se trouve pas au bord de la mer, mais donne sur un square prosaïque (189–190). J'en examine les statues, qui me déçoivent (190–192). Ma grand-mère et moi prenons le petit train à destination de Bricquebec-Plage; il traverse des localités aux noms pittoresques (192–193). Nous arrivons au Grand Hôtel, où je me sens un étranger, surtout dans l'ascenseur (194–197). Ma chambre m'est hostile: elle est pleine de choses qui ne me connaissent pas (197–198). Ma grand-mère me console; nous nous tapons des 'messages' sur la paroi entre nos chambres (199–204). L'habitude fait son travail, et je m'accoutume rapidement à mon nouveau milieu, où tout est soleil et mer (204–209).

La clientèle de l'hôtel est variée; la plupart en sont des visiteurs réguliers; Aimé, le maître d'hôtel, veille à tout (209–210). Je décris quelques-uns de ces touristes; ils ont tous des habitudes différentes aux heures des repas (210–212). Il y en a qui se sentent supérieurs aux autres, et agissent conformément à cette opinion (213–214). En particulier, M. et Mlle de Silaria se montrent tout à fait glaciaux. Par erreur, nous prenons place à leur table: nous sommes obligés de changer de table sur ordre de M. de Silaria donné à Aimé (215–216).

Je pense à Swann et à Legrandin, qui est le gendre d'un dignitaire local, célèbre pour ses invitations. Je me sens méprisé par tous ces gens, en particulier par M. de Silaria; les charmes de Mlle de Silaria (217–218). Une ancienne amie de ma grand-mère, Mme de Villeparisis, est à l'hôtel, mais les deux femmes font semblant de ne s'être pas vues (219–220). J'observe les relations des Silaria avec les autres habitués de la salle à manger (221–222). Ma grand-mère et Mme de Villeparisis finissent par tomber l'une sur l'autre, dans une scène digne de Molière (223–225). Elle ne cessera désormais de nous être très gentille (225).

A l'instar de Bloch, je vais à un concert où j'entends des œuvres de Wagner et de Schumann (16732, 221). Pour moi, elles expriment les vérités les plus hautes (226). Nous rencontrons la Princesse de Luxembourg (226). A notre grande surprise, Mme de Villeparisis est au courant des moindres détails de la mission diplomatique de mon père (227–229). Quelques-uns des estivants blâment la conduite de la Princesse de Luxembourg, et sont de l'avis que son titre est faux (229–230).

Je suis malade; je passe le matin au lit à entendre les bruits de l'hôtel (230–231). Je regarde, émerveillé, les tableaux marins (231–234). Nous allons quelquefois à la campagne dans la voiture de Mme de Villeparisis; la poésie des paysages m'impressionne beaucoup (235–237). Je désire avant tout visiter l'église de Blenpertuis (238). Mme de Villeparisis peut parler de telles choses: c'est une femme cultivée, qui sait peindre (238–239). En dépit d'être aristocrate, elle est réellement modeste et, tout en étant conservatrice, professe des opinions libérales (239–241). Elle se souvient d'avoir rencontré, dans sa jeunesse, Chateaubriand, Balzac, Stendhal, et d'autres écrivains célèbres: elle en possède toujours des autographes (242–243).

Mon désir des paysannes; une en particulier attire mon attention (244). Malheureusement, je ne peux pas descendre de voiture; est-ce que je pourrai la retrouver? (245) A l'avenir, je ferai sans doute de semblables rencontres (16732, 241). Nous visitons l'église de Briseville, toute couverte de lierre; les jeunes filles du village (246). Je demande un petit service à une belle pêcheuse (247). Je lui donne cinq francs, et elle m'accompagne à la voiture de Mme de Villeparisis. A la vue de trois arbres près de Couliville, je sens un bonheur profond (248). Je n'arrive pas à approfondir l'expérience (249). Où les avais-je déjà vus? Dans un rêve? Cachaient-ils le sens obscur d'un passé lointain? (250) Ils s'éloignent sans me livrer leur secret; ma grande déception (251). Les réminiscences, peu flatteuses, de Mme de Villeparisis à l'endroit de Chateaubriand (252), de Vigny, et de Victor Hugo (253). Nous rentrons par la vieille route, où nous croisons la Princesse de Luxembourg; je garde un beau souvenir de cette route (16732, 254). Méditations sur cette sorte de plaisirs (255).

Nous rentrons à l'hôtel; réflexions sur la politesse excessive de Mme de Villeparisis (256). Réminiscences de famille de celle-ci (257–259). A la différence de ma grand-mère, mon opinion de Mme de Villeparisis admet des réserves (260). Pour moi, ma grand-mère est l'être suprême, je ne pourrais vivre sans elle (261). L'idée de la mort nous fait taire tous les deux (262).

Mme de Villeparisis va bientôt recevoir la visite d'un jeune neveu militaire (262). Il arrive [et s'appelle ici Comte de Beauvais]; mes premières impressions de lui (263). Il paraît nous éviter; sa morgue et son mépris (264). Je lui suis présenté; il confirme les impressions que j'ai déjà eues (265). Grand admirateur de Proudhon, il fait la conquête de ma grand-mère (266). Il me montre maintenant de la vraie sympathie (267). Nous devenons de grands amis (268). Tout en étant noble, Beauvais professe des idées socialistes (269–270) [il s'appelle aussi Montargis]. Bloch et l'anecdote du lift (270–271). Beauvais/Montargis méprise sa classe sociale (271). Il a une maîtresse, qui est actrice; sa famille est choquée (272–274). Sa maîtresse le fait souffrir sans cesse (274). Elle a récité des poèmes chez une tante de Montargis, à la désapprobation universelle (275–276).

Montargis et moi dînons dans un ancien moulin devenu restaurant; nous y parlons des femmes (277–278). Il attend la visite prochaine d'un oncle, au prénom historique de Palamède (278). Sa réputation terrible, le pouvoir qu'il exerce dans le monde (279–281). Le lendemain, je vois devant le casino un homme qui fixe sur moi des yeux dilatés par l'attention; son comportement bizarre (281–282). Après avoir fait un tour, ma grand-mère et moi rentrons à l'hôtel d'où nous voyons sortir Montargis, Mme de Villeparisis et l'inconnu, à qui nous sommes présentés: c'est 'le Baron de Guermantes', parent des Guermantes de Combray. J'apprends donc que Montargis est aussi un Guermantes (283–284bis). Son oncle, par excentricité, porte le nom de Baron de Fleurus. C'est un grand ami de Swann (284bis).

Ma grand-mère et M. de Fleurus s'entendent très bien (285). Différences entre l'oncle et le neveu (286–287). Bizarre salutation de M. de Fleurus; j'en fais une description détaillée; quel est son secret? (287–289) Il estime que les jeunes gens d'aujourd'hui sont trop efféminés (289). Conversation autour de Mme de Sévigné (290). La délicatesse de M. de Fleurus; sa voix de contralto (291). Une demeure de sa famille a été vendue à des gens qui ont détruit le jardin de Lenôtre (292). Je monte dans ma chambre; M. de Fleurus m'y rend visite et me prête un livre de Bergotte (293). J'ai l'impression qu'il a quelque chose à m'annoncer, mais soudain il part (294). Le jour suivant, sur la plage, il dit des choses choquantes à propos de ma grand'mère; mais il semble avoir regretté ses paroles, car je reçois de lui un exemplaire relié du livre de Bergotte (294–295).

Montargis veut photographier ma grand'mère, ce qui m'irrite (295). Une conséquence de ce projet: je ne la vois presque plus (296–297). Je sors quelquefois avec Montargis, notamment pour aller au restaurant de Rivebelle; la saison s'avance vers sa fin (297). Je monte au dernier étage de l'hôtel et admire la vue; je pense aux différents tableaux composés par la mer au cours de la saison: je décris un grand nombre de scènes artistiques—il y a même un tableau digne de Whistler (297–303). Je fais ma toilette: ce sont des 'instants inutiles' (303). La fin de la saison à Rivebelle. Je pense à ce que m'a dit Bergotte à propos des plaisirs de l'intelligence (304–305). Mon bien-être au restaurant de Rivebelle (306). Une chanson de Reynaldo Hahn fait revivre mon amour pour Mlle de Silaria; nous rentrons à toute vitesse (307). Montargis connaît toutes les femmes à Rivebelle (308–309).

Montargis doit partir; ma grand-mère lui fait cadeau de nombreuses lettres autographes de Proudhon (310). Il m'écrit de sa ville de garnison une lettre affectueuse (311). L'hôtel va bientôt fermer (312). Ironiquement, je suis maintenant tout à fait habitué à ma chambre (313). Je médite sur mon séjour à Bricquebec: les maisons, les routes, les plages, sont aussi fugitives que les années; le pouvoir de l'imagination (314–317).